안녕, 다비도프氏

1ST Daum 작가의 발견 7인의 작가전 선정작

신입 투명인간 다비도프 쿨 워터맨氏의 일상생활

안녕, 다비도프氏

최우근 장편소설

북극곰

미솔에게

1

헉헉.

다른 사람은 어쩌는지 모르겠다. 누군가 쫓아오면 나는, 뛴다. 이유 같은 거 안 따진다. '쫓아올 만하니까 쫓아오는 거겠지.' 그렇게 생각하면서 달리면 마음이 편하다. 대개는. 하지만 이건 경우가 다르다. 마주칠 때마다 매번 저런 식이라면 누구라도 마음이 상할 거다. 지금 내 뒤에서 주둥이에 거품을 물고 맹렬하게 달려오고 있는 저 똥개 새끼 말이다.

나는 잘못 없다. 아무 짓도 안 했다. 건드리지도 않았고, 위협도 하지 않았으며, 심지어 눈도 맞추지 않았다. 정말이다.

헉헉.

다행히 나는 이 동네 지리에 빠삭하다. 이 좁다란 골목이 어디로 연결되고 또 그 길은 어디에서 나뉘고 어디에서 끊어지는지 발바닥에 다 입력돼 있다. 뭐, 토박이니까. 급하다고 조 앞 왼쪽 골목으로 들어갔다간 게임 셋! 막다른 골목이다. 저기 보이는 구멍가게를 지나 전봇대를 끼고 돌면 안심해도 된다. 이런… 저놈도 알고 속도를 높였다. 뭐, 저놈도 거의 토박이니까. 자, 전력질주다. 저기 죽 이어져 있는 연립주택 중에 대문이 열린 아무 집에나 들어가면… 젠장, 문들이 죄다 잠겨 있다. 동네 인심 참 더럽게 흔흔해졌다.

헉헉.

너무 무리했다. 도저히 더는 못 가겠다. 저 계단참에 널브러지지 않으면 몇 발짝 더 가서 저 아스팔트 바닥에 내동댕이쳐지겠지. 이러나저러나 마찬가지다. 차라리 여기서 몇 입 물려주는 게 더 효율적이… 어라? 똥개 녀석도 멈췄다. 저놈 나보다 더 지쳤다.

이 동네 사람들은 다들 저놈을 안다. 집도 절도 없는 떠돌이다. 이름은 없다. 저마다 부르고 싶은 대로 부른다. 내가 정한 이름은 똥개다. 저놈 입장에서는 억울할지도 모르겠다. 지금이야 형편없이 여위고 털도 듬성듬성 빠져 볼품없게 변했지만 한창땐 제법 근사한 놈이었으니까. 저보다 훨씬 못해 보이는 놈들도 잘들 주인을 만났는데 똥개 저놈은 팔자가 사나운지 아무도 손을 내밀지 않았다.

알고 보면 똥개 저놈 꽤나 영리하다. 꼬리를 언제 흔들고, 언제 감추어야 하는지 징글맞게 잘 안다. 주인과 함께 산책 나온 치와와가

깡깡대도 낑낑거리면서 꼬리를 감추고, 대여섯 살 꼬맹이가 으르는 시늉만 해도 비루한 눈빛으로 뒷걸음질 친다. 딱 하나의 예외가 바로 나다. 똥개에게 나는 치와와만도 못한 존재다. 내 냄새만 맡았다 하면 저렇게 죽자고 달려든다.

나와 똥개의 관계가 처음부터 숨 가쁜 것은 아니었다. 한때는 나도 놈에게 존중받았다. 치와와나 꼬맹이들만큼? 그 정도면 내가 말도 안 꺼냈다. 똥개한테 족발 뼈다귀라도 챙겨주는 사람은 이 동네에서 나밖에 없었다. 해코지하는 아이들에게 살살 하라고, 적당한 선에서라도 막아준 사람 또한 나밖에 없었다. 내가 동네 어귀에 나타나면 녀석은 마치 경호라도 하듯, 주위를 연신 두리번거리며 멀찍이서 졸졸 쫓아오는 것으로 충성심을 드러내 보이곤 했었다. 정말이다. 정말 그랬다.

그 일이 벌어지기 전까지는….

똥개 자식, 슬슬 몸을 일으킨다. 옛정 따위에 사로잡힌 얼굴이 아니다. 자, 또 뛰자.

헉헉.

조금 전에도 말했다시피 똥개가 돌변한 건 그 일이 벌어진 직후였다.

그 일을 겪고 한동안 집에서 칩거하다가 나왔더니 녀석이 바람처럼 달려왔다. 코끝이 찡해졌다. 그땐 따뜻한 품이 몹시 그리웠다. 무지무지 추웠고 누구의 온기라도 상관없었다. 나는 두 팔을 벌리고 녀석이 품속으로 파고들기를 기다렸다. 그런데 가만 보니 똥개 자식, 꼬리를 세우고 이빨을 드러내고 거품을 물고 있는 게 아닌가? 꼭 지금처럼 말이다. 나는 돌아서서 달리기 시작했다. 그리고 그때도 꼭 지금처럼 생각했다.

'내가 투명인간이 된 건 내 잘못이 아니다. 난 아무 짓도 안 했다. 정말이다.'

헉헉.

안 되겠다. 그 얘기를 꺼내기 전에 먼저 저놈부터 따돌려야겠다. 똥개를 달고 숨을 헐떡이면서 늘어놓을 만한 얘기는 아니니까. 듣는 입장에서는 어떨지 모르지만, 나로서는 꽤나 비장한 얘기다. 그렇다고 손수건이나 티슈를 준비할 필요는 없다. 어차피 당신은 나를 한 번도 본 적이 없고, 아마 앞으로도 그럴 테니까. 아, 저기가 좋겠다. 길 건너 미용실 옆에 있는 카페 〈몽〉 말이다. 썩 쾌적한 환경은 아니지만 그 얘기를 하기엔 저만한 공간도 없다.

예상대로다. 홀은 텅 비었고 술 좋아하는 사장은 카운터 뒤에 푹 퍼져 있다. 뭐, 아직 시간이 시간이니까. 똥개 자식은 되게 아쉬운 모양이다. 혀를 길게 내밀고 헐떡이면서 창밖에서 서성대고 있다.

환할 때 여기 온 건 정말 오랜만이다. 수이가 아르바이트할 때는 낮이고 밤이고 들락날락했는데…. 아, 수이는 내 옛날 여자 친구다. 그녀는 무지무지 귀엽고 무지무지 착했다. 무지무지 똑똑했고 무지

무지 현명했고 그러면서도 나한테 무지무지 잘했다. 게다가… 그 얘기는 그만하는 게 좋겠다. 수이 얘기를 하려고 여기 들어온 건 아니니까.

이제 숨도 골랐으니 얘기를 시작해야지.

그 일은 어느 날 갑자기 벌어졌다. 예고도 어떤 징후도 없었다. 게다가 타이밍이 절묘했다. 만약 그 일을 겪지 않고 남들처럼 평범한 노년을 맞이한다면, 입가에 희미한 미소를 띠고는 고개를 가만히 끄덕이며, '아아 그건 내 인생이 새롭게 출발하는 찬란한 한때였지.' 라고 회고할 만한 꼭 그런 순간이었다.

2

어떤 기억들은 심장과 직접 연결되어 있다. 생각이 그 기억의 언저리에만 닿으면 자동으로 온몸이 쿵쿵 요동치는 걸 보면 말이다. 지금이 꼭 그렇다. 그때의 내 입장이 된다면 누구라도 그럴 거다. 그러니까 당신이 연극배우인데 7년 만에 처음으로 주인공이 된다면….

처음부터 배우가 되려던 건 아니었다. 대학 신입생이었던 어느 봄날, 지긋지긋하게 울긋불긋한 꽃들을 피해 학교에서 제일 후미진 벤치에서 소주를 홀짝거린 게 화근이라면 화근이었다. 술이 알딸딸하게 오르던 참인데 불쑥 과 선배 하나가 나타났다.

“이런 지랄 맞은 날, 이런 지랄 맞은 데서 궁상떠는 거 보니 너도 참 알쪼다.”

1970년대의 어느 하늘에서 불시착한 것 같은 인상의 그 선배는 다짜고짜 내 술을 낚아채선 병나발을 불었다. 그 술을 다시 낚아채서 나도 병나발을 불었다. 지긋지긋하게도 햇살이 좋던 그 봄날에 선배와 나는 해가 지도록 술을 마셨고, 밤이 새도록 또 술을 마셨다.

나중에 보니 그 선배는 연극반원이었다. 딱히 하고 싶은 일도 없어서 나도 선배를 따라 연극반에 들어갔는데 별다른 재주가 없어 배우가 됐다.

처음 무대에 오른 것은 가을 정기공연 때였다. 언제나 후회하며 살았지만 그렇게 온몸으로 후회한 건 그때가 처음이었다. 공연 날이 점점 다가오자 온몸이 배배 꼬이고 온 뼈마디가 다 쑤셨다. 관객을 떠올리면 속이 느글거리고 먹는 것마다 얹혔다.

하루에 두 번, 기도하는 마음으로 버스에 올랐다.

'교통사고가 나면 좋은데… 심하게 다치지는 말고 다리만 부러졌으면….'

하지만 막상 무대에 올라 조명 아래 서자 희한하게 마음이 가라앉았다. 조명 때문에 눈이 부셔서 관객들은 보이지도 않았다. 문득 유체이탈이라도 된 것처럼 극장 전체의 모습이 조망됐다. 극장은 둘로 나뉘어 있었다.

무대와 객석.

보란 듯이 나서는 쪽과 숨죽이고 지켜보는 쪽.

밝음과 어두움.

그러고 보니 내가 밝은 쪽에 있는 것은 그때가 처음이었다.

그것을 깨달은 바로 그 순간, 내 속에 숨어 있던 배우본능이 깨어났다. 나는 내 역할에 순식간에 젖어들었다. 연습할 때는 하찮게만 느껴졌던 역할이 거대한 의미로 다가왔다. 그 의미를 표현하기 위해 나는 혼신의 힘을 다 했다.

그럼… 당연하지………

그렇구………………………………

말구…………………………………………………………

그건 그 공연에서 내게 주어진 유일한 대사였다. 그리고 확언하건대 나는 그 대사 고유의 의미와 리듬을 가장 극적으로 표현해냈다.

공연을 끝내고 분장을 지우려는데 조연출이 노란 장미 한 송이를 전해줬다. 방금 극장에서 나간 예쁘장한 여학생이 맡겼다는 것이었다. 고맙고 궁금해서 얼른 쫓아갔더니 예쁘장과는 조금 거리가 있어 보이는 여학생이 겸연쩍은 표정으로 말했다.

"누굴 주려고 산 건 아닌데… 그쪽한테 드리는 것도 괜찮을 거 같아서요."

앞뒤 없이 첨벙, 다이빙할 정도는 아니었지만 나는 그녀에게 끌렸다. 그녀가 가진 뾰족한 분위기가, 그리고 그녀에게서 풍기는 달콤한 냄새가 좋았다. 나중에 알고 보니 그것은 안나수이라는 향수 냄새였다. 그게 그녀 고유의 체취가 아니라는 사실을 안 후에도 여전히 그녀가 좋았다. 심지어 나는 그녀를 수이라고 불렀다. 그녀의 이름인 수희 대신에.

졸업을 하자마자 대학로에 뛰어들었다. 대학로 생활이 어땠는지, 뭘 하고 지냈고, 뭘 먹고 살았는지, 미주알고주알 늘어놓을 생각은 없다. 다만 세상에 연극 말고 다른 일이 있다는 건 생각도 안 났다.

"이번 공연은 너무 고색창연하다. 그나마 오빠가 등장하면 무대가 좀 다르더라."

"대체 그 연출은 무슨 생각으로 오빠한테 그런 진부한 연기를 시키는 거래? 짜증 나!"

"이번 연기는 정말 좋았어, 오빠. 한때 가능성이 있었었었던 배우로 끝나진 않겠다!"

나의 열렬한 팬이자 잔인한 비평가인 수이의 응원 또는 성화에 힘입어 나는 하찮은 조역에서 비중 있는 조역으로, 다시 좀 더 비중 있는 조역으로 착실하게 커리어를 쌓아가고 있었다.

혹시 전혀 중요치 않은 어떤 장면에서 가슴이 철렁 소리를 내며 내려앉는 경험… 그리고 그렇게 내려앉은 가슴이 좀처럼 제가 있던 자리로 다시 올라오지 못해 어딘가 불편하고 무거운… 혹시 그런 기분을 느껴본 적이 있는가?

평소처럼 선후배 배우들과 술을 먹던 자리였다. 우연히 내가 출연했던 〈햄릿〉이 안주로 올랐는데 아무도 내가 호레이쇼였던 걸 기억하지 못했다. 호레이쇼는 꽤 비중 있는 조역인데다 그걸 본 사람이 그 자리에 셋이나 있었고 그중의 둘은 막공 뒤풀이까지 같이 했는데도 말이다. "정말? 정말 생각 안 나?" 다그치고 싶었지만 꼴만 우스워질 같아서 나는, 그중 누군가는 나의 호레이쇼를 기억해내기를 기대하며 술만 마셨다. 하지만 술자리가 파할 때까지 누구도 그 사실을 기억하지 못했다.

별일 아니었다. 아니 아무 일도 아니었다. 그런 일, 사실 허다했다. 어떤 날 지나가는 말처럼 수이에게 그 얘기를 했더니 수이도 심드렁하게 대꾸했다.

"배우들은 다들 그런가 봐? 하여간 자기밖에 모르는 인간들이라니깐."

"그런가?"

"그렇잖아. 오빠는 다른 사람들 어디 어디 출연했는지 뭐로 나왔는지 다 기억해?"

"아니."

"거봐."

역시 별일 아닌 거였다. 내가 좀 과민했던 거다. 수이는 그날따라 유난히 예뻐 보였고, 수이에게서 나는 냄새는 숨이 막힐 듯이 달콤했다. 아마도 그날 그녀에게 청혼을 했던 것 같다.

얼마 후, 새 작품에 들어갔다. 전혀 검증된 바 없는 신인작가의 초연 작품이었는데, 그래서 내로라하는 배우들을 돌고 돌아 내게까지 주연제의가 왔던 것이기도 하지만, 작품이 나쁘지 않았다. 아니 썩 괜찮았다. 운만 따라주면 장기공연도 바라볼 수 있겠다며 연출가는 흥분했다.

누구보다 기뻐했던 건 수이였다. 나의 첫 주연이 확정되던 날, 수이는 맥주잔을 높이 들고 환하게 웃으며 말했다.

"드디어 때가 온 거야. 오빠가 누군지 확실하게 보여주자. 그럴 수 있지?"

나도 잔을 들어 올리며 활짝 웃었다. 아닌 게 아니라 가슴이 뛰었다. 이제 내게도 그럴싸한 인생이 펼쳐질 것만 같았다.

그리고 문제의 그날이 왔다. 내가 주인공으로 데뷔하는 바로 그날 말이다. 해는 동쪽에서 떴고 날씨는 맑았다. 낮 최고 기온 섭씨 24도. 바람은 초속 1미터. 습도 40%. 예비 관객들이 야외로 놀러가기 딱 좋은 날이었다. 상관없었다. 공연은 다음 날도 그 다음 날도 계속될 테니까.

나는 극장에 제일 먼저 도착해서 몸을 풀고 있었다. 그런데 무슨 이유였을까? 문득 그 장면이 다시 떠올랐다. 공연 '햄릿'에서 내가 열연했던 호레이쇼를 아무도 기억하지 못하던 그 술자리 말이다. 그러자 거짓말처럼 가슴이 철렁, 소리를 내며 내려앉았다. 뒤이어 한 문장이 떠올랐다.

어허, 어허, 어허헛!

몇 번을 털어냈지만 그 문장은 당최 지워지질 않았다.

'공연을 완벽하게 망칠 수 있는 유일한 사람이, 바로 나다.'

내가 주인공이라는 사실이 그때만큼 실감 난 적은 단 한 순간도 없었다.

3

공연의 시작을 알리는 벨소리와 함께 극장의 모든 조명이 꺼졌다. 호흡을 가다듬고 막 무대로 나가려는데 내 조수 역을 맡은 동건이가 박사님, 하고 불렀다. 돌아보자 녀석이 고개를 쭈욱 빼고 나를 유심히 살폈다.

"얼굴에 뭐 묻었나?"

"죄송합니다. 첫공이라 제가 잠을 설쳤거든요. 분장실이 너무 어둡기도 하구…."

"분장실이 어두워서 뭐?"

"아닙니다. 박사님, 파이팅!"

공연은 어둠 속에서 무대 마루를 밟는 쿵쿵 삐거덕 소리와 함께 시작된다. '누굴까? 지금 저기서 뭐하는 걸까? 앞으로 무슨 일이 벌어질까?' 관객들이 조바심을 낼 즈음 조명이 들어오면 괴짜 발명가인 공박사, 그러니까 내가 여전히 쿵쿵 삐거덕거리며 무대 위를 서성댄다. 누군가를 애타게 기다리고 있는 것이다. 잠시 후, 무슨 기척을 느꼈는지 공박사가 후닥닥 창문을 열고 밖을 살피다가 한 관객과 눈을 맞춘다. 관객이 무안해서 시선을 피할 만큼 충분히 오래…. 그리고 시선을 옮겨 그 주변 사람들과 하나하나 눈을 맞추다가 의자에 앉으며 중얼거린다.

"아무도 없네."

첫 반응이 중요한데 아무도 웃지 않았다. 웃기는커녕 어머, 작은 비명이 들려왔고 소곤소곤 속삭임이 이어졌다. 내가 뭔가를 빠뜨리거나 실수를 한 것은 아니었다. 드레스 리허설 때는 모두가 뒤집어졌던 바로 그 톤이었고 타이밍이었다. 그러고 보니 관객들의 태도가 어째 이상했다. 몇몇 관객은 앞자리 등받이까지 상체를 쭉 빼고는 내 움직임에 지나치다 싶을 만큼 몰두했고, 어떤 관객들, 특히 짝과 함께 온 여성관객들은 남자 친구의 옆구리로 파고들거나 아예 손으로 눈을 가리고 있었다. 왜들 저래? 가슴이 섬뜩해서 슬쩍 돌아봤더니 동건이가 등장하고 있었다.

관객이야 관객이니 그럴 수도 있다지만, 동건이의 행동은 더 이상했다. 기다림에 지쳐 졸고 있는 박사 뒤로 몰래 다가와 왁, 놀래야 하는데 허둥대며 무대를 빙빙 돌기만 하는 것이었다. 한동안 그러더니 급기야 녀석이 나를 불렀다.

"박사님? 박사님~ 어디… 가셨나…?"

첫 공연엔 으레 실수가 있기 마련이다. 게다가 녀석은 초짜배우였다. 나는 조는 척하며 잠시 고민했다. 연습했던 대로 깜짝 놀라며 일어났다간, 관객들이 깜짝 놀라 소름을 득득 긁어댈 판이었다. 나는 설정을 포기하고 자리에서 슬그머니 일어섰다. 그리고 관록 있는 배우답게 슬쩍 관객의 반응을 살폈다. 아무도 나를 의식하지 않았다. 나는 자연스럽게 녀석에게 다가갔다. 어찌나 긴장했던지 내가 코앞까지 갔는데도 녀석은 나를 알아보지 못했다.

"박사님… 박사님… 어디 계실까? 박사님…."

이런 멍청한 자식. 나는 내 생각이 틀렸음을 인정하지 않을 수 없었다. 공연을 완벽하게 망칠 수 있는 건 주인공만이 아니었다.

"나 여깄다."

가관이었다. 녀석은 흠칫 놀라더니 팔을 뻗어 허공을 더듬거렸다. 영문 모르고 궁정잔치에 갔다가 딸의 목소리에 놀란 심봉사가 따로 없었다. 나는 녀석이 '청아! 내 딸 청아!'라고 외치지 않기만을 바라며 녀석의 어깨를 붙들었다. 마침 대사가 상황에 꼭 어울렸다.

"왜 그래, 블랙. 무슨 일이야?"

녀석은 대답은 않고 동그래진 눈으로 내 얼굴을 빤히 보다가는 아래위로 훑어보더니, 이번에는 내 몸을 더듬거렸다. 아주 공연을 망치기로 작정한 놈이었다. 게다가 거기에 한술을 더 떴다. 대본에 없을뿐더러 이야기 진행이나 작품의 주제와는 전혀 상관없는 괴상한 대사를 주절댔던 것이다.

"박사님… 조금 전 뒤에서는 어두워서 그런 줄 알았는데… 오, 그렇구나. 오… 드디어 해내셨네. 과연 박사님은 천재세요. 박사님도 박사님이 안 보이시는 거죠? 아니면 아직 모르고 계시려나…?”

애드리브라고 하기엔 너무 엉뚱했으므로 나는 그제야 내 몸을 내려다보았다. 무대 마루가 눈에 들어왔다. 거긴 내 다리가 있어야 할 자리였다. 다른 곳에 있을 리는 만무했지만 앞뒤 옆을 다 살폈다. 내 다리는 어디에도 없었다. 뿐만이 아니었다. 나한테 30년 넘게 귀속됐던 신체의 어떤 부위도 보이질 않았다.

언제 어떻게 그렇게 됐는지 모르지만 나는 투명인간이 되어있었다.

공연은 계속됐다. 나머지 시간, 그러니까 첫 1, 2분을 제외한 대부분의 공연은 동건이가 이끌어 나갔다. 동건이가 내대신 내 대사를 치고는, “그렇죠, 박사님?” 하고 물으면 내가 “응” 혹은 “맞아” 라고 추임새를 넣는 식이었다. 관객들은 굉장히 신나했다. 연출이 만들어낸 기발한 장치라고 생각하는 모양이었다.

만약 이 이야기를 전하는 사람이 내가 아니라 동건이라면, 그리고 녀석이 별일 겪지 않고 남들처럼 평범한 노년을 맞이한다면, 입가에 희미한 미소를 띠고는 고개를 가만히 끄덕이며, “아아 그건 내 인생이 새롭게 출발하는 찬란한 한때였지.” 라고 회고할 만한 꼭 그런 순간이었다.

‘악몽이다.’

공연 내내 내 머릿속엔 그 네 글자만 맴돌았다. 내 입장이라면 누구라도 그렇게 생각했을 것이다. 내가 알파선이니 감마선이니 하는 따위의 광선이 난무하는 과학 실험실에 있는 것도 아니고, 누군가 실수로 그런 광선을 조명으로 달아놓지 않은 바에야 현실에서 일어날 수 있는 일이 아니니까.

악몽도 좋은 점이 있는데, 깨어나면 사라진다는 것이다. 나는 집에 가자마자 이부자리를 펴고는 잠자리에 들었다. 그리고 꼭두새벽에 깨어나 화장실로 향했다. 차마 불을 켤 엄두가 나지 않았다. 나는 캄캄한 화장실 거울 앞에서 눈을 감고 내가 아는 모든 신들의 이름을 불렀다. 그리 많지 않았다. 그래서 다시 한 번 그 이름들을 부르고 기도까지 곁들였다. 불을 켜자 감겨 있는 눈으로 노르께한 빛이 스며들었다. 느낌이 나쁘지 않았다. 가위에 눌려 있다가 몸을 겨우 움직여 푸시시 깨어날 때의 느낌과 어쩐지 비슷했다. 나는 때를 놓칠까 싶어 서둘러 다시 한 번 신들의 이름을 불렀고, 기도를 살짝 수정 보완했다.

'악몽에서 깨어나게 해주시기를 간절하게 원하옵나이다만, 제가 주연을 맡은 것까지 악몽에 포함시키지는 말아주시기를….'

나는 심호흡을 하고, 천천히 눈을 떴다. 기도가 통했던 걸까? 거울 속에서 낯익은 얼굴이 빠르게 줌인 클로즈업됐다. 그 얼굴은… 애석하게도 내가 아니었다. 몹시 일그러진 얼굴로 소리 없는 비명을 지르는 어떤 남자였다. 나는 눈을 몇 번 끔벅거렸고 이내 그 얼굴을 알아보았다.

그건 거울 맞은편 벽에 걸어놓은 싸구려 복제화의 절규하는 남자였다. 절규를 치우자 거무죽죽한 곰팡이 얼룩이 드러났다.

차라리 절규가 나았다.

나는 절규를 다시 제자리에 걸고는 좌우가 뒤바뀐 절규를 응시하며 그날, 전날, 전전날, 전전전날, 일주일 전, 한 달 전, 일 년 전, 그리고 내가 살아왔던 모든 순간순간을 몇 만 번이고 되돌려 보며 곱씹어 생각했다. 하지만 아무리 뒤져봐도 내가 투명인간이 된 이유를 도저히 찾을 수 없었다.

4

옛말 그른 거 없다던가? 꼭 그랬다. 시간이 약이었다. 예외 없는 규칙 없다는 규칙이 거기에 적용되지 않아서 얼마나 다행인지 몰랐다. 거울 앞에서 며칠을 보내자 마음이 조금씩 진정됐다. 심지어 이렇게 된 것도 나쁘지만은 않다는 생각까지 들기 시작했다. 투명인간이 뭐 별건가?

장동건이나 원빈은 타고난 얼굴 하나만 있으면 된다. 비극을 하건 희극을 하건 액션을 하건 멜로를 하건, 기쁠 때나 슬플 때나 즐거울 때나 괴로울 때나 얼굴에 있는 80개의 근육 중에 단 한 개도 움직일 필요가 없다. 그저 클로즈업으로 카메라만 쳐다보고 있으면 된다. 어차피 화면을 보는 사람들이, '아, 슬픈데 잘 생겼네.' 혹은 '오, 유쾌한데 잘생겼네.'라고 알아서들 감동해줄 테니까. 하지만 나머지

99%의 배우들은 천 개의 가면을 챙겨두고 그때그때 맞는 가면을 골라 써야 한다. 주제도 모르고 장동건이나 원빈 흉내를 냈다간, "슬픈데 재 왜 저래?"라거나 "야, 채널 돌려."라는 소리나 들을 테니까. 다행히 나는 장동건도 원빈도 아니었다.

나는 짧지만 깊이 고민했고 인터넷을 뒤져 몇 가지 필요한 물건들을 주문했다. 이런저런 아이디어가 계속해서 떠올라 오랜만에 가슴이 설렜다.

그 즐거운 떨림은 식탁에서 홀로 낮술을 드시던 아버지가 이렇게 소리쳤을 때, 깨져버렸다.

"야, 이 자식아, 니가 아무리 그렇게 됐다 그래두 그렇지, 집에서까지 꼭 그렇게 홀딱 벗고 돌아다녀야 되겠냐!"

나는 깜짝 놀라 내려다보았다. 물론 아무것도 보이지 않았다. 하지만 만져보니 손가락질받을 차림새는 아니었다. 추리닝 바지에 면티셔츠, 거기에 이례적으로 양말까지 신고 있었고, 심지어 팬티는 두 개나 입고 있었다. 안 보여서 입은 줄 모르고 덧입은 거였다.

"저 입을 만큼 입었는데요. 한 번 만져 보실래요?"

"내가 왜… 니 알몸을 만져? 니 알몸을 만지는 건, 너 홀딱 벗고 뛰어다녀도 귀엽던 다섯 살 때까지로 충분했다."

아버지는 나를 만져보지 않았고, 내가 일상적인 품위 정도는 지키며 산다는 걸 끝내 믿지 않았다.

역시 가족 간 대화는 중요하다. 그건 아무리 강조해도 넘치지 않는다. 모처럼 아버지와 대화를 나누었더니 생각도 못했던 문제가 드러났잖은가? 제기랄, 소설 속의 투명인간만 생각했지 정작 내 실제 몸은 살펴볼 생각도 안 하다니….

투명해진 것은 내 몸뚱이만이 아니었다. 나를 드러낼 수 있는 것은 내 몸에 닿는 즉시 투명해졌다. 내가 입거나, 쓰거나, 신거나, 걸치거나, 혹은 손을 대기만 하면 그게 뭐든 사라졌고, 내 몸에서 벗어나야 형체를 드러냈다. 가면을 쓰거나 얼굴에 붕대를 감거나 두꺼운 분장을 해도 답답하기만 할 뿐 그냥 투명인간이었다.

그러니까 주머니를 탈탈 털어 주문한 각양각색의 서클렌즈며, 가발, 모자, 깃이 커다란 바바리코트, 특히나 공들여 고른 저자극성 분장용 화장품 세트 따위가 모조리 무용지물이 되고 만 것이었다.

그렇다고 몸에 닿는 모든 것이 투명해지는 것은 아니었다. 자동차나, 텔레비전, 침대, 책상, 의자 따위의 고정된 물건들은 내가 온몸으로 감싸도 전혀 영향을 받지 않았다. 그러니까 연극으로 친다면 소도구는 투명해졌고 대도구는 멀쩡했다.

그건 무척이나 아쉬운 일이었다. 차라리 손대는 모든 것이 투명해졌다면 자유의 여신상을 감쪽같이 사라지게 한 것으로 유명한 데이비드 커퍼필드를 떠돌이 약장수 정도로 취급할 수도 있었을 테니까. 그래도 지구 전체로 보면 유익한 일이니 그것으로 위안 삼았다. 내가 땅을 밟고 다닐 때마다 지구 전체가 투명해져버린다면 다들 놀라 까무러치지 않았을까?

한 번은 화장실 거울 앞에서 담배를 피워보았다. 손가락 사이에 있는 담배는 보이질 않았다. 기도를 타고 들어간 담배연기 또한 보이질 않았다. 하지만 연기를 내뱉자 내 얼굴 부위로부터 3센티미터가량 떨어진 곳에서 허연 연기가 피어올랐다. 꽤나 기이한 광경이었다. 공중에서 허연 도넛이 툭 튀어나온다든가, 허공에서 두 줄기 폭포 같은 연기가 훅 뿜어져 나온다거나 하는 모습들 말이다.

몇 대를 연거푸 피웠더니 머리가 핑 돌았다. 그제야 정신을 차리고 둘러봤더니 화장실이 온통 뿌옜다. 에구머니, 놀라 환풍기를 돌리려는데 하필 어머니가 들어왔다. 나는 슬쩍 빠져나가려고 했지만 어머니의 기침 섞인 고함소리가 뒷덜미를 잡아챘다.

"이런 썅놈의 새끼…. 그래 그 꼴을 해가지고 고작 한다는 짓이…."

입안에 아직 연기를 머금고 있어서 나는 아무 대꾸도 못하고 듣고만 있었다.

"그 정신머리로 뭐가 될래? 죽을힘을 다해 벌어도 아쉬울 나이에 그 꼴이 된 것도 모자라서, 돈을 태워서 연기로 날려버려! 얘가, 얘가 아직도 정신 차리려면 멀었어. 아유, 이 자식아, 니가 그러니까 그 꼴이 되지!"

다행히 다른 문제는 없었다. 나는 소리를 낼 수 있었고, 냄새를 피웠으며, 만져졌다. 손바닥에 혀를 대보니 여전히 짭짤했다. 그러니까 사람들의 시각, 청각, 후각, 촉각, 미각, 그 오감 중에 단 하나의 감각에서 소외된 것이었다. 그렇게 따지고 보니 별일 아니었다. 내

몸의 1/5, 즉 20%에 문제가 생긴 것뿐이니까. 냄새가 나지 않거나, 소리가 나지 않거나, 만져지지 않거나, 혹은 맛이 없는, 다른 20%가 부족한 사람들과 마찬가지인 것이다. 뒤집어 보면 무려 80%나 정상인데 도대체 뭐가 문제란 말인가? 우사인 볼트보다 20% 정도 느리다고 해서, 그러니까 100미터를 대략 11.5초 안에 뛰지 못한다고 해서 느림보인간이라고 손가락질한다면, 그 손가락을 부러뜨려야지 느림보인간을 탓할 일인가?

문제는 그렇게 논리적으로 따지는 사람이 나밖에 없다는 점이었다.

그 날 이후 내 활동 영역은 다시 화장실 인근 3미터 내외로 제한됐다. 도저히 거울 앞을 떠날 수가 없었다. 그러면 안 될 것 같았다. 갑자기 이렇게 됐으니, 언젠가 느닷없이 다시 나타날 것이고 그 순간을 놓치면 이전으로 돌아가지 못할 것만 같았다.

종종 거울 속에 절규 대신 아버지가 나타나 말릴 새도 없이 내 등에 쿵, 부딪쳤다. 그때마다 아버지는 절규만큼이나 일그러진 얼굴로 절규했다.

"야, 이 자식아, 제발 좀, 투명인간답게 굴어!"

물론 나도 투명인간답게 굴고 싶다. 여자 목욕탕에 들어가서 한 2박 3일쯤 지내보고 싶고, 착한 몸매의 여인을 따라가 겁탈은 몰라도 희롱 정도는 해보고 싶으며, 비행기 퍼스트 클래스에서 뒹굴뒹굴하며 지중해까지 날아가고도 싶고, 무엇보다 어머니의 원수인 돈도 실컷 벌어보고 싶다. 누군가가 '남의 돈 먹기가 쉬운 줄 알아?' 라고 묻는다면 나는 주저 없이 대답할 수 있다. 그럼. 당연하지. 그렇구 말구. 재벌집이건, 국회의원 집이건, 은행이건, 캐피탈 회사건 지나는 길에 한 번씩 들러서 집어오기만 하면 끝이니까. 너무 심한 파렴치한이 되는 건 좀 그렇고 한 곳에서 5억 원씩만, 너무 피곤해지면 안 되니까 하루에 열 군데만, 그거만 해도 하루에 50억 원, 한 달이면 1500억… 아니지, 주5일 근무로 치면 대략 1000억 원 정도니까 그 생활을 1년만 하면, 포브스지에 이름을 올리지는 못해도 크게 돈 걱정은 안 하면서 살 수 있지 않을까?

하지만 저 황홀한 상상 뒤엔 항상 비극적인 가정이 따라붙는다. 여탕에서, 으슥한 골목에서, 비행기에서, 혹은 은행에서 투명인간답게 굴다가 느닷없이 불투명인간으로 되돌아간다면? 누누이 말했지만 나는 예고도 어떤 징후도 없이 이렇게 돼버렸다.

물론 나는 불투명인간으로 돌아가고 싶다. 그렇게만 된다면 세종로 네거리에서 벌거벗고 만세라도 부를 수 있다. 하지만 불투명인간으로 돌아가자마자 감옥으로 간다거나 전자발찌를 차고 싶지는 않다.

나를 한심하게 여긴다 해도 어쩔 수 없다. 인정한다. 나는 그리 대범한 사람이 아니다. 평생 동안 세 번쯤은 대범할 수 있겠지만 그 이상은 어렵지 싶다.

내가 투명해지고 한 달이나 지났을까? 한동안 울고 불며 나보다 더 나를 애통해하더니 또 한동안은 연락이 두절됐던 수이로부터 문자메시지가 날아들었다.

늘 보고 싶을 거야.

습관적으로 답장을 보냈다.

보고 싶을 땐 언제든지.

그러고 나서 생각해 보니 이별통보였다. 며칠 동안 그 문자만 쳐다보며 서성대다가 문득 그녀의 웃음소리가 생각났다. 그녀는 내가 하는 농담을 좋아했다. 시답잖은 농담에도 늘 목을 젖히며 까르르 한참이나 웃곤 했다. 나는 미뤄뒀던 답장을 보냈다.

나는 언제나 네 곁에 있을 거야.

잠시 후 그녀의 답장이 도착했다.

농담이지? 제발 농담이라고 해 줘.
안 그럼 불안해서 미쳐버릴 거야.

나는 서둘러 답장을 보냈다.

농담은 아니고 내 마음 말이야.

더 이상의 답은 없었다.

며칠 후. 너를 보고 싶어 미치겠다는 둥, 너와 함께 지냈던 모든 순간이 그립다는 둥, 핸드폰 액정에 저절로 습기가 찰 것 같은 장문의 징징대는 문자를 보냈다. 뜻밖에도 즉시 답장이 날아들었다.

잘못된 번호입니다. 확인 후
재전송 바랍니다.

그리고 어느 날부터인가 그 엽서가 오기 시작했다.

보내는 사람: 불가리 익스트림 옴므
받는 사람: 다비도프 쿨워터맨

깨끗한 사각봉투의 겉면에 쓰인 이름들을 봐서는 보내는 사람도 받는 사람도 외국인 같았다. 이상한 것은 받는 사람의 주소가 정확히 우리 집 주소와 일치하는 거였다. 무슨 장난 같은 것일까? 생각해보다가 나는 피식 웃고 말았다. 멀쩡하던 사람이 인생 최고의 장면에서 투명인간이 되기도 하는데, 그의 여자 친구는 기다렸다는 듯이 그런 그를 버리기도 하는데 대체 무슨 일이라고 못 일어날까?

세상은 어쩌면 내가 이해할 수 없는 일들이 내가 상상할 수 있는 것보다 훨씬 다양하게 자주 벌어지는 곳인지도 모른다.

5

죽음을 눈앞에 둔 사람들이 죽음을 받아들이기까지는 대개 다섯 단계를 거친다고 한다.

거부, 분노, 타협, 우울, 수용.

내가 투명인간임을 받아들이는 과정도 그와 유사했다.

거부, 분노, 분노, 분노, 분노, 분노, 분노, 분노….

돌이켜보니 내가 처음 투명해진 뒤의 그 정신 나간 코미디 같은 상태는 그러니까 제1기, '거부'의 단계였던 거다.

투명인간 수용의 제2기, 분노의 단계가 시작됐을 땐 하필 선거철이었다. 나는 후보자들이 번갈아가며 방송트럭을 골목까지 끌고 들어와 빽빽 떠들어대는 것에 화가 났고, 어떤 후보자의 공약에도 투명인간에 대한 정책이 없다는 것에 화가 났고, 그런 쓰잘 데 없는 생각을 하는 내게 화가 났고, 내가 다가가자 트럭이 떠난 것에 화가 났다. 사람들이 어깨띠를 두르고 길거리에 줄줄이 늘어서 있는 것에 화가 났고, 어깨띠들이 사람들을 쫓아다니며 찌라시를 돌리는 것에 화가 났고, 바로 곁으로 다가가도 내게는 찌라시를 건네지 않는 것에 화가 났고, 어깨띠들에 아버지가 끼어 있다는 것에 화가 났고, 그날 저녁반찬으로 한우 불고기가 오른 것에 화가 났고, 그게 너무 맛있어서 젓가락질을 멈출 수 없는 것에 화가 났다. 우리 아파트 담벼락을 어지럽히는 선거 포스터에 화가 났고, 거기 적힌 후보자들의 좋은 일이란 좋은 일은 안 해본 거 없다는 식의 가짜 약력에 화가 났고, 조작된 약력을 부러워하는 내게 더 화가 났고, 특히나 별로 잘나지도 않은 얼굴을 대문짝만하게 뽑아준 인쇄소에 화가 났고, 뻔뻔하게 그걸 갖다 붙인 후보자들에 화가 났고, 셀카 사진 한 장 찍을 수 없는 내 현실에 무지무지 화가 났다. 그리고 투표 당일 신분을 증명할 길이 없어 투표조차 할 수 없다는 사실에 절망했다.

선거란 으레 그런 거려니 하고 끝나기만을 기다렸다. 하지만 선거가 끝나도 화는 가라앉지 않았다. 시도 때도 없이, 어디를 가든, 모든 것이 화를 불러왔다.

나폴레옹은 말했다. 불가능은 없다, 라고. 하지만 내가 알기로 나폴레옹은 투명인간에 대해 별로 아는 게 없었다. 하기야 투명인간에게도 불가능한 건 별로 없었다. 하지만 그중에 하필 연극이 끼어 있었다. 나한테는 그게 문제였다. 다시 무대에 설 수 없다고 생각하면 피가 거꾸로 치솟았다. 나는 잘난 놈도 똑똑한 놈도 재벌 2세도 아니었다. 사람들 틈에 있으면 간혹 누군가의 강렬한 시선이 의식될 때도 있었지만 그런 건 대개 내 오해였다. 그 시선은 내 앞이나 옆이나 뒤를 향한 것이었고, 나를 주목하는 사람은 그리 흔치 않았다. 나는 주목받는 삶과는 거리가 멀었다.

무대 위에서는 달랐다. 조명기가 쏘아낸 그 강한 불빛은 언제나 내게 머물렀다. 내가 움직이면 조명도 나를 따라 움직였고, 내가 멈추면 조명도 멈췄다. 무대에서 나는 카사노바도 되고 천재 발명가도 될 수 있었다. 물론 내가 연극을 한 건 그 때문만은 아니었다. 언젠가 수이에게 물어본 적이 있었다.

"내가 배우가 아니었으면, 그랬어도 날 좋아했을까?"

"아니."

수이는 일순간의 망설임도 없었다. 이제 서치라이트 불빛을 갖다 댄다 해도 그림자 하나 남길 수 없는 처지가 되고 나니 연극은 내가 할 수 없는 거의 유일한 장르가 되고 말았다. 그리고 무대에 오를 수 없는 나는 투명하든 투명하지 않든 수이에겐 없는 사람이었다.

생애 첫 주인공을 맡았던 공연을 꽤나 엽기적인 방식으로 망친 후, 나는 의도적으로 연극계 소식을 멀리했다. 대학로 쪽은 쳐다보고 싶지도 않았다. 우연히 〈옆집 발명가〉가 아직도 공연되고 있다는 걸 알게 됐을 때까지는…. 내가 투명인간으로 거듭난 바로 그 연극 말이다. 나는 당연히 공연이 취소됐을 거라고 생각하고 있었다. 그 연극은 주인공의 역할이 절대적인 작품이었고, 그걸 제대로 해낼 수 있는 사람은 나밖에 없었으니까. 대체 무슨 수로 공연을 계속한다는 걸까?

내가 극장에 도착했을 땐 아직 시간이 일러서 아무도 없었다. 있었다한들 누가 볼 리 없었지만 나는 한참이나 망설인 끝에 무대 위로 올라갔다. 거기서 서성대고 있자니 연습하던 두 달 동안 같이 고생한 배우와 스태프들한테 미안한 마음이 들었다. 모두가 믿고 따르던 최고참선배이자, 고된 연습을 이끌고 간 중심인물이자, 공연의 주인공이 그런 식으로 빠져버렸으니 다들 얼마나 허탈했을까?

어느새 관객들이 하나둘 객석을 채우고 있었고, 나는 그들한테도 미안했다.

'사실은 나를 보러 와야 했을 사람들인데… 이 사람들한테 제대로 된 공연을 보여줬어야 했는데….'

공연의 시작을 알리는 벨소리와 함께 극장의 모든 조명이 꺼졌다. 갑자기 맥박이 빨라지고 숨이 가빠졌다. 내가 맡았던 공박사 역은 누구한테 돌아갔을까? 새로운 공박사는 그 역을 어떻게 해석하고 어떻게 표현할까? 유치하다는 거 나도 알지만 솔직히 말해서 새로운 공박사가 역할을 제대로 해낼까 봐 겁이 났다.

공연은 어둠 속에서 무대 마루를 밟는 쿵쿵 삐거덕 소리와 함께 시작됐다. 나는 무대에 올라가 있기라도 한 것처럼 속으로 숫자를 셌다. 하나, 둘… 셋. 조명이 들어왔다. 그 순간, 나는 깜짝 놀라고 말았다. 무대 위를 서성대는 새로운 공박사가 너무 새파란 배우였기 때문이다. 그 깐깐한 연출이 기용한 걸 보면 연기재능이 대단한 친구인 모양이었다. 나도 모르게 어깨가 움츠러들었고 손바닥에서 땀이 배나왔다. 그런데 조금 이상했다. 그 친구가 객석으로 다가오는 동작이 어쩐지 어색했다. 일반관객이라면 그런가보다 넘어가겠지만 나는 관록 있는 배우 출신이었다. 아니나 다를까. 새로운 공박사가 소름이 돋을 만큼 괴상한 톤으로 말했다.

"아무도 없네."

낯이 뜨거워져서 나도 모르게 관객들의 눈치를 살폈다. 하지만 관객들은 와르르 웃음을 쏟아냈다. 그것도 연습할 때 내가 계산했던 바로 그 타이밍에…. 조금 당혹스러웠지만 금세 상황이 이해됐다. '새로운 공박사의 지인들이 몰려왔구나.' 기쁠 때나, 슬플 때나, 즐거울 때나, 손발이 오그라들 때에도 무조건 웃어주는 게 배우를 돕는 유일한 방법이라고 믿는 지인들은 얼마든지 있으니까.

이제 공박사는 자리에 앉아 과장된 동작으로 꾸벅꾸벅 졸았다. 어쩜 조는 거 하나도 저렇게 어색할까. 그것도 재능이라면 재능이었다. 나는 의자 등받이에 편안하게 기댔다. 그렇게 맘을 졸였던 게 민망했다. 잠시 후 공박사의 조수역을 맡은 동건이가 등장했다. 녀석이 공박사의 뒤로 다가갔을 때 나는 눈을 감아버리고 싶었다. 보는 나도 이런 지경인데 동건이 저 녀석은 얼마나 힘들까, 나를 얼마나 그리워하고 있을까, 생각하니 내 가슴이 다 미어졌다. 그런데 바로 그때, 무대 위에서 뜻밖의 상황이 벌어졌다. 동건이가 공박사를 못 보고 지나가더니 허둥대며 무대를 돌아다니는 것이었다. 그러는 사이 공박사 쪽의 조명이 점점 흐려지다가 꺼졌고, 다시 밝아지자 공박사는 보이질 않았다. 동건이가 말했다.

"오, 그렇구나. 오… 드디어 해내셨네. 과연 박사님은 천재세요. 박사님도 박사님이 안 보이시는 거죠? 아니면 아직 모르고 계시려나…?"

나는 그제야 공연 내용이 바뀌었다는 걸 깨달았다. 그러니까 내가 투명인간이 됐던 그날 그대로의 공연이 재연되고 있었던 것이다. 그날 나는 무대에 서 있기라도 했지만, 그렇게 사라진 새로운 공박사는 다시는 등장하지 않았다.

공연은 동건이의 독무대였다. 동건이가 멈추면 조명도 멈췄고 동건이가 움직이면 조명도 따라 움직였다. 원래 주인공이었던 공박사의 대사들은, 그러니까 내가 그토록 열심히 외우고 연기했던 대사들은 "응" "맞아" 따위의 간단한 말로 줄어들었고 그나마 녹음으로 처리됐다.

공연은 쉴 틈 없이 돌아갔다. 내 역할이 왜곡되고 삭제돼도 관객은 전혀 신경 쓰지 않았다. 나는 한 번도 받아본 적 없었던 열렬한 박수와 환호 속에 공연은 끝을 맺었다. 관객들의 성원에 힘입어 무기한 연장공연이 확정됐다는 안내방송이 흘러나왔다. 관객들이 다 빠져나가도록 나는 객석을 떠날 수 없었다. 허망했다. 하지만 어쩌면 잘 된 일인지도 몰랐다. 이젠 정말 끝이라는 걸 뼈저리게 느꼈으니까. 나의 20대를 온통 쏟아 부었던 연극과 그렇게 작별했다.

원치 않는 작별을 해야 했던 것은 연극만이 아니었다. 투명해진 후에도 나는 가끔 친구들과 술자리를 갖곤 했는데 이전과는 분위기가 미묘하게 달랐다. 내가 이런저런 얘기를 하면, 누군가가 "야, 무슨 라디오를 듣는 거 같애." "채널도 바꿀 수 있냐?" "노래도 한 곡 틀지?" 실없는 농담들이 쏟아졌다. 거기까지는 똑같았다. 다만 대화의 방향이 한 방향이었다. 도무지 썰렁하다고 투덜대는 놈이 없었다. 내가 "자식들아, 듣는 라디오 상처받는다."라고 하자 또 다들 "맞아, 너무했어." "그래, 상처받겠다, 쟤." "라디오가 뭐냐, 라디오가." 대화는 오로지 한 방향으로만 달려갔다.

그뿐인가? 내가 화장실에 간다고 일어나도 아무도 내 뒷담화를 하지 않았다. 뒷담화만이 아니라 아예 한기가 느껴질 만큼 어색해져서 아무도 입들을 안 열었다. 그래도 다행히 술이 인당 각 1병을 넘어가면 예전 분위기로 돌아갔다. 다만 다들 내가 거기 있다는 걸 잊었다. 벽에 기대 가만 보고 있자니 다들 할 말들이 많았고, 나처럼 느닷없이 투명해진 것도 아니면서 다들 나만큼이나 분노와 절망의 시절을 보내고 있었다. 얼마간의 시간이 지나가자 녀석들은 몹시 바빠졌고, 전화를 걸어도 연결되는 경우가 드물었다. 더러 연결된다 해도 심드렁하게 통화를 하다 보면 '봐서 뭐하게?' 하는 생각이 들었다.

그리고 수이…. 매일, 매순간 미칠 듯이 수이가 그리웠다. 마지막 자존심으로 버텼지만 결국엔 수이를 찾아갔다. 수이는 그새 유학을 떠났다고 했다. 수이다운 선택이었다. 투명인간도 아닌 수이는 그렇게 내게서 완벽하고 깔끔하게 사라졌다. 가끔 길을 가다보면 수이의 향기가 났다. 나도 모르게 그 향기를 따라 걷다보면, 그러니까 나는 안나 수이 향수를 뿌린 낯선 여자를 막연하게 따라 걷곤 했는데 그러다 보면 눈물이 났다. 그때만큼은 투명인간이 된 것도 나쁘지 않았다. 멀쩡한 남자가 모르는 여자를 따라가며 질질 짜는 모습을 누군가 본다고 생각해보라. 꼴불견도 그런 꼴불견이 없을 테니까.

그랬다. 나는 형체를 잃었고, 그와 함께 내가 가지고 있다고 생각했던 내가 속해있다고 생각했던 모든 대상을 잃었다.

6

투명인간이 되었음에도 나를 예전처럼 대하는 두 사람이 있었다. 어머니와 아버지였다. 그들은 내가 보이거나 보이지 않거나 여전히 부모 속이나 썩이는 아들일 뿐이었다. 게다가 이제 한 가지 걱정거리를 더 추가해준 그야말로 웬수같은 아들이었다, 나는.

아버지는 언젠가부터 거의 매일이다시피 술을 드셨다. 물론 아버지한테는 매번 그럴 만한 이유가 있었다. 친구가 죽거나, 친구가 아프거나, 친구 아들이 결혼하거나, 하다못해 친구 손녀딸 돌날이거나. 하지만 나는 알고 있었다. 아버지는 초상집이나 결혼식장 혹은 돌잔치에서 술을 마시는 게 아니었다. 아버지는 매일 저녁 골목입구 슈퍼 앞에서 혼자 소주 한 병을 깠다.

어머니는 남달리 순수한 성품인 아버지를 이끌고 고난의 세월을

앞장서 헤쳐 온 사람답게 이번 일에도 쉽게 물러서지 않았다. 처음엔 내 증세가 일시적인 것일 거라고 가볍게 생각했는지 오며가며 등짝을 탁탁 패거나 신경질을 부리는 정도였다. 하지만 시간이 가도 내가 여전히 투명한 채로 어슬렁거리자 바빠지기 시작했다. 나도 덩달아 바빠졌다. 어머니는 내 손목을 잡아끌고 용하다는 종합병원과 개인병원과 한의원을 찾아다녔고, 민간요법 전문가들, 강호에 숨은 침술가, 점술가들을 찾아갔다. 나중에는 목사와 스님과 무당한테도 갔다. 내가 싫다고 소용없는 짓이라고 투덜대면 어김없이 타박이 쏟아졌다.

"썅놈의 새끼. 그러니까 누가 그렇게 되래?"

은근히 자존심이 강했던 어머니는 장롱 밑에 들어간 백 원짜리 동전을 위해서는 무릎을 꿇을 수 있지만, 어느 누구에게도 눈길 한 번 내리깐 적이 없는 사람이었다. 하지만 내 치료를 위해 만나는 사람이라면 누구 앞에서도 깊이 허리를 숙였고 머리를 조아렸다.

"제발 잘 좀 봐주세요. 애가 이렇게 될 애가 아닙니다. 돈 버는 재주는 없어두 얼마나 착하구 성실한 애였는데요…."

하지만 그 누구도 나를 '잘 봐주지' 못했다. 의학계 쪽에서는, 기성 의학계든 강호의 숨은 의학계든, 나 같은 사례는 아직 보고된 적이 없다며 고개를 저었다. 그나마 내 증세에 대해 전문성이 있어 보였던 쪽은 종교계였는데, 목사는 내 죄를 회개해야 낫는다며 금식기도 백일 및 저명한 목사님의 안수기도를 권했고, 절에선 전생의 업을 씻어야한다며 천일기도를 권했다. 물론 무엇을 하든 꽤 거금이 필요했고, 부모님이 이 일에 쓸 수 있는 돈은 한정되어 있었기 때문에 그중에 한 가지를 선택해야했다. 백일을 굶으며 잘 알지도 못하는 하나님한테 빌거나, 천일 동안 매일 천 번씩 절을 한다는 것은 내게도 끔찍한 일이었지만 어머니에게 역시 너무 멀고 힘들게 여겨졌던 것 같다. 어머니는 단번에 해결을 본다는 정통 샤머니즘을 택했다. 하지만 기천만원짜리 굿판이 끝난 후에도 나는 여전히 투명했다. 무당은 이렇게 센 귀신은 처음 본다며 혀를 내둘렀다.

"여하튼간에 이제부터는 아드님 본인의 의지가 제일 중요해. 독하게 마음 잡숫고 귀신과 싸워 이겨먹든지 아니면 귀신이 감복할 때까지 빌든지 둘 중에 하나야. 안 그럼 평생 사람 꼴로 못 돌아와. 어림없어."

무당은 지친 표정으로 이렇게 말했는데, 간절한 눈빛으로 무당의 입만 바라보던 어머니는 얼굴이 백지장처럼 새하얗게 되더니 그만 혼절을 하고야 말았다. 그 후로 어머니는 나를 마주쳐도 등짝을 퍽퍽 치지 않았고 욕도 하지 않았다. 사실 어머니의 눈은 내가 불투명하다 해도 못 알아볼 것처럼 텅 비어버렸다.

마침내 어머니에게서 놓여난 건 좋았지만, 어쩐 일인지 나는 점점 더 화가 났다. 탈출구가 필요했다. 인터넷에 상주하는 지식인들의 처방에 따라 나는 운동에 매달렸다. 축구를 좋아했지만 축구전술의 새로운 대세인 티키타카와 나는 썩 어울리는 짝이 아니었다. 야구라면 그나마 할만 했고, 그중에서도 대주자라면 누구보다 잘 할 자신이 있었다. 하지만 이 나이에 야구장비 구입하겠다고 어머니한테 손을 벌릴 수는 없는 노릇이었다.

뭐니뭐니해도 혼자가 편했다. 뛰고 달리고, 팔굽혀펴기를 했다가, 윗몸일으키기를 했다가… 토하기 직전까지 구르다 보면 조금은 숨통이 트이는 기분이었다. 얼마 지나지 않아 팔뚝이며 다리며 가슴에 제법 탄탄한 근육들이 만져졌다. 그러자 욕심이 생겼다. 300명이나 되는 근육질 인간들이 벌거벗고 설쳐대는 영화를 몇 번이나 다시 봤는지 모른다. 나는 하루 온종일을 몸만들기에 투자했고, 내 근육은 농부들의 곡식만큼이나 성실했다.

알통이 불룩해져 세수하기가 불편해질 무렵 나는 오랜만에 거울 앞에 섰다. 뭘 보려고 했던 게 아니라 그냥 거울이 거기 있었으니까. 잠시 후 절규가 내 마음을 대변했다. 그러고 보니 보디빌딩은 철저하게 시각 영역의 아트였다. 여섯 조각의 근사한 초콜릿 복근을 만들어 본들, 이건 무슨 붕어새끼도 아니고, 탁본이나 떠야 감상할 수 있다니…. 세계적인 보디빌더 중에 투명인간이 단 한 사람도 없었던 까닭이 저절로 이해됐다. 쿡쿡, 웃음이 터졌다. 아직 덜 여문 초콜릿 조각들이 따라서 흔들렸다. 초콜릿에 행복을 느끼게 하는 호르몬이 함유되어 있다더니, 숨도 제대로 쉴 수 없어 헐떡댈 만큼 웃어본 건 머리털 나고 처음이었다.

한없이 계속될 것 같았던 투명인간 수용의 제2,3,4기 그리고 6기 7기… 그러니까 분노의 단계가 절정으로 치닫던 어느 날, 주방에서 작은 소란이 일었다. 냉장고 앞에서 물을 마시고 있는데 식사 준비를 하던 어머니가 내 뒤로 지나가다가 살짝 부딪쳤다. 정말 아주 살짝. 그런데 어머니가 소스라치게 놀라 들고 있던 접시를 바닥에 떨어뜨렸다. 접시가 깨지는 요란한 소음의 여운이 채 가시기도 전에 거실에서 TV를 보던 아버지가 후닥닥 달려와 버럭 소리를 질렀다.

"야, 이 자식아, 너 이게 무슨 짓이야! 누가 너더러 집에서 함부로 돌아다니래!"

놀란 아버지로선 충분히 할 수 있는 말이었지만, 나와 어머니 아버지 그렇게 세 사람 사이엔 이상하게 어색한 침묵이 찾아들었다.

그날 저녁, 아버지가 가족회의를 소집했다.

"얼마 전부터 혼자 생각해 온 문젠데, 나는 당신 뜻에 따를 테니까 내 말 잘 듣고 결정 해."

아버지가 한참 동안 내 왼쪽 어깨의 왼쪽 부위를 응시했다. 굉장히 숙연한 분위기였으므로 나는 아버지와 눈을 맞추기 위해 왼쪽으로 살짝 자리를 옮겼다. 어머니가 내 등짝을 찰싹 때리며 말했다.

"그렇게 들썩들썩하지 말구 아버지가 하는 말 똑바로 잘 들어."

"단도직입적으루 말할게. 나 서울 뜨고 싶어. 여보, 우리 시골로 갑시다."

아버지가 말했다.

"남들 보기도 창피하지만, 숨 막혀서 인제 더는 못 견디겠어. 어디서 달가닥 소리만 나도, 이놈이 지금 어디 있나, 뭘 보고 있나, 혹시 나를 보고 있는 거는 아닌가… 거실에 안방에 온 집안에 화장실에

까지 CCTV를 달고 사는 기분이야. 뭐 특별히 숨길 거야 없지만, 그래도 사람이 프라이버시라는 게 있는데…."

"…"

"나도 당신 마음 알아. 애 혼자 두고 어떻게 가냐 싶겠지. 하지만 지금 쟤 나이 때, 나는 우리 식구는 물론 본가, 외가 그렇게 세 가족 12명을 책임졌어. 그러니까 내 말은 저두 이젠 지 인생 지가 살 때가 됐다고…."

듣다보니 내가 참석할 회의가 아니었다.

"저는 들어가 볼게요. 두 분이 결정해서 알려주세요."

"그냥 앉아 있어. 니가 있으나 없으나 보기엔 별로 다를 게 없지만, 그래도 너 없는 곳에서 이런 중대한 결정을 하고 싶지는 않다. 여보, 어떻게 할래?"

"……"

아버지 말에 내내 입을 꾹 다물고 눈을 내려 깐 채 아무 반응도 하지 않던 어머니가 느닷없이 통곡을 하기 시작했다. 예고 없이 시작된 어머니의 통곡은 그날 밤 내내 계속되었고, 그 이튿날에도 그 다음날에도 잊을 만하면 다시 시작되곤 했다. 우는 사이사이로 어머니는 웅얼거렸다.

"얼마나 착했는데… 얼마나 이뻤는데… 돈벌이 좀 못하는 거… 그거 내놓고는 속한 번 썩힌 적 없는 내 새낀데…. 하늘도 무심하시지 어쩌다 이런 몸이 되어서…."

솔직히 말해서 어머니가 나를 그렇게나 높이 평가하고 있었다는 걸 그때 처음 알았다. 좀 더 일찍 알았으면 좋았을걸. 나는 어머니를 끌어안고 함께 통곡하고 싶은 기분이었다. 하지만 진짜 그러지는 못했다.

시골로 떠나던 날 어머니는 그때까지도 간헐적으로 터져 나오는 울음을 채 멈추지 못한 상태로 힘겹게 말했다.

"엄마는… 니가 평생 이 꼴로… 살 거라고는… 생각 안 해. 언제가 될지… 모르지만 꼭… 정상으로 돌아올 거야. 그때가 되면… 우리… 세 식구… 다시 모여서… 오순…도순… 살자."

시골로 내려간 후 어머니의 울음이 멎었다는 소식을 듣고 나는 아버지의 결정이 전적으로 현명했다는 걸 알았다. 하지만 예기치 않은 독립으로 나는 당장 생계가 막막해졌다.

7

내가 처음 투명인간이 되었을 때 친구들은 말했다.

"솔직히 나라면 은행부터 가겠다. 금고 들어가서 돈 몇 푼 집어온다고 누가 알기나 하겠어? 또 안다한들 잡히기를 하겠어. 안 그래?"

"그러니까… 뭐가 보여야 잡아도 잡지…. 크크크…."

"그러니까… 투명인간도 먹어야 살지. 안 그래? 캬캬캬…."

"그러니까…투철한 도덕성이 있다고 누가 알아주는 것도 아니고…. 키키키…."

친구들은 뭐가 그리 재밌는지 연신 웃어대며 투명인간으로서 내게 주어진 특권들을 가르쳤고 부러워했었다. 돈 한 푼 없이 부모로부터 느닷없는 독립을 당하고 나니 아닌 게 아니라 은행에라도 한 번 가볼까 하는 생각이 들었다. 솔직히 은행에 가긴 갔다. 대기의자에 앉아서 거의 온종일을 앉아있다가는 그냥 돌아왔다. 특별히 도덕성이 투철해서는 아니었다. 하필 은행금고에 들어간 그 순간에 내가 불투명해질 거라고 믿어서도 아니었다. 무슨 이유에선지 나는, 내가 그런 일을 하는 순간 정말로 투명인간이 되어버리는 거라는 생각이 들었다. 그러니까 나는 이미 투명인간이었지만 그래도 아직은 투명인간이 아닌 걸로 그렇게 믿고 싶었던 거다.

결국 나는 눈에 불을 켜고 인터넷이며 생활정보지를 뒤졌다. 일자리를 구하는 건 쉬운 일이 아니었다. 무엇보다 내게는 입사지원서에 붙일 최근 6개월 이내에 찍은 탈모한 사진이 없었다. 입사지원서에 왜 굳이 사진을 붙이라는 건지 나는 도무지 이해할 수가 없다. 합격을 하면 매일 보게 될 얼굴이고, 떨어지면 평생 안 볼 얼굴이 아닌가? 언젠가 부슬부슬 비가 내리던 날 낮술을 먹고 한 회사 인사담당자에게 전화로 항의했다. 인사담당자의 대답은 간단명료했다.

"입사지원서 양식에 사진 붙이는 난이 인쇄돼 있어서요, 저희로서도 어쩔 수가 없습니다."

허를 찔린 기분이었다. 하지만 허무하게 물러서고 싶지는 않았다. 문득 최근 6개월 이내에 탈모하고 찍은 사진이 생각났다. 나에 대해 훨씬 풍부한 정보가 담긴 사진이었다.

"엑스레이 사진을 붙여도 될까요?"

인사담당자는 조금도 당황하지 않았다.

"뭐, 그러시든지."

그리고는 다소 냉기 어린 목소리로 덧붙였다.

"지원자분 성함이 어떻게 되신다구요?"

집에서 혼자 하는 일은 하고 싶지 않았다. 내게는 달리 만날 사람도 없었고 딱히 해야 할 일도 없었다. 꼭 나가야만 할 일이 없다면 집을 벗어날 수 없을 거였다. 그래도 되는 사람도 있겠지만 나한테 그건 별로 좋지 않았다. 한동안 혼자 집에 있어 보니 그랬다. 집에서는 대부분의 시간을 거울 앞에서 절규와 노닥거리며 지냈고, 나머지 시간은 소파에서 우두커니 넋을 놓고 보냈다. 그러다보면 문득문득 섬뜩해졌다. 종종 나조차도 나를 느낄 수가 없었다. 몸뚱이를 더듬거리거나 손바닥에 혀를 대 보면 나는 당연히 지금, 여기에 있었다. 물론 나도 알고는 있었다. 내가 지금 여기 말고 어디로 간단 말인가? 하지만 어디 갈 리 없는 나는 TV 리모컨만큼이나 자주, 나로부터 사라졌다.

다행히 사진 따위 요구하지 않는 회사를 찾아낼 수 있었다. 간단한 약력과 자기소개서를 보내자 사장이 직접 연락을 해 왔다. 일단 보고 결정하겠다는 것이었다. 채용면접은 사장의 낡은 승용차 안에서 은밀하게 치러졌다. 이런저런 의례적인 절차는 일절 생략됐다. 사장은 내 학력도 나이도 가족관계도 묻지 않았다. 외국어 능력이나 보유하고 있는 자격증 따위에 대해서도 묻지 않았다. 사장은 그저 팔 다리 얼굴 등 내 몸 여기저기를 만졌다. 그러다가 조금 떨어져서 나를 살폈고 다가와서 다시 만졌다. 이윽고 사장이 중얼거렸다.

"딱이네."

그리고 잠시 머뭇대더니 조심스럽게 말했다.

"솔직히 스펙은 탐나…. 근데 다른 데 다 놔두고 왜 구멍가게 같은 우리 회사를 택했는지 그게 좀…. 돈은 많이 못 줘. 자기가 얼마를 상상하든 그 이하일 거야. 그래도 할 수 있겠어?"

다행히 나는 돈이 많이 드는 부류의 인간이 아니었다. 롤렉스 시계나, 아르마니 정장, 캐나다 구스 따위에는 별 감흥이 일지 않았고, 골프나 크루즈 여행 같은 호사 취미도 없었으며, 에르메스 핸드백과 나를 동시에 사랑하는 여자 친구도 없었다. 내가 필요로 하는 건 일용할 양식이 전부였다.

내 직종은 개발 조사요원이었다. 줄 사람 없다고 몇 번이나 사양해도 사장이 '또 다른 얼굴'이라며 굳이 만들어준 명함에는 그렇게 찍혀 있었다. 사장이 '개 발'에 땀 날 만큼 열심히 조사하라는 낯 뜨거운 의미로 만든 신조어였는데, 정확하게 표현한다면 비정규직 미행요원이었다. 불륜의 혐의가 있는 표적의 뒤를 밟는 게 내 주요 업무였다.

썩 내키는 일은 아니었다. 사장 말대로 내 신체적 특성에는 딱이었지만 적성에 안 맞았다. 그렇고 그런 인간의 뒤나 쫓는다는 것도 그렇고, 그렇고 그런 인간이 그렇고 그런 일을 언제 벌이나 애타게 기다리는 나를 발견할 때면, 한숨이 절로 났다.

하지만 그렇고 그런 그 표적들을 쫓다가 문득 깨달았다. 그들은 적어도 한 가지 면에서 나보다 우월한 인간들이었다. 그들은 입사지원서에 붙일 사진 정도는 언제든지 찍을 수 있는 인간들이었다. 그 사실을 깨닫고 나자 내게는 더 이상 그들이 그렇고 그런 인간들이 아니었다. 아니, 나는 그들 모두가 부러웠다. 특히 부러웠던 것은 침묵과 눈빛만으로도 의사소통이 가능하다는 것이었다. 침묵으로도 소통이 가능하다니! 그게 얼마나 멋진 일인지 나는 예전에 미처 몰랐다.

"어디 있는 거야? 지금 어딜 보고 있어?

누군가와 함께 하는 자리에서 내가 침묵하고 있으면, 사람에 따라 조금씩 시간차는 있었지만 결국에는 다들 그렇게 말했다. 내가 아무리 열렬한 눈빛으로 깊은 사랑과 우정을 보내도 소용없었다. 그리고 그 말을 한 사람은 얼마 후에 내 시야에서 사라졌다. 친구들이 그랬고, 수이가 그랬고, 부모님이 그랬다.

하지만 나의 표적들은 자신들이 누리고 있는 불투명함을 마치 물이나 공기를 그렇게 하듯 고마운 줄 모르고 낭비했다. 나는 그게 또 부러웠고 부럽다 못해 심통이 났다.

그래도 시간을 흘려보내기엔 그만한 일도 없었다. 나는 되도록 많은 시간을 표적과 함께 보냈다. 아침 일찍 표적의 집 앞에서 기다렸다가 일터로 함께 출근했고, 표적의 주변에 머물러 일과를 함께 했으며, 일과가 끝나면 함께 퇴근하거나 불륜상대를 만나러 가는 길에 동행했다. 물론 불투명인간으로 느닷없이 회귀하는 만일의 사태에 대비, 틈날 때마다 손거울을 챙겨보면서….

어디나 마찬가지겠지만 불륜계의 인물들도 꽤나 다양했다. 길 가다 만나면 아는 척할까 겁나는 인물들도 없지 않았지만, 괜찮은 인물도 적지 않았다. 친구도 생겼다. 그중 한 친구와는 술도 몇 번이나 같이 마셨다. 물론 그 친구에게 말을 걸어본 적은 없고, 술도 조금 떨어진 자리에서 마시기는 했지만. 뭐 그래도 친구는 친구였다. 짝사랑도 사랑은 사랑이니까.

표적과 얼마간의 시간을 함께 지내다 보면 절정의 순간이 저절로 포착됐다. 내 절정은 아니었지만 그때마다 나는 흥분됐고, 또 허탈해졌다. 그건 새로운 만남을 위한 이별의 순간이었으니까. 그동안 수집한 사진과 녹음파일들을 보내면 나머지는 회사에서 처리했다.

이거 하나는 자랑하고 싶다. 내가 개인적인 친분에 얽매어 일을 그르친 적은 단 한 번도 없었다는 거. 나는 직업윤리에 충실했고 공정하고 투명하게 일을 처리하려고 애썼다. 당연한 얘기겠지만 나는 꽤나 인정받는 직원이었다. 꽤나 정도가 아니라 누군가에게 그렇게나 인정받은 건 그때가 처음이었다. 사장은 기회 있을 때마다, 나를 추켜세우곤 했다.

"역시 내가 보는 눈이 있다니까. 자기는 혜성처럼 등장한 업계 최고의 유망주야. 내 밑에서 조금만 더 노력하면 머지않아 세계 최고의 개발조사 전문가가 될 거야. 틀림없어."

자신의 말에 추호의 거짓도 없음을 보여주기라도 하듯, 사장은 갈수록 더 많은 책임을 나한테 맡겼다. 다른 직원이 해도 충분한 일은 내게 돌아오질 않았다. 내가 맡는 표적은 이제 영향력 있는 인사들이었다. 영향력 있는 인사들은 훨씬 더 불투명했고 훨씬 더 능숙

한 배우들이었다. 그들에게서 뭔가를 캐내려면 훨씬 더 밀착해야 했다. 그건 나로서도 그리 쉬운 일이 아니었다. 투명하다는 것은 내 동업자들 모두가 부러워하는 스펙이었다. 하지만 그것만으로는 부족했다. 업무 중에 긴장을 늦출 수 없었던 물론이고, 사전준비 또한 철저해야 했다. 옷깃에 바람 스치는 소리, 발자국 소리, 딸꾹질 한 번으로 오래 공들인 작업이 물거품이 될 수도 있었으니까.

소리는 그나마 나았다. 몸에 꼭 맞는 면 추리닝에 면 티셔츠 그리고 밑창이 부드러운 가벼운 운동화를 착용하고 집중력만 잃지 않는다면 얼마든지 통제가 가능했다. 제일 큰 문제는 냄새였다. 물론 세상에 별사람 다 많으니 이런 사람이 없으리라고 단정할 수는 없겠지.

'이런… 사람은 보이지도 않는데 냄새가 나는구나. 가만있자 이건… 〈팬틴 프로브이 헤어스파 내추럴 캐어 샴푸〉의 향이 아닌가? 설마… 흠흠… 오오… 〈존슨앤존슨 뉴트로지나 릴랙싱 바디 모이스처라이저〉의 냄새도 살짝 섞여 있어… 그녀다! 아름다웠던 나의 옛사랑…. 그녀의 추억이 배인 향기가 이렇게 졸졸 쫓아와 주다니…. 아, 인생은 아름다워, 라라라라….'

하지만 그렇게 아름다운 인간은 애초에 내 미행 대상이 아니었다.

비누, 샴푸, 스킨로션, 향수, 세탁용 세제, 섬유유연제, 마늘, 파, 양파, 김치찌개, 된장찌개, 삼겹살, 고등어구이…. 업무를 시작하기 전에 접근해서는 안 될 것들의 목록은 끝도 없었다. 구취, 겨드랑내, 땀냄새는 업무 중에도 수시로 지워야 했으며, 예기치 못한 대장 활동을 불러올 수 있는 삶은 달걀이나 고구마는 아예 입에 대 본 적도 없었다.

나는 투명할뿐더러 소리도 냄새도 없는 대략 40%의 인간 생활에 점점 익숙해졌다. 영향력 있는 인사가 운전하는 승용차 뒷좌석에 앉아 부산에도 갔다 오고, 땅끝마을에도 다녀왔지만 들킨 적은 단 한 번도 없었다. 내가 마음만 먹는다면 내가 지금 여기에 있다는 걸 아무도 알지 못했다.

회사는 급속도로 팽창했다. 물론 내 공도 무시할 수 없었지만 사장의 깨달음이 보다 중요했다. 사장은 어느 날인가부터 내가 만든 영향력 있는 인사들의 자료를 의뢰인에게가 아니라 영향력 있는 인사 본인에게 보냈다. 그렇게 하는 것이 훨씬 효율적이라는 사실을 깨달았던 것이다. 금전적으로도 그렇고, 자신의 영향력을 키우기에도 그렇고.

하지만 내 월급으로 말하자면 여전히 비참한 수준이었고 그마저 제때 나온 적은 단 한 번도 없었다. 내가 전화해서 따지고 들면 사장은 "오, 깜빡했어. 미안, 미안. 근데 자기 요즘 왜 그렇게 안 보여? 하하." 시답잖은 농담으로 얼버무렸고, 한두 달 더 기다리다가 독촉하면 물기 없는 목소리로 "너 말고도 일할 사람은 많아." 말하자면 협박했다. 물론 거기 말고도 회사는 많았다. 하지만 다른 회사라고 다르리라는 보장이 없었다. 경찰이나 고용노동청을 찾아볼까도 생각했지만 고용계약서를 작성한 적이 없고, 세금을 낸 적도 없으니 한심한 노릇이었다. 게다가 사장이 업계에 소문을 퍼뜨릴까

꺼림칙했다.

"안 보이는 놈이 하나 있는데, 이 자식이 아주 안하무인이야. 그 자식 데려다 쓰면 나 안 보겠다는 거라고 알아들을 테니까, 알아서들 하라고."

사장은 충분히 그럴 수 있는 위인이 되어 있었고, 그 무렵에는 업계에 미치는 영향력도 상당했다.

날이 갈수록 스트레스가 심해졌다. 늘 속이 더부룩했고 명치끝이 타들어가는 것처럼 쓰라렸다. 거기에 대해 인터넷 지식인은 전형적인 위궤양 증상이며 방치했다간 천공이 될 수도 있다고 경고했다. 한동안 조심했지만 증세는 호전되지 않았다. 달리 방법이 없었다. 나는 동네 내과의원을 찾아가 놀란 의사를 달래고 사정사정해서 수면 내시경검사를 받았다. 잠에서 깨어나자 의사가 난감한 얼굴로 더듬거리며 말했다.

"에… 그게 말입니다…. 환자분의 경우는… 에… 신체 전체가 구멍이라… 멀쩡한지 혹은 어디에 천공이 생겼는지 현대의학으로는 잘…."

병원을 나서는데 이게 뭐하는 짓인가 싶었다. 내가 이 꼴로 무슨 영화를 보겠다고…. 당장에 사직서를 써서 보내자 사장이 펄쩍 뛰었다.

"너 돈이 그렇게 중요하냐? 그런 거야? 그렇게 안 봤는데 너도 다른 놈들이랑 똑같은 놈이었구나. 그렇게 살지 마라. 있다가도 없는 게 돈이야. 거기 매달리기 시작하면 사는 거 구차해진다."

"거기 매달리지 않았어도, 늘 구차했는데요, 뭐."

그렇게 대답하고 전화를 끊었다. 속이 썩 후련하지는 않았다. 사장은 하루에도 수십 번씩 연락을 취해왔지만 나는 받지 않았다. 어느 날 구차하기 짝이 없는 카톡 메시지가 날아들었다.

> 나는 몰랐는데 뭔가 오해가 있었던
> 듯 ㅠㅠ 확인해 보니 경리 김양이
> 실수로 급여이체를 몇 번 누락했다
> 네. 방금 한 달치 급여 입금 완료. 나
> 머지+뽀나스 대화한 다음에 입금.
> 연락 요망^^

그리고는 바로 전화벨이 울렸다. 나는 통화거절 버튼을 누르고는 그동안 보관하고 있던 영향력 있는 인사들의 자료들을 모든 언론사에 보냈다. 물론 사장 이름으로. 예상과 달리 기사로 다룬 언론사는 단 한 곳도 없었다. 다만 사장의 전화질은 그날 이후 뚝 끊어졌다.

8

투명인간으로 한 3년쯤 쉬지 않고 살다보니 〈투명인간을 대하는 불투명 인간들의 태도에 관한 경험적 고찰〉이라는 제목으로 논문을 쓸 수도 있을 것 같았다. 너무 어렵게 생각할 건 없다. 아주 간단하다.

투명인간을 대하는 불투명 인간들은 대개 두 부류 중 하나다. 투명하다는 사실 때문에 떠나거나, 투명하기 때문에 다가오는 사람. 사실 대부분의 불투명인간들은 전자에 속한다. 후자에 속하는 이들은 주로 음지에서 양지를 지향하는 이들이다. 박사장처럼.

그런데 갑자기 이 두 가지 어디로 분류해야 할 지 애매한, 예외적인 부류가 나타났다. 조화백이 그런 경우다. 어느 날 낯선 번호의 전화를 받았더니, 저쪽에서 다짜고짜 던진 말이 이랬다.

"나 조 모라는 그림쟁이야. 내 그림의 모델이 되어주게."

너무나 당당하고 단도직입적이어서 나를 다른 사람으로 착각했을 거라는 생각은 들지 않았다. 다만 시간을 잘못 맞춘 전화일 거라고, 그러니까 연극배우 시절의 나를 찾는 전화일 거라고 나는 생각했다. 어쩌자고 이제 와서… 그것도 하필 모델이라니…. 그림에 대해서는 아는 게 거의 없었지만 내가 모델에 어울리는 조건을 갖추지 못했다는 것쯤은 알고 있었다.

"제가요, 지금… 스트레스가 심한 상태라서요…. 머리도 엄청 빠지고, 배도 좀 나온 데다가, 턱선도 상당히 무너진 거 같습니다. 그렇다고 늙은 어부들처럼 주름이 굵직굵직한 것도 아니어서, 모델로는 좀…."

한동안 묵묵히 듣고만 있던 조화백이 내 너스레를 잘랐다.

"됐네, 객쩍은 소리 집어치우게. 자네에 대해서라면 알 만큼 알고 있으니까. 무명의 투명인간을 찾는다는 게 그리 쉬운 일은 아니더군."

내가 투명인간이라는 사실을 알게 되면 놀라 자빠져야 할 사람은 저쪽이라고 생각했는데 뜻밖의 말에 내가 놀라 한참이나 버벅거렸다.

"이, 이거는 농담이 아니라 진짭니다. 사, 사실이요. 그니까 진짜 사실인데요. 저는 선생님이 찾는 그런 투명인간이 아닙니다. 평범한… 아니, 일반적인… 그러니까 보통 우리가 흔히 접할 수 있는 그런 투명인간이 아니라는 말씀입니다. 모델은 그런 투명인간한테나 어울리는 일이죠. 그러니까 뭐랄까… 삼선짬뽕을 먹으면 오징어며 죽순이며 단무지 같은 것들이 사람들한테 그대로 노출돼서 완전히 소화되기 전까지는 좀처럼 외출을 할 수 없는 그런 투명인간 말입니다. 저는 그런 식의 투명인간이 아니구요….”

이번에도 내가 채 말을 끝내기 전에 조화백이 말을 잘랐다.

“내가 원하는 게 바로 그걸세.”

“뭘… 원하시는데요?”

“자네의 그 순수하고도 완벽한 투명함.”

“네?”

그 순간, 나는 멍해져서는 더듬더듬 중얼거렸다.

“지금 뭐라고 하셨는지… 다시 한 번… 말씀해 주시겠습니까?”

뭔가를 놓치거나 잘못 들은 건 아니었다. 그땐 TV도 라디오도 켜지 않았고, 창문도 꽉꽉 닫아놓은 데다가, 건전지를 빼놓아서 벽시계도 멈춰 있었다. 말하자면 주위가 순수하고도 완벽하게 고요했다. 게다가 조화백의 목소리는 순수하고도 완벽하게 카랑카랑해서 한 마디 한 마디가 귀에 쏙쏙 들어왔다. 다만 내 귀엔 그 말이 시처럼 노래처럼 느껴졌고, 그래서 다시 듣고 싶은 것이었다.

“자네가 지닌, 순수하고도, 완벽한, 투명함을 그림으로 표현해 보고 싶다고 했네.”

조화백이 또렷한 목소리로 또박또박 읊조렸다. ‘순수’하고도 ‘완벽’한, 이라니…. 그렇게 긍정적인 단어들이 연속해서 앞에 붙으니까 심지어 ‘투명함’이라는 말조차 긍정적으로 들렸다. 물론 기분이 마냥 들뜨기만 한 것은 아니었다. 나를 그린다구? 대체 뭘 보구? 어떻게? 내가 조심스럽게 묻자 조화백이 다소 딱딱해진 투로 말했다.

"자네는 내 제안을 받아들일 수도 있고 거절할 수도 있어. 생각할 시간을 달라고 해도 좋아. 어떤 선택을 하든 자네 자유네. 하지만 이거 하나는 알아주게. 나는 작금의 세상에 넘치는 불투명성에 대해 몸서리쳐지는 분노를 느껴왔네. 모든 고통과 죄악은 바로 그 색으로부터, 욕망으로부터 나오는 것일세. 세상은 왜 순수할 수 없는 것일까? 세상은 왜 한없이 순수한 투명일 수 없는 것일까? 그것은 나의 화두였지. 그런데 어느 날, 자네가 무대 위에서 투명인간이 되어버렸다는 얘기를 들었네. 그 순간 나는 강렬한 영감을 받았네. 이 추악한 불투명의 시대에 자네야말로 하나의 메시지라고 느꼈다네. 자네의 투명성이야말로 이 세상을 구원할 수 있는 진정한 메시지인 걸세! 내 말 무슨 뜻인지 알아듣겠나?"

"아… 예에."

나는 나도 모르게 경건한 자세가 되어 대답했다. 뭔지 정확히는 모르겠지만, 조화백의 열정어린 말은 나를 감동시키는 데가 있었다. 조화백이 덧붙여 말했다.

"물론 어려울 거야. 당연히 어렵지. 예술이라는 건 말이야… 백척간두진일보라는 말 들어본 적 있나? 절벽꼭대기까지 올라가는 것도 물론 힘들지. 하지만 거기서 머물면 예술이 아니야. 절벽 끝에서 한 발 내딛지 않으면 안 돼. 내 말 무슨 뜻인지 알겠나? 아니, 자네가 굳이 그거까지 알 필요야 없지. 하지만 이거 하나는 알아두게. 우리가 이 일을 제대로만 해낸다면 그건, 미술사에 길이 남을 업적이 될 걸세."

조화백의 사정에 따라 그때그때 다르긴 하지만 나는 일주일에 서너 번씩 화실로 출근했다. 화실은 한강이 내려다보이는 언덕배기에 세워진 저택의 2층을 통으로 틔워 만든 근사한 공간이었다.

화실에 처음 갔을 땐 너무 황공해서 몸 둘 바를 몰랐다. 조화백은 마치 1·4 후퇴 때 헤어진 조카를 만나기라도 한 것처럼 내 손을 꼭 잡고는 어서 와라, 차가 막히지는 않았냐, 멀리 오느라 수고했다, 춥지는 않았냐, 밥은 먹었냐, 한참이나 너스레를 늘어놓았다. 인사치레 가운데 빠진 말이 있다면 '얼굴 좋아졌네.' 혹은 '무슨 일 있니? 얼굴이 반쪽이다.' 정도? 그런 환대는 처음이라 어색하고 민망해서 혹시 내 얼굴 부위에 붉은 기라도 감돌고 있는 거 아닐까 걱정될 지경이었다. 그건 안 될 말이지! 조화백이 나를 부르고 환대하고 꽤나 짭짤한 시급까지 챙겨주는 건 내가 지닌 순수하고도 완벽한 투명함 때문이었으니까. 실제로 조화백과 함께 있을 때면 내가 투명하다는 게 전혀 결함처럼 여겨지지 않았다. 아니, 때로는 어깨가 으쓱해지도록 대단하게 여겨질 때조차 있었다. 나는 그게 좋았다.

일단 작업에 들어가면 조화백의 요구는 언제나 한결같았다.

"여기 앉게. 자네가 제일 편안한 자세로. 그리고 그 자세를 유지해 주게."

처음엔 굉장히 난감했다. 무대에는 서봤지만 모델일은 워낙 처음이었으므로 어떤 자세가 좋을지 도무지 짐작이 가지 않았다.

"선생님께서 자세를 만들어 보여주십시오. 그대로 따라하겠습니다."

내가 그렇게 제안했더니 조화백은 정색을 하며 도리질을 했다.

"거기에 대해서라면… 나는 자네한테 아무것도 요구하지 않을 거야. 뭔가 요구를 하게 되면, 그러지 않으려고 무척 조심을 한다고 해도, 나도 모르는 사이에 어떤 인상이 생겨. 그럴 수밖에 없지 않겠나? 그 인상이 저절로 사라질까? 천만에. 처음에는 물렁물렁하다가도 시간이 지나면 점점 딱딱해져서 상처딱지처럼 눌러앉게 될 거야. 그렇게 된다면… 내가 어떤 순간에 뭔가를 포착한다고 하더라도 그게 진짜 그 순간에 포착한 진실일까? 그러니까 그게 내가 원하는 순수하고도 완벽한 투명의 이미지일까? 아니, 나는 그렇게 생각하지 않아. 그럴 거면 아무한테도 말도 못하는 이 미친 작업을 뭐하러 하고 있겠나? 안 그래? 자네 내 말 무슨 뜻인지 알겠나?"

솔직히 조화백의 말을 듣는 그 즉시 100프로 이해했다면 거짓말이다. 그래도, 가령 한 반쯤만 이해했다손 치더라도, 내 생각에 그는 분명 훌륭한 예술가 같았다. 조화백의 기대에 부응하기 위해 나는 최선을 다해 나만의 포즈를 만들었다.

내가 자세를 잡고, 조화백에게 신호를 보내면 그때부터 숨 막히는 시간이 시작됐다. 다리가 저리다고 혹은 배에 가스가 찼다고 살짝이라도 움직여서 의자가 신음소리라도 냈다간 당장에 불호령이 떨어졌다.

"꼼지락대지 마! 신경 쓰여서 집중을 할 수가 없잖아!"

조화백은 제대로 별종이었다. 한번이라도 경험해 본 사람은 다들 동의하겠지만 투명인간, 그것도 나처럼 순수하고도 완벽한 투명인간과 한 공간에서 지낸다는 건 그리 쉬운 일은 아니다. 한동안은 그럴 수 있다고 해도 시간이 지나면 다들 불안해서 안절부절못하니까.

하지만 조화백은 내 시선, 내 생각 따위 전혀 신경 쓰지 않았다. 두 시간이고 세 시간이고 꼼짝 않고, 내가 이렇게 된 게 저 양반의 책임이 아닐까 의심이 들만큼, 뚫어져라 쳐다봤다. 그럴 때 조화백의 눈빛은 강렬하고도 집요해서 간혹 눈이 맞으면 나도 모르게 등줄기가 서늘해졌다. 어떨 땐 오히려 내가 불안해서 어쩔 줄을 몰랐다. 그렇다고 찍 소리라도 냈다간 여지없이 불벼락이 떨어졌다.

나는 모델 일이 그렇게 힘들 거라고는 꿈에도 몰랐었다. 투명할 때든 불투명할 때든 모델 일을 해 본 건 처음이었으니까. 두세 시간 동안, 어떨 땐 대여섯 시간을 꼼짝 않고 똑같은 자세로 앉아 있다 보면 온몸의 관절이란 관절들은 죄다 비명을 넘어 사이렌을 울려댔다. 간간이 대화라도 나눌 때는 그나마 나았지만, 그마저 금지된 다음에는 정말이지 환장할 지경이었다. 그럼에도 불구하고 나는 어떻게 해서든 조화백의 역사적인 예술 활동에 도움이 되고 싶었다. 오죽했으면 그 자리에 앉을 때마다 하늘에 대고 이런 기도를 다 드렸을까?

'작품이 완성될 때까지, 아니 적어도 오늘 내가 이 자리에서 일어날 때까지는 불투명해지는 불상사가 벌어지지 않게 해 주시기를….'

하지만 작업은 순조롭게 진행되질 않았다. 예정됐던 두 달을 지나 석 달이 넘어갔는데도 조화백은 그림을 그리기는커녕 물감을 개는 모습도 보여준 적이 없었다. 이유는 묻지 않았다. 그건 내가 개입할 수 있는 영역의 일이 아니었으니까. 나로서는 그저 짐작만 할

뿐이었다.

'아, 백척간두에서 한 발짝 내디디는 일이 과연 힘들긴 힘들구나….'

그러다 운명의 그날이 왔다. 그 날은 시작부터 좋지 않았다. 실은 그 며칠 전부터 온몸에 으슬으슬 한기가 도는 것이 몸살이라도 올 것 같은 기분이었다. 하지만 약국이나 병원에 가자면 불편한 게 한두 가지가 아니라 어찌 되겠지 하고 버텼던 것인데 그날 아침엔 끙끙 소리가 나올 만큼 온몸이 쑤셔댔다. 그날따라 조화백의 컨디션도 유난히 나빠 보였다. 내가 늘 앉던 자리에 앉아 겨우 자세를 잡자, 퀭한 눈으로 한참이나 내 쪽을 들여다보더니 긴 한숨 끝에 이렇게 중얼대는 것이었다.

"의자밖에 안 보여. 의자밖에는…."

그리고는 말 한마디도 없이 무려 다섯 시간 동안 창가에만 붙박여 있었다.

그러는 사이 나는 소리도 못 내고 혼자 끙끙대고 있었다. 열이 오르는가 싶더니 머리가 욱신욱신 쑤시며 온몸이 아팠고, 나중에는 세상이 빙빙 돌았다. 더 이상은 견디기 힘들 것 같아서 그만 가야겠다고 말하려 일어서는데 현기증이 나서 비틀, 중심을 잃었다. 다행히 의자 팔걸이를 붙들고 버티긴 했는데 그 서슬에 조화백이 홱 돌아보더니 몹시 놀란 얼굴로 더듬거렸다.

"자, 자네, 지금…."

조화백이 더듬더듬 가리킨 곳을 봤더니 아이보리색 카펫 위로 빨간 피가 뚝뚝 떨어지고 있었다. 젠장, 쌍코피가 터져버린 것이었다. 나는 피가 나오는 건 나쁜 일은 아니라고 생각한다. 내 몸에서 뭔가가 빠져나와 형체를 드러내는 걸 본다는 건 정말이지 경이로운 일이 아닐 수 없다. 하지만 나한테서 순수하고도 완벽한 투명함의 이미지를 끄집어내겠다고, 투명의 메시지로 세상을 구원하겠다고 석 달 넘게 분투중인 조화백 앞에서 그런 추한 꼴을 보이다니….

조화백은 쉬다 가라고 만류했지만 나는 양쪽 콧구멍에 솜뭉치를 틀어박은 채 화실을 나섰다. 내가 일을 망치는 데는 선수라는 거 나 자신도 인정하는 바였지만 그날은 도무지 나를 용서할 수가 없었다.

하, 쌍코피라니….

조화백의 예술혼에 시뻘건 핏물로 보답한 이후, 나는 한동안 아팠다. 우선은 몸이 아팠지만 마음도 무척 아팠다.

인터넷에서 조화백의 개인전 소식을 접한 건, 그로부터 한 달여가 지난 어느 날의 일이었다. 나는 한 달음에 전시회장으로 달려갔다.

〈절대적이고 순수한 투명에 대한 연구 – 투명인간 展〉

갤러리 벽의 현수막에는 그렇게 씌어 있었다. 내가 다 가슴이 벅찼다. 그렇게 애를 쓰더니 조화백은 기어코 절벽 끝에서 한발을 내디디는데 성공한 것이다. 조화백은 나를, 투명인간을 어떻게 표현했을까? 절대적이고 순수한 투명은 또 어떤 모습으로 그려졌을까?

나는 내가 아직 불투명하던 시절 무대에 올랐을 때만큼이나 흥분됐다.

전시장은 입구부터 인산인해였다. 나는 사람들의 장막을 헤치고 천천히 조화백의 작품을 향해 다가갔다.

9

> 그것은 '투명과 불투명, 그리고 그 사이' 에 관한 웅혼한 서사시였다. 절대적이고도 완벽한 순수, 즉 '투명' 이 우리 눈앞에 그 실체를 드러내었고….

훗날 조화백의 전시회를 극찬한 어느 미술평론가의 글은 그렇게 시작되었다.

그 전시회를 내 식으로 표현하자면 이렇다. 전시된 작품은 열두 점이었다. 30평 아파트 거실 벽만 한 크기가 2개, 그거 반만 한 게 6개, 그거의 반 만 한 게 4개였다.

제일 작은 캔버스에는 아무 것도 그려져 있지 않았다. 그거 두 배만 한 캔버스 여섯 개에는 각각 새빨간 점이 한 두개씩 찍혀 있었다. 그리고 30평짜리 아파트 거실 벽만 한 캔버스 2개에는 크고 작은 붉은 점들이 아주 많이 찍혀있었다.

처음부터 말했지만 나는 그림에 대해서는 잘 모른다. 솔직히 살면서 미술 전시회장이라고는 단 한 번도 가본 적이 없었다. 그래서인지 조화백의 그림들을 보고 내가 제일 먼저 생각했던 건 '이건 유치원생도 그릴 수 있는 거 아닌가?' 하는 다소 불경스러운 생각이었다. 하지만 그림에 붙어있는 가격표를 확인한 순간 내 생각은 완전히 바뀌고 말았다. 〈절대적으로 투명한… – 해방〉 아무것도 그려져 있지 않은 그림에 붙어있는 제목이었다. 새빨간 점이 한두 개씩 있는 그림에는 〈깊은 투명으로부터의 탈출 – 탄생〉이라고 붙어있었다. 진짜 커다란, 그러니까 30평짜리 아파트 거실 벽만 한 크기의 캔버스에 붉은 점들이 이리저리 뿌려져 있는 그림에 붙은 제목은 〈그리하여 다시, 아름다운 불투명 – 군무〉였다.

나는 벅차오르는 심정으로 오랫동안 그림을 들여다보았다. 조화백과의 첫 만남에서부터 지금까지 있었던 일들이 주마등처럼 스쳐지나갔다. 마지막 날 내가 쌍코피를 쏟는 처참한 실수를 저질렀음에도 조화백은 거기에서 새로운 아이디어를 발견했던 게 틀림없었다. 투명과 불투명 사이에 점점이 뿌려진 붉은 점들은 분명 저 운명의 날, 내가 흘렸던 코피가 분명하다. 남들 같으면 고개를 돌리고 말 더러운 코피마저도 예술로 승화하다니, 조화백은 역시 대단한 예술가였던 것이다. 이런 생각을 하고 있는데 옆에서 그림을 지켜보던 샤넬백과 에르메스백이 속삭이는 소리가 들렸다.

"작품 좋다. 좀 사둘까?"

"늦었어. '투명' 2점만 남고 벌써 다 팔렸다는데 뭐…."

"그래? '투명'은 아무래도 좀 심심하지?"

"아무래도 쫌 그렇지…."

내가 듣기에 그들의 평가는 옳지 않았다. 그 '심심한 투명'이 어떤 고통스러운 과정을 거쳐서 나온 것인지 안다면 감히 그런 소리를 할 수는 없을 것이다. 하긴 그 힘겨웠던 순간들은 오로지 나와 조화백, 우리 두 사람만이 알 수 있는 것이긴 하다. 나는 너그러운 마음으로 샤넬백과 에르메스백의 무지와 무례를 용서했다. 그나저나 나를 그린 그림들이 엄청나게 비싼 데다 벌써 거의 다 팔리기까지 했다니, 내 어깨가 다 으쓱해지는 기분이었다.

그때 전시장 한쪽에서 조화백의 기자회견이 시작되었다. 수십 명의 기자와 관람객들에 파묻혀 조화백의 모습은 보이지도 않았고 목소리만 겨우 들렸다.

"투명인간을 통해서 투명을 표현하셨는데… 구체적인 모델이 있었습니까?"

나는 긴장돼서 숨을 멈췄다. 내 주위 사람들도 눈을 빛내고 귀를 세웠다. 조화백이 미소 띤 얼굴로 고개를 끄덕이며 말했다.

"구체적인 모델이라… 글쎄요, 있었다 해도 내가 그 사람을 보고 이 작품들을 그리지는 못했겠지요?"

사람들이 와그르르 웃었다. 웃음소리가 가라앉자 조화백이 헛기침으로 주의를 끌고는 사뭇 진지한 얼굴로 말했다.

"화가가 무엇을 보는지는 중요하지 않습니다. 대상은 대상일 뿐이죠. 대상에 매달리면 절대로 대상을 넘어설 수 없습니다. 간혹 남들이 안 하는 뭔가를 그려야지, 하고 특별한 대상을 찾아 헤매는 친구들이 있는데, 그럴 시간이 있다면 자신의 내면을 바라보세요. 거기에 모든 것이 다 있으니까. 만약 거기서 뭔가를 발견한다면 절벽 끝까지라도 따라가야 합니다. 그리고 거기서 한 발짝 더 내디뎌야 합니다. 장사꾼이 아니라 진정한 예술가가 되고 싶다면 말이죠. 고백하자면… 제 작품에 대상이 없었던 것은 아니지만, 그 대상을 버렸을 때 진짜 제 작업이 시작되었다고 말씀드리고 싶군요."

사람들의 박수소리에 가려 그 다음 얘기는 잘 들리지 않았다. 박수소리가 멎었을 때, 나는 전시장 밖으로 나가고 있었다. 처음엔 조화백에게 다가가 축하인사라도 건네려고 했었는데, 어쩐지 그러지 않는 게 좋을 것 같았다. 마음이… 좀 복잡했다.

어쨌든 조화백의 전시회 〈절대적이고 순수한 투명에 대한 연구 – 투명인간 展〉은 대성공이었다. 나중에 어느 평론가는 이날의 전시회를 이렇게 썼다.

그것은 '투명과 불투명, 그리고 그 사이'에 관한 웅혼한 서사

> 시였다. …중략… 절대적이고도 완벽한 순수, 즉 '투명' 이 우리 눈앞에 있었다. 섣불리 우둔하게 이해하려 들지 말라. 그 실체가 '그려져' 있었다는 것은 아니니까. 오히려 그보다 훨씬 중요한 '투명의 본질' 에 대한 성찰이 있었다는 것이다. … 중략… 투명은 투명 그 자체로 현존하는 그 어떤 실체가 아니라, 오로지 불투명의 선명함을 위해 존재하는 그 어떤 개념, 아련한 이상임을 화가는 우리 눈앞에 드러내어 보였다. 무엇보다 흰 백지 위에 선명하던 그 붉음의 눈부신 아름다움이 그 사실을 웅변한다. …중략… 이 시대를 대표하는 거장은 우리가 결국 돌아와야 할 곳은 현실 저 너머의 이상향이 아니라 지금 여기, 한없이 두텁고 한없이 질퍽대나 또한 바로 그 때문에 아름답고 선명한 -마치 흰 눈 위에 떨어진 붉은 피처럼- '불투명' 의 세계라는 메시지를 전하고 있다. …중략… 그는 언제나 이 시대가 결코 간과해서는 안 될 묵직한 화두를 던지는, 드물게 진정한 우리 시대의 예술가다.

조화백의 일로 기운이 좀 빠져있을 무렵, 또 한 명의 뭐라 규정하기 어려운 불투명인간을 만났다. 이웃사촌인 앞집 안나다.

이웃사촌이라고는 해도 나는 우리 앞집 살던 노부부가 이사를 나가고 그녀가 새로 이사 왔다는 사실도 까맣게 모르고 있었다. 만약 만났더라도 웬만해선 인사 나눌 일이 없었겠지만 그때는 무슨 일인가로 정신이 없어서 통 그럴 일이 없었다.

그날은 귀가가 꽤나 늦었다. 아파트에 도착했을 땐 자정이 다 된 시각이었으니까. 우리 집은 1501호다. 꽤나 높은 층이라는 얘기다. 평소에는 계단을 이용했다. 그렇게 하는 게 나나 주민들 모두에게 편했다. 하지만 그날은 몹시 피곤했고, 주변에 아무도 보이지 않았고, 하필 엘리베이터가 1층에 멈춰 있었다. 나는 그 문명의 이기에 얼른 몸을 싣고 우리 층 버튼과 닫힘 버튼을 동시에 눌렀다.

엘리베이터 문이 거의 닫혔을 때, 나는 흠칫 놀라 헉, 비명을 내지를 뻔했다. 좁은 문 틈새로 하이힐을 신은 발이 툭 끼어들었던 것이다. 이내 문이 열렸고 잘 생긴 고양이를 안은 낯선 여자가 들어왔다. 나는 슬그머니 뒤편 구석으로 자리를 옮겼다. 그때 느닷없이 수이가 생각났다. 그 여자가 수이와 닮았다는 뜻은 아니다. 전혀 달랐다. 그녀는 수이보다 훨씬 컸고, 훨씬 말랐고, 훨씬 근육질이었고, 적어도 10년은 더 나이 들어 보였다. 다만 그녀에게선 수이와 똑같은 향기가 났다. 안나 수이 어쩌구 하는 이름을 달고 있는, 수이가 늘 쓰던 향수였다. 나는 나도 모르게 입술을 삐쭉였다. 그건 그 여자와 어울리는 향기가 아니었다. 그러려면 훨씬 더 작고, 훨씬 더 부드럽고, 훨씬 더 밝고, 훨씬 더 앙큼하고, 훨씬 더 순수하고, 훨씬 더… 하여튼 수이가 아니라면 어울릴 수 있는 향기가 아니었다. 만약 김태희한테서 그 향기가 풍긴다 해도 나는 입술을 삐죽일 용의가 있다. 이건 정말이다.

수이 생각을 하자 기분이 좋아졌다. 언제나 그랬다. 수이를 떠올리면 내 머릿속에선 언제나 제일 좋았던 영상만 반복해서 흘렀다.

하지만 그땐 수이 생각을 길게 이어갈 수가 없었다. 나를 살피는 집요한 시선 때문이었다.

전에도 말한 적이 있는데, 내가 마음만 먹으면 아무도 내 존재를 눈치챌 수 없다. 엘리베이터 안에 50명이 들어와서 200층까지 50번은 왕복한다고 해도, 어떤 사람한테도 안 들킬 자신이 있다. 이건 과장을 손톱만큼도 안 섞은 얘기다. 하지만 고양이라면 얘기가 달랐다.

"토토, 뭘 그렇게 열심히 보는 거야?"

그녀가 콧소리 섞인 목소리로 말했을 때 나는 뜨끔해서 살짝 움츠러들었다. 토톤지 뭔지 그 고양이 자식이 그녀의 어깨너머로 고개를 쭉 빼서는 그 에메랄드 같은 눈으로 나를 노려보고 있었던 것이다. 다른 데도 아니고 내 두 눈을… 처음엔 우연이라고 생각했다. 하지만 내가 슬쩍 자리를 옮기자 눈으로 따라왔고, 한 번 더 옮기자 야옹 울기까지 하면서 앞집 안나의 품에서 빠져나오려고 버둥거렸다. 아, 통성명을 하지는 않았지만 나는 그녀 이름을 앞집 안나라고 정했다. 뭐 수이라고 할 수는 없는 노릇이니까.

"왜 그래, 토토? 거기 뭐가 있어?"

토토 이 자식, 요란을 떨더니 결국 앞집 안나의 고개까지 나한테로 돌려놓았다. 나는 폭력을 증오한다. 하지만 그때만큼은 그 자식의 뒤통수를 탁 소리 나게 때려주고 싶었다. 물론 나는 그렇게 하지도 않았지만 그럴 수도 없었다. 앞집 안나가 자신의 품 안에 가두기라도 하는 것처럼 토토를 꼭 끌어안고는 이렇게 소리쳤기 때문이다.

“누가 있죠? 분명히 엘리베이터 안에 누가 있어. 나와요. 숨어 있지 말고 나와요, 얼른.”

그러고 싶지는 않았다. 저녁 9시였다면 모르겠지만, 그땐 투명인간이 낯선 여인 앞에 “실례했습니다.” 하고 나서기엔 너무 늦은 시각이었다. 게다가 엘리베이터는 이제 12층을 지나고 있었다. 20초만 지나면 슬쩍 사라질 수 있는데 뭐하러? 나는, 그녀가 이렇게 말할 줄은 꿈에도 몰랐었다.

“1501호…? 맞죠? 전 주인한테 다 들었어요. 숨어 있지 말고 나와요, 얼른!”

더는 피할 수 없었다. 꽤나 당황스러웠지만 나는 헛기침을 하고는 최대한 침착하게 말했다.

“고양이가 참 예쁘네요.”

때마침 엘리베이터가 15층에 도착했고 문이 열렸다. “그럼 저는 이만….” 하고 내리려는데 그녀가 막아섰다. 그런 상황에선 굉장히 겁을 먹는 게 보통 사람들의 반응인데, 그녀는 그대신 굉장히 화가 난 표정을 짓고 있었다. 도대체 왜? 나는 갈수록 당황스러워지고 있었다. 앞집 안나가 말했다.

“언제까지 이러고 있어야 하죠?”

나는 그제야 앞으로 쭉 뻗은 채 부들부들 떨고 있는 그녀의 손을 발견했다. 악수를 청하고 있는 모양새였다. 내가 그녀의 손에 내 손을 갖다 대자 그녀는 화들짝 놀라며 확 뿌리쳤다. 송충이를 털어낼 때 그러는 것처럼. 그녀가 왼손 엄지로 오른쪽 손바닥을 문질러대며 중얼거렸다.
"사실이었어…."
나는 앞집 안나가 마음에 들지 않았다. 그녀가 여전히 화난 얼굴로 말했다.
"이사를 오자마자 인사를 하려고 댁에 세 번이나 찾아갔었어요. 떡을 들고 두 번, 과일을 들고 한 번. 물론 알고 계셨겠지만."
"네? 제가 그걸 어떻게…."
"일 때문에 바쁘신가보다 했지, 줄곧 이렇게 숨어서 훔쳐보고 계신 줄은 꿈에도 몰랐네요."
나는 터무니없는 오해를 받으면 헛웃음이 나온다. 농담 몇 마디도 함께. 하지만 그녀의 돌처럼 굳은 얼굴을 보자 헛웃음이고 농담이고 싹 들어가 버리고 말았다.
"저는 숨은 적 없습니다. 물론 훔쳐보지도 않았구요."
"이게 숨은 게 아니면 뭐죠? 저 밑에서 여기까지 올라오는 동안 저는 숨소리 하나 못 들었거든요?"
"아, 그건… 보이지도 않는 제가 숨소리를 내면 놀라실까 봐… 게다가 시간이 시간이니까."
"네네, 그러시겠죠. 그런 말도 안 되는 변명 몇십 개는 외우고 다니실 거라 생각했어요. 도대체 언제까지 그러실 작정이었어요? 영특한 우리 토토가 그러고 계신 걸 알아보지 않았으면 내일도 모레도 언제까지고 그러고 계셨겠네요?"
사람 피곤하게 만드는 데에는 일가견이 있는 사람이었다.

"제가 몸이 좀 안 좋아서… 쉬고 싶은데…."

"끝까지 사과는 안 하시네… 좋아요. 한 번은 용서해 드리죠. 이웃사촌이니까. 하지만 다시 이렇게 불미스러운 행동을 했다간 이웃이고 뭐고 없다는 거 명심하시는 게 좋을 겁니다."

그녀는 내가 뭐라 대꾸할 틈도 없이 휙 돌아서더니 엘리베이터를 나섰다. 그때였다.

하악!

토토 자식이 느닷없이 털에 발톱에 꼬리까지 다 곤두세우고는 날카로운 이를 드러내며 하악질을 해대는 것이었다. 마치 내가 무슨 나쁜 짓이라도 한 것처럼. 그녀가 꽥 소리쳤다.

"뭐하는 짓이에요! 지금 우리 토토한테 무슨 짓을 한 거죠?"

"저는 아무 짓도 안 했거든요. 그럴 수가 없잖아요. 걔는 거기 있구, 저는 아직 여기 있는데요. 여기선 걔가 보이지도 않았습니다."

하지만 그녀에게 그런 식의 정보는 전혀 중요하질 않았다.

"정말 질이 안 좋은 사람이네…. 그러는 거 아닙니다. 할 말 있으면 저한테 하세요. 아무리 말 못하는 짐승이라지만, 아무 죄도 없는 아이한테 너무하시는 거 아닌가요? 비겁하게 그게 뭐하는 짓입니까. 제발 그렇게 살지 마세요. 그러다 죄받습니다."

그녀가 그렇게 말하니 나로서는 할 말이 없었다. 그건 죄다 내가 하고 싶은 말이었으니까.

앞집 안나가 끌어안자 토토는 눈을 가늘게 뜨고 가르릉거렸다. 나는 집으로 들어가는 그녀의 뒷모습만 망연히 바라봤다.

그때는 아직 몰랐다. 그래도 그 첫 만남이 그녀와 얽힌 가장 아름다운 기억이 되리라는 것을….

10

"이번 역은 홍제, 홍제역입니다. 내리실 문은…."

전철이 텅 비어서 앉았다가 깜박 잠이 들었다. 그 사이 승객들이 제법 들어찼다. 옆 사람을 건드릴까 봐 조심스럽게 일어나려는데 내 무릎 위에 뭔가가 턱 얹혔다. 미니스커트를 입은 여자애였다. 이럴 수도 저럴 수도 없어 허둥대는데 동행한 우락부락한 청년이 히죽 웃으며 말했다.

"너 의외다. 앉은키 장난 아닌데?"

여자애가 새된 소리로 대답했다.

"아냐 오빠, 의자가 높아."

우락부락한 청년이 여자애를 살피며 고개를 갸웃거렸다.

"…너 요새 태극권 배우냐? 왜 기마자세로 서 있어?"

여자애가 흠칫 놀라더니 조심스럽게 내 다리를 더듬거렸다.

"오빠. 내 엉덩이 밑에 뭐가 있는 거 같애…. 음… 둥그렇고… 길쭉하고… 굵은 거 두 줄…."

아하, 내 다리가 그런 식으로 표현될 수도 있구나 감탄하고 있을 여유는 없었다. 우락부락한 청년의 빠르게 붉어지는 얼굴색을 봤다면 누구라도 그랬을 것이다. 여자애가 비척비척 일어났고 나도 얼른 따라 일어났다. 동시에 우락부락한 청년이 자리를 덮쳤다. 간발의 차이로 위기를 모면했다.

"어디 갔어! 이리 나와! 이리 나와!"

우락부락한 청년이 고래고래 고함을 치며 차 안을 휩쓸었다. 제법 혼잡했던 차 안이 순식간에 정리됐다. 사람들은 할 수 있는 한 벽으로 붙었고, 나와 우락부락한 청년만이 가운데에 생겨난 공동에 서 있었다.

"안 나와! 진짜 안 나온다, 이거지!"

우락부락한 청년이 다시 소리쳤다. 나는 숨을 죽였다. '침묵은 금이다.'라는 표현은 아마 이와 유사한 상황에서 나온 말일 거라고 나는 생각했다.

여기저기서 수군대는 소리가 들려왔다. 도저히 참지 못하겠다는 듯 점잖게 생긴 중년의 신사가 나섰다.

"왜 이렇게 차 안을 시끄럽게 만드세요. 그러지 않아도 여기 다들 하루하루가 피곤한 사람들입니다. 누군지는 모르지만 저렇게 나오라는데 좀 나오세요. 잘못한 게 있든 없든 대화로 풀어야지. 이게,

뭐하는 짓입니까."

나는 부끄러워졌다. 의도하지는 않았지만 어쨌든 나 때문에 사람들이 불편해졌으니까. 나는 대화를 시도해볼까, 잠시 고민했다. 어쩌면 이해해 줄지도 모른다. 사실 나도 피해자일 뿐이니까. 나는 혹시 내 편이 되어줄 사람이 있을까, 주욱 훑어봤다. 전혀 판단을 할 수가 없었다. 그러기엔 다들 너무나 불투명했다. 우락부락한 청년이 다시 한 번 소리쳤고 나는 결론을 내렸다. 인생을 그런 식으로 끝내지는 말자.

그때 마침 열차가 다음 역에 도착했고 나는 불투명인간들 틈에 섞여 플랫폼에 안착했다.

인간은 결국 혼자라고 한다. 말하자면 나는 인간의 '결국'이라고 하는 지점에 와 있다. 결국에는 와야 할 지점에 와 있는 것이지만 어쩐지 너무 일찍 온 게 아닌가 하는 생각이다. 물론 혼자라는 느낌에 시종일관 사로잡혀 있는 것은 아니다. 그랬다면 살아가기가 쉽지 않았겠지. 다만 어느 날 문득 주위를 돌아보면 아무도 없고, 나 혼자다. 그럴 땐 어쩔 수 없다. 그냥 이렇게 혼자서 뚜벅뚜벅 걸어가는 수밖에.

이런저런 생각을 하며 걷다 보니 어느덧 아파트에 도착했다.

얼마 전, 앞집 안나와의 썩 유쾌하지 않은 첫 만남 이후에 나는 조금씩 튼튼해지고 있다. 그날 이후로 엘리베이터는 아예 쳐다보지도 않는다. 대신 이렇게 계단을 이용한다. 폐활량도 늘고, 뱃살도 빠지고, 체력도 좋아졌다. 더불어 엘리베이터를 타? 말아? 늘 겪던 갈등까지 해소되니 정신도 날로 건강해지고 있다. 세상일이 대개 그렇듯, 다 좋을 수는 없다. 그날 이후 나는 앞집 안나와 거의 매일 계단에서 만났다.

처음부터 그랬던 건 아니었다. 1501호와 1502호, 그러니까 우리집과 앞집은 현관문이 마주보고 있는 구조다. 엘리베이터 앞의 작은 공간을 공유하고 있으니 자주 마주칠 것 같지만 그럴 확률은 의외로 그리 높지 않다. 사람마다 생활시간대가 다른데다가 문을 나서서 거기서 머무는 시간이라야 끽해야 5초 남짓이니까. 엘리베이터를 이용하지 않는다면 말이다. 실제로 먼저 살던 노부부와는 3년 동안 단 한 번도 마주친 적이 없었다. 그럴 뻔했던 적이 아예 없던 것은 아니지만 그때마다 노부부가 신호를 보내왔다. 마치 부부간에 자연스러운 대화를 나누는 것처럼.

"나갔다 올게~ 나갔다 온다구~ 지금 문 열고 나가니까, 문단속 잘하고 있어. 진짜 나간다. 하나, 둘, 셋!"

그 신호를 받으면 나는 문손잡이에 손을 댔다가도 앞집에서 누군가가 나와 엘리베이터를 타고 떠날 때까지 기다렸다가 문을 열었다. 그건 암묵적인 약속이었다.

새로운 이웃은 달랐다. 앞집 안나는 아무 예고도 없이 불쑥불쑥 문을 열었다. 그것도 언제나 내가 집에서 나오는 꼭 그 순간에. 내가 문을 열 때마다 매번 그랬다. 세 번인가 네 번 연속으로 우연이 겹치자 나는 '이것이 우연이 아닌 것은 아닐까?' 하는 생각을 하게 됐고, 다음 날부터는 현관 안쪽에서 한참이나 기다리며 앞집의 기색을 살피다가 불시에 나섰다. 마찬가지였다. 내가 문을 열면 앞집 문도 열렸다. 그 다음 날도, 또 그 다음 날도 역시… 0.1초라도 앞집 문이 먼저 열린 적은 한 번도 없었다. 투명인간이라고 안 놀라는 건 아닌데, 그녀는 매번 나보다 훨씬 놀랐다. 게다가 놀란 척을 하기엔 아무래도 내가 불리했다. 그녀는 매번 진정어린 놀란 얼굴로 쏘아붙였다.

"이봐요, 제발… 인기척 좀 내주세요. 그게 그렇게 어려우세요?"

어려운 일은 아니었다. 그녀가 내게 그럴 수 있는 시간만 준다면…. 언제나 그녀가 더 빨랐다. 내 인기척의 메커니즘은 이랬다. 문을 열고, 그녀를 보고, 놀라고, 기척을 내자고 생각하고, 그 다음에 흠흠…. 그녀의 메커니즘은 훨씬 단순했다. 문을 열고, 동시에 악!

한동안 기록단축경기라도 하는 심정으로 별렀지만 그녀는 내가 겨룰 수 있는 상대가 아니었다.

내가 뒤늦게 헛기침으로 기척을 내고 목례를 한 다음에 자리를 뜨면 그녀는 내 뒤통수에 꼭 한마디를 던졌다.

"이웃끼리 만나면 인사 한 마디 정도는 하는 게 예의 아닌가요?"

열흘 쯤 지나가자 슬슬 명치끝이 쓰려왔다. 기껏 다스려놓았던 위궤양이 다시 도진 모양이었다. 앞집 안나와 만난 지 보름째 되던 날, 나는 평소보다 훨씬 이른 시각에 집을 나섰다. 조심조심 머뭇대면 또 앞집 문이 벌컥 열릴까 봐 기습적으로 문을 열고 후닥닥 계단을 향해 뛰었다. 계단으로 들어서며 흘깃 봤더니 1502호의 문은 굳게 닫혀 있었다. 이렇게 쉬운 걸…. 상쾌했다. 휘파람이 절로 나왔다.

그런데 그때… 앞집 안나가 나타났다. 어찌된 일인지 그녀가 14층과 15층 사이의 계단참에 서 있었다. 나는 너무 놀라 중심을 잃었고 엘리베이터의 도움 없이 할 수 있는 가장 빠른 방법으로 내려갈 뻔했다. 그러니까 굴러서. 하지만 엄지발가락과 발뒤꿈치의 놀라운 협업과 난간의 도움으로 나는 그녀가 서 있는 계단참의 두 계단 위에서 멈출 수 있었다.

맹세코 나는 그녀에게 어떤 피해도 끼치지 않았다. 부딪히기는커녕 스치지도 않았다. 신중하게 겨냥해서 재채기를 하지 않는 한, 콧숨이 가 닿았을 만한 거리도 아니었다. 다만 내 운동화 고무바닥이 삑, 하고 급제동하는 소리를 냈을 뿐이었다. 그녀는 즉각적으로 반응했다. 비명을 질러대기 시작한 것이다. 그녀의 비명은 높고, 길고, 처절했다. 풍부한 성량과 절대고음과 엄청난 폐활량, 그 3박자를 고루 갖추지 않고는 도저히 흉내조차 낼 수 없는 압도적인 비명이었다. 무서웠다. 주민들도 그렇게 느꼈음에 틀림없었다. 웬만하면 한두 사람쯤 나와 볼만도 한데, 아래 위층에서 철컹, 철컹, 급하게 현관문을 잠그는 소리만 연달아 들려왔다.

비명은 시작할 때 그랬던 것처럼 갑자기 그쳤다. 얼이 빠져 있는 내게 그녀가 한껏 허스키해진 목소리로 쏘아붙였다.

"이봐요, 어쩜 사람이 그럴 수가 있어요? 사람을 기절할 만큼 놀라게 했으면 사과 한마디 정도는 해야 하는 거 아닌가요?"

그날부터 앞집 안나는 계단 어딘가에 있었다. 때론 13층과 14층 사이에, 때로는 7층과 8층 사이에, 어떨 땐 잔인하게도 1층과 2층 사이에…. 요일을 정해주면 마음의 준비라도 할 텐데 그녀의 출몰 구역은 어디까지나 랜덤이었다.

솔직히 그녀를 따돌리는 건 그리 어려운 일이 아니었다. 그녀에게 눈치 채이지 않고 곁을 통과한 것만 족히 열 번은 넘었다. 하지만 안도하며 서너 계단쯤 내려가다 보면 내 다리 밑에서 이런 소리가 들려왔다.

하악!

나는 한때 공포영화를 좋아했지만, 이제는 폭풍우 치는 한밤에 봐도 별 감흥이 일지 않았다.

'둘 중 하나는 없어져야 한다.'

내과의사가 처방해 준 하얀 액체 위장약으로 속을 달래며 고민에 고민을 거듭한 끝에 내가 내린 최종적인 결론이었다. 사실 이미 나와 있는 답이었고, 유일하고도 무이한 해결책이었다. 내 집 주변에서 이웃을 상대로 그러는 것이 끔찍했던 것뿐이었다. 나는 수십 번을 다시 생각하고 고쳐 생각했다. 역시 다른 방법은 떠오르지 않았다.

'둘 중 하나는 없어져야 한다.'

나는 우선 내 몸의 상태부터 점검했다. 조화백을 상대로 모델 활동을 하는 동안 내 몸은 많이 흐트러져 있었다. 순수하고도 완전한 투명함을 드러내 보이려 안간힘을 다했으니 어쩌면 당연한 일이었다. 바보 같은 고양이 녀석한테 들킨 건 순전히 그 때문이었다.

'나는 없어질 수 있어, 나는 없어질 수 있어….'

나는 그렇게 수없이 되뇌며 식단을 조절했고 내 몸에 묻어 있는 모든 소리와 냄새를 지워나갔다. 머리는 잊고 있었지만 몸은 이전의 상태를 기억하고 있었다. 내 몸은 빠르게 40% 인간의 상태로 되돌아갔다.

정확히 2주일 후. 나는 아파트 주위를 배회하던 똥개에게 다가갔다. 처음 시도했을 땐 5미터 이내로는 접근이 불가능했지만, 그날은 내가 30센티미터 안쪽으로 들어갈 때까지도 똥개는 나를 알아채지 못했다. 뭐, 그 직후에 너무 가까이 다가갔던 걸 몹시 후회하기는 했지만.

다음 날 아침, 6층과 7층 사이 계단에서 그녀와 마주쳤지만 그녀는 나를 알아보지 못했다. 내 부단한 노력이 결실로 돌아온 것이다. 그리고 그날부터 오늘 아침까지 꼬박 일주일 동안, 그녀는 내게 단 한 마디도 쏘아붙일 수 없었다. 심지어 엊그제는 그녀와 토토가 세 개의 계단을 사이에 두고 대각선으로 지키고 있었지만 나는 그 사이를 유유히 통과했다. 이제 나는 그녀에게 없는 사람이나 마찬가지였다.

이제 다 올라왔다. 저 계단참을 돌아 마지막 계단만 올라가면… 앞집 안나다. 어째 안 보인다 싶더니 그녀가 계단 끝에 서 있다. 그녀는 지금 무척이나 초조해 보인다. 손을 한 자리에 가만 놔두지 못

하고, 아랫입술을 잘근잘근 씹고 있는 걸 봐서는…. 진짜 희한한 사람이다. 그게 저렇게 초조해 할 일인가? 이런, 그녀가 이쪽을 돌아보곤 다가온다.

"왜 이제야 오세요?"

지금… 무슨 일이 벌어진 거지? 어안이 벙벙하다. 둘러보고 자시고 할 거 없이 여기 나 말고는 아무도 없다. 14층과 15층 사이의 계단이란 곳이 사람들의 왕래가 그리 빈번한 곳은 아니니까. 그렇다면 진정 나한테 말을 건넨 것인가? 그럴 리는 없다. 그럴 리는….

하지만 그녀의 시선이 나한테 고정되어 있다. 게다가 표정이 잔뜩 구겨져 있고 분위기도 심상찮다. 이럴 때는 잠시 피하는 게 좋다. 집에 들어가 봐야 딱히 할 일이 있는 것도 아니니까.

"거기 서요! 또 어디를 가시려구요?"

이건… 분명히 나한테 부리는 신경질이다. 도대체 어떻게…? 앞집 안나의 시선은 여전히 나를 향하고 있다. 정확하게 내 얼굴을 보는 것은 아니고 내 다리 쪽을…. 그러고 보니 바닥이 평소와 다르다. 계단 저 아래에서부터 우리 집 앞까지 뭔가가 깔려 있고 그 위에 내 발자국이 점점이 찍혀 있다.

이건… 밀가루다!

11

"왜… 이런 게 우리 집 앞에 뿌려져 있는 걸까요?"

나도 모르게 얼빠진 목소리로 중얼거렸다. 앞집 안나가 코웃음으로 대꾸했다.

"설마… 그걸 몰라서 묻는 건 아니겠죠? 그쪽이 그렇게 괴상하게 행동하지만 않는다면 내가 왜 그 아까운 걸 거기다 뿌려놓았겠어요? 그게 그래 뵈도 국내산 유기농 밀가룹니다."

화내지 말자. 화낼 가치도 없다. 나는 숨을 크게 들이마셨다. 그래도 화는 났다. 나는 한 단어, 한 단어마다 힘을 주어 말했다.

"도대체, 제가, 무슨, 괴상한, 짓을, 했다는 거죠?"

"그게 괴상한 짓이 아니면 뭐가 괴상한 짓인데요? 처음 만났을 때부터 지금까지 괴상하지 않은 게 하나라도 있었나요?"

"그러니까, 구체적으로, 뭐가 그렇게 괴상했습니까?"

"내가 아는 한, 저 음침한 엘리베이터 안에서 고양이한테 들킬 때까지 숨어있는 사람은 아무도 없어요. 물론 이 어둠침침한 계단에서도 마찬가지구요. 차마 입에 담을 수도 없는, 저질스럽고 흉칙한 의도를 맘속에 품고 있지 않은 다음에야, 누가…."

피가 죄다 머리로 몰리느라 그랬는지 다리에 힘이 풀렸다. 나는 난간을 잡고 자세를 곧추 세웠다.

"이것 보세요. 제가 다른 사람들 하고 같습니까? 혹시 저 같은 사람 본 적 있으세요?"

"모르겠네요. 그쪽을 본 적이 없어서."

틀린 소리는 아니다. 그녀는 틀린 소리나 없는 소리는 한마디도 안 한다. 해석이 남다를 뿐. 그렇게 생각해도 역시, 화는 났다.

"입장을 바꿔놓고 생각해 보세요. 만약에 그쪽이 제 입장이라면…."

"왜 나만 입장을 바꿔놓고 생각을 해야 하죠? 본인 입장만 입장이고, 내 입장은 입장도 아닌가요?"

"…좋습니다. 그쪽 입장이란 게 뭐죠?"

"앞집에 혼자 사는 남자가 있어요. 투명인간이죠. 근데 이 보이지도 않는 사람이, 소리도 냄새도 안 내고 은밀하게 돌아다녀요. 어느 누가 한시라도 마음을 놓을 수 있겠어요? 그쪽이 내 입장이라면 그럴 수 있겠어요? 이거만 해도 그래요."

그녀가 바닥에 깔린 밀가루를 가리키며 말했다.

"이게 뭐가 그렇게 거슬려요? 이게 왜 거슬리는데요? 괴상한 짓이라곤 해 본 적도 없고, 앞으로도 괴상한 짓 안 할 거라면, 이런 거 신경 쓸 필요가 없잖아요. 안 그래요?"

"이보세요, 나는!"

흥분해서 나도 모르게 목소리가 커져버렸다. 나는 놀랐지만 그녀는 눈도 깜짝하지 않았다.

"나는… 비록 이렇게 돼버리긴 했지만… 당신이랑 똑같은… 인간입니다. 똑같지는 않지만… 동등하게 대우를 받을 자격이 있는 인간이라 이겁니다. 인간으로서 나는… 누구한테도 구속 받지 않고 감시 받지 않으면서 자유롭게 살 권리가 있습니다. 어디를 가든, 무엇을 하든 내 마음입니다. 내가 투명하다고 해서, 그런 걸 누군가에게 보고하거나 허락받아야 한다고는 생각하지 않습니다. 당신이나 당신이 알고 있는 다른 사람들이 그러는 것처럼요."

썩 매끄럽게 해내지는 못했지만 그것은 아마도 내 인생에서 가장 훌륭한 연설이었을 거다. 내가 그렇게 생각하고 있었다는 거, 나도 말을 하고 나서야 알았고 스스로 감복했다. 하지만 돌아온 건 콧방귀였다. 그것도 세 번 연속으로.

"내가 하고 싶은 말이 그거예요. 내가 원하는 게 바로 그거라구요. 동등? 하! 동등해지고 싶다구요?"

"왜요, 저는 동등해질 자격도 없다 이겁니까?"

"동등한 게 뭔지나 알고 하는 소리예요? 동등이라는 거는요, 내가 어디 있는지 그쪽이 알고 있는 것처럼, 그쪽이 어디 있는지 내가 아는 거, 그게 바로 동등한 거예요. 아니, 동등하기 위한 최소한의 조건이 그거죠. 동등이요? 내가 그쪽이랑 어떻게 동등할 수가 있겠어요? 도대체 이 인간이 지금 어디 있나, 어디서 무슨 짓을 하고 있나, 늘 전전긍긍하면서 이렇게 최소한의 자구책에나 매달리는 처진데 말이에요."

"그래서… 앞으로 계속 이걸 뿌려놓겠다 이 말씀인가요?"

"말씀드렸잖아요. 이건 내 최소한의 자구책이라구. 그쪽이 그 괴상한 짓을 그칠 때까지는 아까워도 할 수 없죠."

주제넘은 짓이었다, 라고 나는 생각했다. 나는 앞집 안나를 당할 수 없다. 말재주만이 아니라 상상력이든 신념이든 무엇으로도 나는 상대가 되지 않는다. 인정하자. 그리고 그녀를 내 머릿속에서 지우자. 그녀는 없다.

"예, 예. 좋습니다. 밀가루를 뿌리든 끈끈이를 깔아놓든 마음대로 하십시오."

나는 사나운 얼굴을 하고는 그녀 앞을 휭하니 지나갔다. 빌어먹을 밀가루 발자국이 따라왔다. 그녀가 이봐요, 이봐요! 불렀지만 나는 대답하지 않았다. 그녀는 우리 집 현관문 앞까지 쫓아와서 내 등 뒤에 딱 붙어서는 알아들을 수도 없는 말들을 쏟아냈다. 나는 아무 대꾸도 하지 않았다. 나는 안으로 들어가자마자 있는 힘껏 문을 닫을 생각이었다.

쾅!

그 소리와 함께 앞으로 나와 그녀의 시작도 한 적 없는 관계는 완벽하게 단절될 것이었다. 그녀의 어떤 말에도, 그녀의 어떤 행동에도 나는 절대로 반응하지 않을 테니까. 그리고 죽는 날까지 나의 길을 걸어가야겠다. 나는 그렇게 생각했다.

하지만 사소한 장애가 발생했다. 현관문 비밀번호가 도무지 기억나질 않았다. 손가락은 기억하고 있겠지, 디지털 도어락의 덮개를 기세 좋게 밀어 올렸는데 손가락이 공중에서 멈춰버렸다. 머릿속에서 쉴 새 없이 떠들어대는 그녀의 목소리만이 왕왕 울렸다.

'저 입만 멈추면 내 머리도 손가락도 제대로 움직여 줄 텐데, 저 입만 멈춘다면….'

나는 그녀를 돌아보았다. 그와 동시에 그녀가 입을 닫았다. 잠시 침묵이 흘렀다. 이윽고 그녀가 다시 입을 열었다.

"3526#273이에요."

맞다. 저 번호다. 그건 틀림없이 우리 집 현관문 비밀번호였다. 이제 집에 들어갈 수 있게 됐지만 고맙다는 생각은 별로 들지 않았다.

내가 헛기침으로 기척을 내자 그녀가 입술을 뒤틀며 말했다.

"혹시 오해할까 봐 드리는 말씀인데… 내가 그쪽을 훔쳐본 적은 단 한 번도 없어요. 나는 늘 여기, 이 자리에 있었어요. 만약 비밀번호를 숨기고 싶었다면, 그걸 누르기 전에 어떻게 해서든 가렸어야죠. 그쪽이 문을 열 때마다 내가 눈을 가릴 수는 없잖아요. 안 그래요?"

참자. 참는 게 이기는 거다. 앞집 사람이 그깟 현관문 비밀번호 쯤 암기하고 있다는 게 뭐가 그리 대순가. 3, 5, 2, 6… 문이 열렸다. 그때 뜻밖의 일이 벌어졌다. 그녀가 문고리를 잡고는 안에다 대고 이렇게 소리쳤던 것이다.

"토토. 토토~ 이리 나와."

이건 또 뭐하는 짓이란 말인가? 그 고양이 자식을 왜 여기서 찾는단 말인가? 어리둥절해 하는 내게 그녀가 말했다.

"토토한테 아무 일도 일어나지 않았기를 바래요. 토토를 위해서두 그쪽을 위해서두. 뭐하는 거야, 토토. 얼른 나와~"

앞집 안나, 이 사람은 정말이지 자극적이다. 내가 아무리 피하고 싶어도 어떻게 해서든 반응을 하지 않을 수 없게 만든다.

"토토가… 우리 집에 있어요? 왜요?"

그녀가 입을 반쯤 벌린 채, 나를 한참이나 쳐다봤다. 그 얼굴은 할 수만 있다면 내가 지어보이고 싶은 표정이었다.

"정말이지 어이가 없네요. 토토한테 아직도 분이 안 풀리신 거 같은데… 그렇게 흉한 짓을 하다가 들켰으면 잘못을 깨닫고 반성하고 뉘우쳐야지, 복수라뇨…. 이게 상식을 갖춘 성인으로서 할 짓입니까?"

나는 한동안 멍한 채로 눈만 끔벅였다. 그녀의 말을 도무지 알아들을 수가 없었다.

그녀가 신경질적으로 말했다.

"이러다가 우리 토토 밥때 놓치겠네. 뭐하세요, 우리 토토 얼른 풀어주지 않구."

"저기… 뭔가 오해가 있는 거 같은데요. 왜 그렇게 생각하시는지는 모르겠지만 저는 토토 보지도 못했거든요. 오늘도 그렇구, 어제도 그렇구. 그리구 왜 제가 토토를 미워합니까?"

"미워하지도 않으면서 이런 짓을 하신 거예요?"

"그런 짓 한 적 없다니까요. 그리구 제가 설령 그런 마음을 먹었다 하더라두…."

"그런 마음을 먹은 건 인정하세요?"

"좋아요, 그렇다고 칩시다! 하지만 저한테 언제 토토를 건드리기라도 할 틈이 있었습니까? 그쪽이 친자식이라도 되는 것처럼 늘 그렇게 품고 끼고 사는데 제가 무슨 수로 토토를…."

"이거 왜 이러세요. 그쪽이 호시탐탐 기회만 엿보고 있었던 거 내가 모를 줄 알아요?"

"호시탐탐 기회를 엿봐요? 제가요? 언제요?"

"지난 일주일 내내 그러셨잖아요!"

지난 일주일은 앞집 안나를 만난이래, 물리적으로도 정신적으로도 가장 속 편한 기간이었다. 아무리 기억을 헤집어 살펴도 그녀에게 트집잡힐 일은 눈곱만치도 없었다.

"일주일 내내 제가 뭘 어쨌는데요?"

"아침마다 이 집 문 열리는 소리가 들려요. 그럼 나는 그쪽이 나가는가 보다, 생각을 해요. 그리고 몇 시간이나 지난 다음에 또 문 여는 소리가 들려요. 집에 돌아온 거죠. 근데… 그 중간이 없어요. 그쪽이 엘리베이터를 타는 것도 아니구, 오고갈 수 있는 수 있는 길은

이 계단 딱 하난데 말이에요. 아시다시피 나랑 토토는 늘 여기서 운동을 해요. 그쪽이 나가거나 들어올 땐, 반드시 우리를 지나가야 하는데, 요 일주일 동안 기척을 느낀 적이 없었어요. 단 한번두요. 그게 뭘 의미하는 걸까요?"

"그 얘기는… 제가 일주일 내내 어딘가에 숨어서 하루 온종일을 그쪽을 훔쳐보고 있었다 이 말입니까?

"그걸 왜 나한테 물으세요? 본인이 더 잘 알면서?"

"제가 왜요? 제가 왜 그런 짓을 합니까?"

"저야 모르죠. 그런 비정상적인 심리에 대해서는 알고 싶지도 않구요. 이러다 우리 토토 굶어죽겠어요. 얼른 들어가서 우리 토토나 보내주세요."

"도대체 몇 번이나 말해야 알아들으시겠어요. 저는 토토를 본 적도 없다니까요."

"그러다 천벌 받아요. 사람이 모질어두 정도가 있어야지. 아무 죄 없는 아이한테 이게 무슨 짓입니까!"

이솝 우화를 쓴 이솝은 원래 노예였는데 어느 날 주인의 귀한 과일을 훔쳐 먹었다는 누명을 썼다. 심한 말더듬이었던 이솝은 막무가내로 몰아붙이는 주인을 도저히 설득할 수 없었다. 그래서 최후의 수단을 썼다. 목구멍에 손을 넣어 모든 것을 게워냄으로써 결백을 증명해 보인 것이다. 정말 그러고 싶지는 않았지만 내게는 이솝의 방법밖에 없었다.

"그렇게 못 믿으시겠다면 저랑 같이 들어가시죠."

"같이… 들어가요…? 그쪽… 집에를요…?"

나는 그녀의 눈이 왜 그렇게 커지고, 그녀의 다리가 왜 주춤주춤 뒷걸음질 치는지 이해할 수 없었다. 그녀의 목소리에 왜 갑자기 떨림이 섞여들었는지도.

"아무도 없는… 그쪽 집에… 같이… 들어가자구요?"

"토토가 있는지 없는지 직접 들어와서 확인해 보시란 말씀입니다."

앞집 안나의 둥그렇게 커졌던 눈이 점점 가늘어졌다. 그리고는 극히 짧은 시간 동안 대단히 다양한 표정의 변화를 보여주었다. 놀람에서 깨달음으로 깨달음에서 분노로 분노에서 조소로 조소에서 다시 분노로.

그 마지막 표정으로 앞집 안나가 말했다.

"내가 아무리 혼자 사는 처지라구… 도대체 사람을 뭘로 보구…."

"무슨… 말씀이세요?"

그녀가 고개를 절레절레 저었다.

"순전히 나를 그 집에 끌어들이려고 우리 토토를 인질로 이용한 거다…? 어머, 어머, 이 소름 돋은 거 좀 봐."

"그건 또 무슨…."

"앞으로 딱 한 시간을 드리겠어요. 그때까지 토토를 돌려보내지 않으면… 분명히 후회하실 겁니다."

그녀가 쿵쿵거리며 자기 집으로 들어갔다. 1502호의 문이 닫혔다. 있는 힘껏.

쾅!

12

집에 들어오자마자 소파에 몸을 던져 씩씩대며 화를 삭이다가, 문득 불안해졌다. 앞집 안나는 없는 소리를 하는 사람은 아니었다. 그녀가 그렇게나 막무가내로 나오는 데는 그럴 만한 까닭이 있는 게 아닐까? 이를테면 기억에는 없지만, 내가 토토를 진짜로 납치했던 건 아닐까?

집에서 나가서 처음엔 뭘 했었지? 이다음엔 뭘 했더라? 그다음엔 어딜 갔더라? 그리고 그다음엔…? 그런 식으로 하루의 기억을 미세하게 쪼개보았다. 아귀가 딱딱 맞았다. 잃어버린 기억 따위 끼어들 틈이 없었다.

그래도 불안은 잦아들지 않았다. '앞집 안나는 없는 소리를 하는 사람이 아니다.' 자꾸 그게 걸렸다. 만약 그렇게 말할 수 있는 상황을 그녀가 이미 만들어 놓았다면…. 그렇다면 없는 소리가 아니지 않은가…? 게다가 그녀는 현관문 비밀번호까지 알고 있다!

나는 후닥닥 자리를 박차고 일어나 온 집안을 구석구석 뒤졌고 혹시나 고양이 털이라도 떨어져 있지는 않은지 샅샅이 살폈다. 심지어 진공청소기의 먼지 통까지 뒤졌다. 다행히 토토도 토토의 흔적도 나오지 않았다.

한 시간이 느릿느릿 지나갔고, 또 다른 한 시간이 꾸물럭꾸물럭 지나갔다. 아무 일도 일어나지 않았다. 갑자기 피로가 몰려왔다. 앞집 안나와 잠시라도 말을 섞은 날은 언제나 그랬다. 그러고 보면 그녀에게도 미덕이 아예 없는 건 아니다. 언제나 내게 휴식을 가져다 주니까.

초인종소리에 잠이 깼다. 아직 초저녁이다. 부모님이 떠난 후로 우리 집에 손님이 온 적은 없었다. 하지만 초인종은 훨씬 바빠졌다. 모든 생필품은 인터넷 쇼핑에 의존하고 있으니까. 택배기사와는 암묵적인 약속이 있다. 초인종을 누르고는 택배상자를 문 앞에 두고 가는 것이다. 서로 놀라거나 민망해지지 않도록. 바로 지금처럼 말이다. 그래도 혹시 마주칠지도 모르니까, 나는 택배기사가 떠난 뒤 두 호흡을 쉬었다가 문을 연다.

내가 주문한 물건은 아니다. 문 앞에 버티고 서 있는 스포츠머리의 중년 남자 말이다. 남자는 근육질은 아니었지만 가슴 허리 엉덩이 어디를 재도 같은 사이즈가 나올 거 같은 전형적인 장사 체형이었다. 무표정하게 서 있던 남자가 얼굴 피부의 일부를 움직여 보였다. 웃는 건지, 인상을 쓰는 건지 가늠하기가 어려웠다. 내가 조심스럽게 물었다.

"누구세요…?"

그 말이 채 끝나기도 전에 내 사타구니로 남자의 야구글러브만한 손이 날아들었다. 너무 놀라고 고통스러워서 비명도 안 나왔다. 남자가 느릿느릿 중얼거렸다.

"이런, 키가 생각보다 크구만."

남자가 손을 놓더니 이번엔 정확하게 내 허리띠 버클을 찾아내서는 단단히 그러쥐고 획 당겨 올렸다. 어찌나 힘이 센지 발뒤꿈치가 들려 올라갔다. 남자가 여전히 느릿하게 말했다.

"달아날 생각 같은 거… 안 하는 게 좋을 거야."

달아나려고 해봐야 헛수고일 게 뻔했다. 다리가 허공에서 사이클링이나 하고 있을 테니까.

내가 뭐라 항의를 하기도 전에 남자가 신분증을 꺼내 정확히 내 눈앞에 들이밀었다. 관내경찰서 강력팀 최형사였다.

나는 평소보다 두 옥타브나 높은 음정으로 목소리 반, 숨소리 반을 섞어 노래하듯 사정했다.

"왜, 헉! 왜, 이러시는지는 모르지만, 요! 이거, 헉! 이거 좀, 놓고, 말씀하시면 안 될까, 요?"

최형사는 정확히 내 눈을 보며 나를 밀고 집안으로 들어갔다. 발레 하듯 토로 뒷걸음질 치며 생각했지만 느닷없이 봉변을 당하는 까닭을 나는 도저히 알 수 없었다. 그거 하나만은 분명했다. 최형사가 나를 다른 사람으로 착각한 것은 아닐 거라는….

"도대체 왜 이러시는 건데요?"

"나비 어딨어!"

최형사가 버럭 소리를 질렀다. 대극장용 목청이었다. 귀에서 왜앵 사이렌이 울었다.

"나비요? 그게 뭔데요…?"

"나비 어딨어!"

최형사가 다시 소리쳤다. 궁금증이 해소되지는 않았지만 더는 물어보고 싶지 않았다. 한 번만 더 그 굉음을 들었다간 수화를 배워야 할 것 같았다. 다행히 대신 대답해 주는 사람이 나타났다.

"나비 아니에요, 토톱니다."

앞집 안나가 현관으로 들어서며 말했다.

"토토요? 아… 저는 고양이라고 하셔서 당연히 나빈 줄 알았지 뭡니까."

최형사가 음전하게 말하고는 뒷머리를 긁적였다. 나는 그제야 대충이나마 상황을 짐작할 수 있었다. 이게 꿈이 아니라 현실이라는 걸 깨닫는 데에는 시간이 조금 더 필요했지만.

"제가 찾아봐도 될까요?"

그녀가 최형사에게 물었다. "얼마든지." 나를 소파에 주저앉히며 최형사가 대답했다. 나는 두 사람 모두에게 불만을 제기할 자격이 충분했다. 자기 집에서는 대개 그렇게들 하니까. 하지만 내 어깨에

와 닿은 최형사의 철봉 같은 손가락들이 나를 겸손하게 만들었다. 그럼에도 나는 할 수 있는 한의 위엄을 갖춰 그녀에게 말했다.

"찾아보시죠, 얼마든지. 근데… 우리 집에서 토토를 못 찾으면 어쩌려고 이러십니까?"

앞집 안나가 냉소적으로 대답했다.

"우리 토토는 그쪽이랑 달라요. 숨을 죽이고 숨어 있는 건, 좋아하지 않죠."

그녀가 수색을 시작했다.

"토토~ 토토~ 엄마 왔다. 집에 가자. 얼른 나와~"

부모님이 떠날 때 웬만한 가구는 싣고 가서 휑해 보이기는 했지만, 그래봐야 25평짜리 낡은 아파트의 거실이었다. 지평선이 보일 만한 크기일 리는 없었다. 하지만 앞집 안나는, '저러다 없던 고양이도 생겨나겠네.' 걱정될 만큼 오랜 시간과 공을 들여 거실과 주방을 샅샅이 뒤졌다.

싱크대 안에서도, 싱크대 서랍 안에서도, 서랍 안 수저통에서도, 냉장고의 냉장실 야채 칸에서도, 냉동실 얼음 통 안에서도, 냉장고를 끌어내고 살핀 뒤 공간에서도 토토는 발견되지 않았다. 그녀는 그런 식으로 앞뒤 베란다며 화장실을 뒤집어 놓았고, 안방에서 나왔을 때는 꽤나 황망한 얼굴이 되어 있었다.

솔직히 나는 고소했고 속으로 그녀를 비웃어주고 있었다. 그녀가 이제 마지막으로 남은 공간인 문간방으로 종종걸음 칠 때까지는.

그녀가 문고리를 잡았을 때, 나도 모르게 꽥 고함이 터져 나왔다.

"거긴 제 방입니다! 최소한의 프라이버시는 지켜주십시오."

"프라이버시라고 했어요?"

그녀의 얼굴에 조소가 떠올랐다.

"나는요, 절대로 남의 프라이버시를 침해하는 사람이 아닙니다. 상대가 내 프라이버시를 먼저 침해하지만 않는다면요."

그녀는 추호의 망설임도 없이 내 방으로 들어갔다. 내가 일어나려고 꿈틀대자 최형사가 손가락으로 눌러 앉혔다.

"자네 방에… 내가 봐선 안 될 것이 있나?"

"없습니다, 그런 거."

최형사가 내 얼굴을 돌려 자신의 얼굴과 마주보게 만들었다.

"내 눈 똑바로 보고 말해. 내가 가봐야 하나?"

"아뇨…."

"좋아. 믿어 보지."

그 방을 누군가에게 보여주고 싶거나, 보여주고 싶지 않거나 그런 생각을 해본 적은 없었다. 아마 누군가가 그 방에 들어갈 거라는 착상 자체를 안 해본 것 같다. 하지만 막상 앞집 안나가 그리로 가자 낯이 뜨거워지고 심장이 쿵쾅거렸다. 거기에 특별히 감추고 싶은 뭔가가 있는 것은 아니었다. 뽀얗게 쌓인 먼지 위에 뒹굴고 있는 양말이나 속옷 나부랭이, 부끄럽지 않았다. 평균보다 덜 입은 여성들의 사진이나 킬링타임용 십자수 따위, 누가 보든 상관없었다. 딱 한 가지가 마음에 걸렸다. 분노의 시기에 쫙쫙 찢어놓고는 병신 같은 미련으로 다시 조립해서 책상 위에 팽개쳐둔 불투명인간 시절의 사진 몇 장…. 그게 누군가에게, 그것도 앞집 안나에게 보이는 게 그렇게 싫을 수가 없었다.

입안이 바싹 말라서 물을 마시는데 앞집 안나가 방에서 나왔다. 그녀가 한껏 일그러진 얼굴로 천천히 입을 열었다.

"우리 토토를… 왜 밖으로 내보냈어요?"

사레가 들려 물을 다 쏟고 한참을 켁켁거렸다.

그녀가 다시 물었다.

"왜 그랬어요? 도대체 왜…?"

앞집 안나가 집을 뒤지는 동안 나는 두 가지 정도를 예상하고 있었다. 정중한 사과 아니면 '예' 혹은 '아니오'를 요하는 질문. 전자라면 준엄하게 꾸짖은 후 관대하게 용서를 할 생각이었다. 뭐 그녀만이 아니라 형사까지 와있는 자리니까. 그리고 후자라면 예컨대, '토토를 밖으로 내보냈어요?'라고 묻는다면 '아니오'라고 단호하게 대답할 준비가 되어 있었다. 하지만 그녀가 거기에 딱 한 글자 '왜'를 덧붙여서 내가 하지도 않은 일의 이유를 묻자 말문이 턱 막혔다. 거기에 최형사가 한술을 더 떴다.

"벌써 어디다 팔아먹었구만."

나는 그때까지 고양이 납치범으로 의심을 받고 있다고 생각했었다. 하지만 알고 보니 두 사람에게 내 죄는 확정되어 있었다. 너무 기가 막혀서 말도 못 하고 입술만 달싹거리는데 앞집 안나가 말했다.

"아뇨, 형사님, 그건 아니에요. 내다 팔지는 않았어요. 저 사람, 그런 사람은 아녜요."

나는 내 귀를 의심했다. 앞집 안나가 내 편을 들다니…. 나는 울컥했고, 그녀를 거의 용서할 뻔했다. 1초 후에 그녀가 이런 말만 하지 않았다면.

"우리 토토를 위해서는 차라리 그게 나았을 거예요…. 그랬다면 아직 살아는 있을 테니까."

앞집 안나가 극적인 포즈를 취하며 소파에 무너져 내렸다.

눈앞이 뿌예지면서 숨이 가빠지고 온몸이 부들부들 떨렸다.

"지금 무슨 말씀을 하시는 거예요? 제가 토토한테 도대체 무슨 짓을 했다는 겁니까?"

앞집 안나가 원망스러운 눈으로 나를 노려봤다. 그녀의 그 사나운 눈에 눈물이 그렁그렁 고여 있었다. 그녀도 최형사도 보지 못했지만 내 눈에도 눈물이 그렁그렁했다. 답답하고 억울하기도 했지만 그녀의 입에서 무슨 소리가 나올지 무서웠다.

그녀가 말했다.

"맞죠…? 그 미친개한테 우리 불쌍한 토토를 갖다 바친 거."

그건 그야말로 상상초월이었다. 거기서 똥개 얘기가 튀어나오리라고는 정말이지 꿈에도 생각 못 했다.

"미친개라구요?"

최형사가 말했다.

"그렇게 생각하시는 특별한 이유라도 있습니까?"

입술을 꼭 깨물고 뜸을 들이던 그녀가 이윽고 얼마 전에 겪은 일을 털어놓았다.

"한 열흘 쯤 전이었을 거예요. 토토랑 산책을 나갔었어요. 물론 줄에 묶어서요. 아파트에서 나가서 한 10분이나 지났을까? 우리 토토가 갑자기 앙앙, 다급하게 울면서 허둥대더라구요. 이상하다 싶어서 봤더니, 저 앞에서 그 미친개가 입에 거품을 물고는 달려오고 있었어요. 저와 토토를 향해서 똑바루요. 얼마나 무서웠는지 숨도 잘 쉬어지지 않았어요. 저는 얼른 토토를 안고는 그 자리에서 꼼짝도 못하고 바들바들 떨고만 있었어요."

"그래서 어떻게 됐습니까?"

최형사가 그녀에게 공손하게 물컵을 건네며 말했다. 그녀는 손사래로 거부하고는 이야기를 이어갔다.

"그 미친개가 요 앞까지 왔을 땐, 눈을 질끈 감아버렸어요. 이제는 죽었구나, 그 생각뿐이었죠. 근데 한참 이따가 눈을 떠보니까 미친개가 보이질 않았어요. 아마도… 때마침 행인들이 지나가서 그랬던 거 같아요."

또 무슨 오해와 억측을 불러올까 싶어 말은 안 했지만 그 일은 나도 기억이 났다. 사실은 나도 그 자리에 있었다. 그때 나는 달려가는 중이었고 내 뒤엔 똥개가 쫓아오고 있었다. 앞집 안나를 A라고 치고 똥개를 B라고 친다면 A와 B를 잇는 직선의 한가운데에 C인 내가 있었다. 그러니까 C를 볼 수 없는 A의 입장이라면, B가 자신을 향해 똑바로 달려드는 것으로 생각할 수 있었다. 일부러 꾸민 짓은 아니었다. 그날은 똥개한테 너무 가까이 접근하는 바람에 앞도

옆도 살필 겨를이 없었다. 충돌 직전에야 그녀를 발견하고는 홱 몸을 돌린 거였다. 그게 전부였다.

최형사가 고개를 갸웃거리며 물었다.

"근데 그게… 이 친구하고 어떻게 연결되는 거죠?"

"그때, 저 사람이 거기에 있었으니까요."

나는 깜짝 놀라 헉, 신음을 내뱉었다.

"제, 제가 거기 있었다구요? 제가요?"

"당연하죠."

"저를 보셨어요? 그, 그걸 어떻게 아시는데요?"

"그걸 어떻게 모를 수가 있어요? 바로 그 다음 날부터 저 사람은 계단 어딘가에서 숨을 죽인 채 호시탐탐 기회만 엿보고 있었어요. 일주일 내내요. 왜요, 내 말이 틀려요?"

한동안 굳은 얼굴로 생각에 잠겨 있던 최형사가 자리를 털고 일어서며 말했다.

"외투 입지."

"네?"

"든든하게 입어 두는 게 좋을 거야. 집에 언제 다시 올지 알 수 없으니까."

"말도 안 돼. 이건 순전히 오햅니다. 저는 아무 짓 안 했습니다."

"이 친구야, 말조심해. 지금 아무 짓도 안 한 사람한테 죄를 뒤집어씌웠다는 말이야? 그건 저 숙녀분에 대한 모욕이야."

내키지는 않았지만 나는 앞집 안나에게 사정했다.

"이봐요, 한 번만 다시 생각해 보세요. 제가 왜 토토를…. 그래요, 제가 토토를 그리 좋아하지 않았다는 거 인정합니다. 많이는 아니구요, 조금 그랬어요, 아주 조금요. 하지만 그렇다고 해서, 저요, 그런 짓을 할 놈은 아닙니다. 정말입니다."

앞집 안나가 손수건으로 눈가에 고인 눈물을 꾹꾹 찍어내면서 말했다.

"저한테 이러시면 안 되죠. 형사님이 아무 죄도 없는 사람을 잡아갈 리가 없잖아요. 안 그래요?"

13

경찰서로 향하는 차 안에서 최형사는 집에서와는 달리 어쩐지 허둥대는 것 같았다. 말수는 적었지만 자주 헛기침을 했고 내 쪽을 흘끔거렸다. 조수석에 앉아 있는 내가 꽤나 거슬리는 것 같았다. 아니, 그 정도가 아니라 내가 무슨 짓을 할까 봐 꽤나 겁을 먹은 것 같았다.

쿵

어째 불안불안하더니 신호를 받고 서 있는 앞차를 들이받았다. 경미한 사고였지만 앞차 운전자가 뒷목을 잡고는 번개처럼 달려왔다. 하지만 최형사의 덩치와 신분증에 이내 꼬리를 내렸다. "생각해 보니 제 잘못이 크네요. 앞만 보고 달리느라 뒤는 신경도 안 썼지 뭡니까. 하하.”

자기 차로 가는 운전자를 보며 최형사가 중얼거렸다.

“사람들이 다들 저렇게 합리적이면 세상이 참 평화로울 텐데 말이야…. 참, 자네 다친 데는 없나?”

“괜찮습니다. 손을 잘못 짚어서 조금 까진 거 말고는….”

아무래도 사고는 최형사보다는 나한테 훨씬 치명적이었다. 만약 두 사람이 동시에 기절이라도 한다면, 최형사야 덩치가 덩치인 만큼 바로 눈에 띄겠지만, ‘혹시 투명인간이 있을지도 몰라.’ 주의 깊게 살필 구조대원은 그리 많지 않을 테니까. 그래서 최형사에게 제안했다.

“운전 제가 할까요?”

“됐어. 안전띠나 매.”

최형사가 퉁명스럽게 말했다. 아마도 자존심이 상한 모양이었다. 그런데 그때부터 최형사의 낯빛이 눈에 띄게 밝아졌고 더 이상은 허둥거리지 않았다. 룸미러로 조수석을 흘깃 보니 그럴 만도 했다. 안전띠가 꼭 내 가슴두께만큼 불룩 솟은 채로 고정되어 있었으니까.

최형사가 나를 흘끔 쳐다보고는 중얼거렸다.

“안전띠는 생명띠라니까.”

경찰서에 도착했다. 차에서 내리는데 최형사가 뜬금없이 지갑을 꺼내 내게 툭 던졌다. 엉겁결에 받아들자 지갑이 사라졌다. 최형사가 허, 탄성을 내질렀다. 내가 지갑을 돌려주자 최형사는 다시 모습을 드러낸 지갑을 살피며 또 탄성을 냈다.

"이런 재주라면 먹고 사는 걱정은 할 필요가 없겠구만."

어쩐지 말에 뼈가 있는 것 같아서, 나는 딱 잘라 말했다.

"제가 원해서 이렇게 된 게 아닙니다."

"많이 듣던 소리구만. 나는 이러고 싶지 않았다. 어쩌다보니 이렇게 됐다. 나도 이런 내가 싫다…."

실제로 그건 내가 자주 해온 말들이었다. 아마도 최형사가 생각하는 것과는 다른 의미겠지만.

최형사는 나를 경찰서 뒷마당에 있는, 강력 3팀이라는 명패가 걸린 허름한 사무실로 데려갔다. 앳된 형사가 홀로 컴퓨터 작업을 하고 있었다. 최형사와 내가 안으로 들어서자 앳된 형사가 고개를 갸웃거리며 말했다.

"어디 편찮으세요?"

최형사가 그제야 내 어깨에서 팔을 내리며 중얼거렸다.

"투명인간이랑 어깨동무라도 하고 온 거처럼 보이겠군."

앳된 형사가 어설프게 웃고는 진저리를 치며 외투를 걸쳤다. 썰렁한 모양이었다.

"아까 전화로 말씀하신 거, 최형사님 노트북에 옮겨뒀습니다."

"어디 가게?"

"김형사님하고 이형사님 아직, 잠복 중이어서요."

"그 친구들 아무래도 헛수고하는 거 같은데…."

"네?"

"아, 별거 아냐. 수고. 아, 참 이거."

최형사가 주머니에서 지갑을 꺼내들었다. 지갑은 어느 사이 비닐에 싸여 있었다.

"이거 과학수사반에 좀 전해줘. 지문 떠서 신원조회하구, 수배된 건은 없는지 알아보라구…. 아, 피가 묻어 있을지도 모르니까 채취해서 국과수에 DNA 감식도 의뢰하라고 전하구."

최형사가 나를 향해 얼굴 피부의 일부를 움직여 보였다. 미안하다는 건지, 화를 내는 건지 여전히 가늠하기가 어려웠다.

앳된 형사가 떠나자 최형사가 내게 의자를 권하고는 책상 건너편 의자에 비스듬히 기대앉았다. 아무렇지도 않은 척 했지만 굉장히 긴장됐다. 앞으로 내가 할 대답들을 미리 떠올려봤다. "아니요." "안 했습니다." "그런 적 없습니다." "그 여자의 거짓말입니다." "오햅니다." 청문회의 주인공이라도 된 기분이었다.

하지만 최형사의 첫 질문은 내 예상을 꽤나 벗어난 것이었다. 나는 당연히 토토에 대해 물을 줄 알았다. 내가 끌려온 이유가 그거였으니까. 하지만 어쩐 일인지 최형사는 토토에 대해 단 한 마디도 묻지 않았다. 그 대신 이렇게 물었다.

"어쩌다 투명하게 됐는지 나한테 들려줄 수 있겠나?"

그건 조사나 심문이라기보다는 내게 말을 걸어온 것이었다. 내용도 그랬고, 듣는 태도도 그랬다. 처음에는 이게 무슨 함정은 아닐까 주저했지만, 나도 모르게 내 이야기에 빠져들었다. 그 자리가 그리고 상대가 내 속에 있는 이야기들을 털어놓기에 썩 적절하지는 않다는 것은 물론 나도 알았다. 그래, 웃기는 짓이었다. 그래도 모든 무덤들처럼 내게도 핑계는 있었다. 누군가와 마주 앉아서 이야기다운 이야기를 해본 건 백만 년 만에 처음이었으니까.

내가 어디서 어떻게 투명해졌고, 사람들과의 관계가 어떻게 변했으며, 부모님과 수이가 어떻게 떠났는지, 절규와 내가 어떻게 버텼는지… 내 온몸에 쌓였던 말들이 둑이 터진 것처럼 쏟아져 나왔다. 최형사는 말없이 내 얘기를 듣기만 했다. 세 시간 후, 사무실 전화벨이 울어대기 전까지는.

최형사가 전화를 받자 수화기 너머로 경찰서 직원의 목소리가 들려왔다.

"최형사님, 어떤 여자 분이 찾아왔습니다. 아까 고양이 때문에 만났던 사람이랍니다. 최형사님이 전화를 안 받아서 직접 왔다고…."

최형사가 전화를 끊고는 자리에서 일어났다. 나도 일어났다. 최형사가 잠시 주저하다가 밖으로 나갔다. 나도 따라 나갔다. 최형사가 밖에서 방문을 잠그며 빈방에 대고 말했다.

"금방 올 테니까 여기서 꼼짝 말고 기다리고 있어."

로비에서 기다리고 있던 앞집 안나가 최형사를 보자 환한 얼굴로 외쳤다.

"형사님~ 우리 토토 돌아왔어요."

"그래요? 그 녀석이 돌아왔어요? 다치지는 않았구요?"

"그럼요. 아무 일 없이 무사하게 왔어요."

"아이구, 천만다행이네."

"말은 안 했지만 저는 믿고 있었어요. 우리 토토가 그런 떠돌이 미친개한테 어이없이 당할 만큼 어수룩한 아이는 아니라구요. 얼마나 영리하고 민첩한 아인데요…. 대견하고 기특해서 특식이라도 만들어 줄까하고 마트에 갔다 오는 김에 들렀어요.”

“그러잖아도 걱정이 많았는데… 감사합니다.”

“이왕 온 김에 그 사람, 태워갔으면 하는데….”

“아이구, 뭘 그렇게까지….”

“저란 여자 참 속도 없죠? 우리 토토한테 그렇게 끔찍한 짓을 한 사람한테…. 그래도 어쩌겠어요, 이웃사촌인데….”

최형사가 잠시 머뭇거리다가 말했다.

“근데, 이거 어쩌나…. 그 친구 조금 전에 집으로 보냈는데….”

로비에서 앞집 안나를 본 이후, 내 심장은 줄곧 비정상적으로 쿵쿵거렸다. 최형사의 그 소리를 듣는 순간에는 잠시 멈췄다가 기차 바퀴 소리를 냈다. 목구멍까지 분노가 치솟았다. 하지만 나는 안간힘을 다해 참았다. 앞집 안나의 차를 타고 가는 건 상상도 하기 싫었다.

나는 최형사를 따라 사무실로 돌아왔다. 최형사가 의자에 앉기를 기다려 내가 말했다.

“이제 집에 가도 되겠죠?”

“무슨 소리야? 조사는 아직 시작도 안 했는데.”

“토토는 벌써 돌아왔잖습니까?”

최형사의 반응을 기대했지만 당황스럽게도 최형사에게선 당황하는 기색이 조금도 느껴지지 않았다.

"자네 설마… 아직도 나비 때문에 여기 온 거라고 생각하는 거야?"

당황한 건 나였다. 최형사의 얼굴 근육이 살짝 움직였다. 거기엔 어떤 감정도 담겨 있지 않았다. 그 얼굴은 그냥 가면이었다. 모든 감정을 불투명하게 감춰버리기 위해 존재하는.

나는 화가 치밀어 올라 씨근덕거리며 말했다.

"가보겠습니다."

"좋을 대로 해. 근데… 자네 부모님이나 수이, 그 아가씨가 놀라지 않을까?"

"지금… 저를 협박하시는 겁니까?"

"나는 절차를 얘기하는 거야. 이제 조사를 시작해야 하는데, 자네가 이렇게 사라져버리면 내가 가볼 데라곤 거기밖에 없잖은가?"

나는 문고리에서 손을 놓고 자리에 돌아가지 않을 수 없었다.

최형사가 노트북 컴퓨터를 펼치더니 동영상 파일을 열었다. CCTV 녹화 동영상이었다.

"여기가 어딘지 알아보겠나?"

화면에는 주택가 골목의 풍경이 담겨 있었다. 내가 늘 보는 각도와 달라 낯설게 보였지만 거긴 요즘도 가끔씩 들르곤 하는 우리 동네, 연립주택들이 줄줄이 늘어선 골목이었다.

최형사가 말했다.

"지난 한 달 동안 빈집털이가 설쳐대서, 이 동네 인심이 흉흉해진 거 알고 있지? 이건 사건발생 시각 전후의 녹화 화면이야. 이 집, 이 집, 이 집, 그리고… 이 집이 당했지."

"이걸… 제가 왜 봐야 하는데요?"

"범인이 나올 수 있는 길은… 여기밖에 없어. 다시 말해서 이 화면에 잡힌 누군가가 범인이라는 얘기지. 꼼꼼하게 보는 게 좋을 거야. 나중에 후회하지 않으려면. 나 눈 좀 붙일 거야, 다 보면 깨워."

속이 울렁거렸다. 금방이라도 토할 것만 같았다. 설마 내가 CCTV에 찍히기라도 했다는 걸까…? 만약 그렇다면 나는 기뻐해야 할까?

동영상에는 사건이 발생한 4일의 기록이 네 개의 파일에 나뉘어 담겨 있었다. 대략 네 시간 분량이었다. 세 개는 대낮이었고 나머지 하나는 한밤이었다. 양쪽 모두 골목에 활기가 흘러넘치는 시간은 아니었다. 간혹 한두 사람이 지나가기는 했지만 골목은 거의 텅 비어 있었다. 말하자면 액션도 스펙터클도 없는 지루한 화면이었다. 하지만 내게는 어떤 스릴러보다 긴장감 넘치고 공포스러운 영상이었다.

세 번째 파일을 열었을 때는 새벽 한 시가 넘어서고 있었다. 너무 몰두해서 그랬는지 골치가 지끈거리고 초점이 흐려졌다. 그렇게 한 20분 쯤 지났을까? 나는 저 멀리에 나타난 하얀 점을 발견했고 그 순간에 눈이 번쩍 뜨였다. 똥개가 미친 듯이 달려오고 있었다. 나는 속으로 '저리 가! 저리 가!' 외쳤지만 똥개는 CCTV 바로 앞까지 달려와서는 맥없이 주저앉았다. 그리고는 혀를 길게 뽑고 헐떡거렸다.

가슴이 두근거려서 패스트로 넘겨버렸는데, 그것으로 문제가 덮어질 것 같지는 않았다. 화면을 리와인드 시켜서 똥개가 제일 잘 보이는 프레임에 멈춰 그 앞뒤를 수십 번씩 돌려가며 살펴봤다. 조금만 주의 깊게 살펴보면 누구나 알아볼 수 있었다. 똥개가 뭔가를 아니, 누군가를 보고 있다는 것을….

"저게 바로 그 미친개로군."

언제 잠에서 깼는지 최형사가 내 등 뒤에 서 있었다. 엉겁결에 손으로 모니터를 가렸지만, 그건 불투명인간이 손바닥으로 하늘을 가리는 것만큼이나 부질없는 짓이었다.

최형사가 말했다.

"자네는 거기 있었어, 그렇지?"

머릿속이 하얘졌다. 물론 나는 거기 있었다. 하지만 그걸 인정하는 순간, 내 힘으로는 빠져나올 수 없는 함정에 빠지게 될 것이었다.

"왜… 그렇게 생각하세요?"

"저 화면 속에 자네가 있으니까."

나는 웃었다. 긴장을 감추려면 그 수밖에 없었다. 웃음을 멈추자 더 긴장됐다. 나는 스스로도 의식될 만큼 허둥대며 말했다.

"제가 여기 있어요? 여기 어디요? 제가 어디 있는데요? 무슨 증거라도 있습니까?"

"자네가 여기 없다는 증거는 있나? 있다면 보여줘. 그러면 자네를 믿어주지."

"네, 그러죠. 보여드리겠습니다."

일단 내내 거슬리던 똥개부터 화면에서 치워야 했다. 나는 아무렇지도 않은 척 화면을 뒤로 넘겼다. 그때 최형사의 손이 내 손위로 얹혔다. 최형사가 화면을 똥개로 되돌리며 말했다.

"내 생각에는… 우연이 겹치면 그건 더 이상 우연이 아니야. 이 미친개 말이야…."

"그, 그 똥개는…."

"똥개? 자네는 그렇게 부르나?"

최형사가 똥개가 달려오는 모습을 앞으로 뒤로 돌려보고는 똥개가 헐떡대는 장면에서 화면을 다시 멈췄다.

"자, 해명할 게 있으면 해명해 봐."

막다른 골목이었다. 더 이상은 감출 수가 없었다.

"저, 저 똥개는 제가…."

그때 사무실 전화벨이 발작적으로 울렸다. 최형사는 외면하려 했지만 벨소리가 멈추지를 받았다.

"여보세요, 어, 김형사. 어? 핸드폰? …밧데리가 다 돼서. 근데 이 시간에 웬일이야? …어? 흠…."

최형사가 수화기를 내려놓으며 말했다.

"자네… 운이 좋구만. 방금 빈집털이를 잡았대."

최형사에게 이끌려 경찰서 마당으로 나섰을 때는 새벽 두 시가 넘어서고 있었다. 내가 가보겠다고 하자 최형사가 담배 두 개비에 불을 붙여 하나를 건넸다. 그럴 생각 없었는데 등신 같은 손이 불쑥 그걸 받았다. 담뱃값이 크게 인상된 뒤로는 처음 피우는 담배였다. 한 모금을 마셨을 뿐인데 세상이 핑 돌았다.

최형사가 연기를 깊이 빨아 길게 내뱉으며 말했다.

"자네는 나쁜 사람은 아니야. 그렇게 될 수 없는 사람이지."

헛웃음이 나왔다. 위로 따위 받고 싶은 생각도 없었고, 어떤 말도 위로가 될 수 없었다.

"오해 말게. 자네를 교도소에 보내면 내 마음도 편치는 않을 거라는 뜻이었으니까."

"…그런 일 없을 겁니다."

"아니, 조만간 그렇게 될 거야. 미안한 얘기지만 자네가 무슨 짓을 하던 그건 중요하지 않네."

최형사가 필터까지 타들어간 담배로 새 담배에 불을 붙였다.

"자려고 누웠는데 모기가 왱왱거리면 나는… 잡아. 잠이 쏟아져서 기절할 거 같아도… 굳이 일어나서 잡는다구. 다른 사람들은 어떤지 몰라도 나는… 그놈 사정 같은 거 묻지 않아. 수백 명의 피로 배를 불린 놈인지 이제 처음 피 냄새를 맡은 신출내긴지 묻지 않는다구. A형만 먹는 놈인지 B형만 먹는 놈인지 O형에 AB형까지 고루고루 먹는 놈인지, 혹은 비위가 약해서 피를 안 먹는 놈인지 따지지 않는다는 말이야. 왜? 그럴 필요가 없으니까. …다른 건 아무것도 중요하지 않아. 그놈이 모기니까 잡는 거야. 모기니까…."

최형사가 차비나 하라며 억지로 봉투를 쥐여줬지만 나는 동네까지 터덜터덜 걸어왔다. 오는 내내 덜덜 떨렸다. 속옷이 축축해질 만큼 땀이 났는데도 그랬다. 꼭 추워서는 아니었다.

웬만한 가게들은 다 문을 닫았는데 길 건너 카페 〈몽〉은 아직 환했다. 거긴 사장이 내킬 때 열고, 내킬 때 닫는 집이었으니까. 사장은 나를 싫어하지 않았다. 본인 입으로 직접 한 얘기니까 이건 믿어도 된다. 하지만 내가 카페에 오는 건 좋아하지 않았다. 그거 역시 본인 입으로 한 얘기다. 내가 카페 물을 흐린다나, 어쩐다나. 후줄근한 동네 카페에 흐릴 물이 어디 있다구…. 오늘은 사장한테 타박을 조금 듣더라도 잠깐 앉아 몸을 녹이고 싶다. 운이 좋다면 언젠가 사장이 끓여줬던 얼큰한 두부찌개를 얻어먹을 수도 있겠지.

카페에 가려고 막 길을 건넜는데 어쩐지 느낌이 이상하다. 설마… 돌아봤더니 똥개 자식이 소리도 없이 달려오고 있었다. 나는 이유도 묻지 않고 달리기 시작했다. 그리고 생각했다.

'나는 아무 잘못 없다. 나는 아무 짓도 안 했다. 정말이다.'

14

'뭔가… 달라졌다.'

현관에 들어서는데 느낌이 그랬다. 거실을 둘러봤지만 크게 달라진 건 없었다. 냉장고의 기종도 그대로였고, 싱크대의 위치도 그대로였으며, 심지어 벽지색깔도 그대로였다. 다만 거실 테이블 위에 또 그 편지가 놓여 있었다. 앞집 안나의 짓은 아니었다. 그 편지가 날아들기 시작한 건 그녀가 이사 오기 한참 전부터였으니까.

그 편지는 한 달에 한 번꼴로 우리 집 우편함에 들어 있었다. 보낸 사람은 불가리 익스트림옴므, 받는 사람은 다비도프 쿨 워터맨. 처음엔 외국인들일 거라 생각했다. 하지만 다시 생각해 보니 그럴 리가 없었다. 이름들은 언제나 한글로 쓰여 있었으니까. 궁금해서 한글로 찾아봤더니 향수 이름이었다. 보내는 이도 받는 이도 변태임이 틀림없다고 나는 결론지었다.

호기심이 아예 없었던 것은 아니지만 편지를 뜯어보지는 않았다. 내 편지가 아니니까. 나는 그걸 발견하는 족족 우편물 반송함에 넣었다. 지난달에는 '여기에는 그런 사람이 없습니다.'라고, 겉봉에 써서 보내기까지 했었다.

불가리 익스트림옴므씨도 그걸 확인했음이 틀림없다. 새로 보낸 편지 겉봉에 '당신이 확실합니다, 다비도프 쿨워터맨씨'라고 써 놓은 걸로 봐서는.

이로써 세 가지 점이 분명해졌다. 첫째, 누군가 나를 다비도프 쿨워터맨씨라고 여기고 있고, 둘째, 불가리 익스트림옴므라는 자는 나한테 이 편지를 꼭 읽히고 싶어 하고 있으며, 마지막으로 우리 집은 저 앞집의 안나가 아니라도 누구나 쉽게 드나들 수 있다는 사실. 그게 아니라면 이 편지는 이번에도 우편함에 들어있었을 테니까.

나는 그 편지를 개봉해보기로 했다.

> 다비도프 쿨워터맨씨, 귀하를 우리들의 모임에 초대합니다.
>
> 일시: 2015년 2월 14일 19시
>
> 장소: 서대문구 홍진동 189-1번지

본문은 그게 전부다. 그런데 추신이 달려있다. 그 추신이 생뚱맞기 그지없다.

반드시 다비도프 쿨워터맨 향수를 착용하고 올 것.

최소한의 사생활이라도 누리기 위해 몇 년 동안 비누도 샴푸도 안 쓰고, 한겨울에 아무리 얼굴이 따가워도 스킨로션 한 번 안 바르고 살았는데, 그랬는데도 다들 킁킁대며 나를 쫓아다니는 판에 아예 향수를 뿌리고 오라고? 대체 이건 무슨 개수작이란 말인가? 왜 다들 나를 가만두지 못해 안달인 것일까? 내가 뭘 어쨌다고?

아무런 예감도 징조도 없이 투명해져 버린 이후 미칠 것 같은 좌절과 분노의 시간을 견디다 마침내 내가 더 이상은 불투명하지 않은 인간이라는 사실을 받아들이며 생각했었다.

'앞으로 내 삶은 평화롭겠구나.'

남들이 날 어떻게 볼까 신경 안 써도 될 테니 마음은 편하겠구나. 어차피 드러낼 수 없을 테니 그럴 듯한 야망을 갖거나 그 야망을 성취하기 위해 안달복달하지 않아도 되겠구나. 대신 좀 외롭겠구나…. 하지만 적어도 누가 날 찾아와 성가시게 구는 일은 없겠구나. 대체 어디에 있는지 알고 나를 찾아온단 말인가? 그러니 나는 비록 투명하지만 조용히 살 수 있을 것이었다.

으스대는 건 아니지만 내 예상이 맞았다. 한동안은 분명히 그랬다. 나는 더 이상 뭔가가 되려고 애쓰지 않게 되었고, 사람들이 날 어떻게 보든, 혹은 못 보든, 신경 쓰지 않게 되었다. 내가 사랑하는 사람들이 하나, 둘 그리고 마침내는 모두 내 곁을 떠나갔고, 예상한 대로 나는 외로워졌다. 그러니 이제는 평화로워질 차례였다.

하지만 그 빈자리에 내가 도저히 사랑할 수 없는 사람들이 노크도 없이 밀려 들어왔다. 흥신소 박사장이, 조화백이, 앞집 안나가, 최형사가, 그리고 동네 똥개까지. 그들은 하나같이 시끄러웠고 집요했다.

앞집 안나는 여전히 아침마다 밀가루를 뿌렸다. 며칠 전, 밀가루 위에 찍힌 발자국을 보며 그녀가 말했다.

"그나마 밀가루 값이 안정돼서 얼마나 다행인지 몰라요."

최형사는 사건만 생기면 찾아와서 언제나 똑같은 질문을 던졌다.

"자네 그날, 거기 있었지?"

거기에 이제 변태놀음 같은 편지를 보내는 녀석까지 나타난 것이다. 뭐? 다비도프 쿨 워터맨 향수를 반드시 착용하고 오라고? 나 참 어이가 없어서….

피로가 한꺼번에 몰려왔다. 나는 무너지듯 소파에 드러누웠다. 하루하루가 고역이다. 정말이지 개 같은 날들이다. 잠이라도 확 들었으면 싶었지만 잠은 오지 않고 죽을 듯 피로한데도 정신은 점점 말똥해진다. 나는 생각했다. 이 상황을 벗어나려면 방법은 한가지다. 이제야말로 정말로 투명인간이 되어 숨어버리는 거다. 그러자면 일단 이 집부터 버려야한다. 아니지, 먼저 지낼 곳을 찾고…. 아니, 그 전에 어느 정도 돈을 마련하고…. 생각은 꼬리에 꼬리를 물고 이어졌다.

생각에 지쳐 깜박 잠이 들었나보다. 눈을 뜨니 전화벨이 울리고 있었다. 전화를 받자 까맣게 잊고 지냈던 목소리가 들려왔다.

"자기, 너무한 거 아냐? 연락도 한 번 없구. 잘 지내지?"

홍신소 박사장이었다. 내 잘못은 이제 다 잊었고 용서하기로 했으니 자기 밑으로 다시 돌아오라는 제안이었다. 그동안 놀면서 지낸 건 아니었다. 얼마 전부터 카페 〈몽〉에서 손님들 눈에 절대 안 띄어야 한다는 조건으로 주방 일을 도왔다. 뭐 임금이라고 해봐야 최저 생계비에도 못 미쳤다. 물론 그렇다고 하더라도, 그렇고 그런 인간들의 뒤를 쫓으며 밤거리를 헤매는 일 따위, 정말이지 다시 하고 싶지 않았다. 하지만 박사장의 조건은 파격적이었다.

"껀당 40퍼센트, 그중 50퍼센트 선입금. 이건 정말 이 업계에선 전무후무한 대우라는 거 알지?"

그래, 잠수를 타기로 결심한 이상 자금이 필요하다. 몇 건만 제대로 하고 빠지는 거다. 나는 그동안 갈고닦은 투명인간의 기술로 중무장한 뒤, 그러니까 부피를 최대한 줄이고 소리와 냄새를 완전히 제거한 뒤 거리로 나섰다.

첫 번째 표적인 김은 30대 후반의 남자였다. 10년 넘게 한 회사를 다니다가 반년 쯤 전에 정리해고 됐다고 했다. 퇴직금도 적지 않았고, 김의 부인이 하는 도시락 가게도 그럭저럭 잘되는 편이어서 형편은 나쁘지 않았다. 하지만 김은 해고된 그 날 이후 조금씩 변했다. 말 수가 점점 적어졌고, 귀가가 늦어졌고, 부인과 눈을 마주치지 않으려 했다.

긍정적인 변화도 있었다. 향기로워졌다는 점이었다. 그랬다. 김은 어느 날부터 은근한 향수냄새와 함께 귀가했다. 문제는 그게 여성용 향수였다는 점이었다. 샤넬 No.5였는데 그게 하필이면 김의 아내가 유일하게 아는 향수냄새였다. 그리고 김의 아내는 알레르기가 있어서 어떤 향수도 사용할 수가 없었다.

"남편은 절대 그럴 사람이 아니에요. 아무래도 질이 나쁜 여자한테 걸린 거 같아요. 무슨 일 나기 전에 그 여자 좀 잡아주세요."

김의 부인은 그렇게 말하며 눈물을 찍어냈다. 김의 부인이 떠나자 박사장은 '절대 그럴 사람이 아닌 사람이 세상에 어딨어? 얌전한 고양이 부뚜막에 먼저 올라간다는 옛날 말도 모르나?' 하며 콧방귀를 꼈다. 내 생각도 비슷했다. 사실 착실해 보이는 사람들일수록 이런 일에 한번 빠져들면 더 헤어나지 못하는 법이다.

김의 일과는 단조로웠다. 새벽 6시면 집을 나서서 영어 학원엘 갔고, 학원이 끝나면 근처에서 토스트로 아침을 때우고 구립도서관으로 갔다. 무슨 자격증 공부를 하는 것 같았는데, 전심전력을 다하는지는 모르겠지만, 겉보기에는 꽤 열심히 공부하는 것처럼 보였다. 누구와 이야기를 나누는 일도 없었고, 전화통화도 거의 하지 않았다. 그동안 내 업무와 관련해서 꽤나 많은 사람들을 지켜봤지만 그렇게 모범적인 남자는 처음이었다.

하지만 도서관에서 나오면 김은 완전히 달라졌다. 첫날 오후… 김은 버스를 두 번이나 갈아타고 변두리 주택가에서 내려 으슥한 골목으로 들어갔다. 연락도 안 하고 불쑥 찾아온 것으로 봐서는 이곳에서 만날 누군가와 평범한 사이가 아닌 건 분명했다. 게다가 골목길에서 자꾸 두리번거리는 것으로 판단컨대 썩 자랑스러운 관계는 아니었다. 이 골목길에 문제의 샤넬이 살고 있는 게 틀림없었다.

나로선 뜻밖의 횡재였다. 겨우 반나절 만에 일을 마무리 지을 수 있는 거였으니까. '그래, 이런 날도 있어야지….' 나는 소리 없이 휘파람을 불며 카메라를 챙겼다. 하지만 김은 어느 집에서도 멈추지 않았다. 멈추는가 싶으면 지나갔고 지나갔다 싶으면 돌아왔다. 김은 줄곧 같은 태도, 같은 템포였고 나는 갈수록 초조해졌다.

'저기군. 저길 거야. 저기겠지. 제발 저 집이었으면….'

동네를 세 바퀴 쯤 돌았을까? 다리가 팍팍해질 무렵 김은 드디어 골목길 순례를 마치고 큰길로 나섰다. 그리고는 두리번거리며 2층에 카페가 있는 건물로 들어갔다. 나는 그제야 깨달았다. 그렇게 골목길을 돈 건 시간을 때우기 위해서였구나, 라고. 나는 챙겨두었던 카메라를 다시 꺼내 들고 김의 뒤를 쫓았다.

김은 카페를 그대로 지나쳐 3층으로 올라갔다. 거긴 만화방이었다. 나는 조금 의아했지만 이내 수긍했다. 하긴 썩 자랑스럽지 못한 관계라고 해서 고상하거나 침침한 곳에서 만나야 한다는 건 편견이었다.

이런저런 생각으로 복잡한 나와는 달리 김은 만화에 탐닉했다. 어느덧 밤이 깊어졌고 샤넬 No.5는 끝내 나타나질 않았다.

다음 날도 그 다음 날도 김의 일과는 똑같았다. 새벽부터 오후까지 김은 열심히 공부하는 재취업 준비생이었고, 저녁이면 거리를 떠돌았다. 그러다 들어가는 곳은 만화방이거나 극장이 될 때도 있었고, 오락실이 될 때도 있었고, 동물원이 될 때도 있었고, 허름한 맥주집이 될 때도 있었다. 그리고 김은 언제나 혼자였다.

김을 뒤쫓기 시작한 지 8일째 되는 날이었다. 그날도 김은 거리를 떠돌고 있었다. 머뭇거리고 주춤대면서…. 김의 특징을 하나만 꼽으라면 그거였다. 그는 언제나 머뭇대고 주춤거렸다.

김은 언덕바지에서 수레에 짐을 잔뜩 싣고 가는 폐지할머니를 만나면 그냥 지나치지 못했지만 그렇다고 달려가서 밀어주지도 않았다. 그저 머뭇머뭇 주춤주춤. 그러다 이미 저만치 멀어진 폐지할머니의 뒷모습을 멍하니 바라봤다. 지하도에 널브러진 걸인을 만나도 그냥 지나치지는 못했지만 선뜻 지갑을 꺼내지는 않았다. 그저 머뭇머뭇 주춤주춤. 동전 한 닢이라도 줄까 싶어 기대하던 걸인이 머뭇대고 주춤거리다 그냥 가버리는 그의 뒤에다 대고 카악 퉤… 침을 뱉는 걸 본 것도 여러 번이었다.

그날 거기에서도 마찬가지였다. 그때 김은 지하철역 환승 통로를 걷고 있었다. 마침 직장인들 퇴근시간이어서 김은 꽤 많은 인파 속에 파묻혀 있었다. 통로를 가득 메운 사람들 중 자기 얼굴을 보여주는 사람은 아무도 없었다. 모두들 앞만 보고 걸어갔다. 그것은 말하자면 가공할 뒤통수들의 행진이었다. 그 행렬에서 김만 끄집어낸다면….

김은 어쩐지 겁에 질린 표정으로 두리번거렸고 머뭇거렸고 주춤거렸다.

그 일은 김이 통로의 중간쯤에 이르렀을 때 벌어졌다. 어느 순간,

김의 앞에서 가던 여자의 등이 흐릿하게 비쳤던 것이다. 그건 이해할 수 없는 일이었다. 여자는 김보다 몸피가 훨씬 작았고, 김의 몸뚱이로 완전히 가려져 있었다. 한순간 김은 투명해진 것 같았다. 나는 깜짝 놀라 눈을 비볐다. 다시 봤더니 김은 언제나처럼 불투명했고 앞에 가는 여자의 모습이든 뭐든 전혀 비추지 않았다.

내가 잘못 본 것일 수도 있었다. 하지만 나는 어떤 기억을 떠올렸다. 내가 무대 위에서 사라지던 그날…. 내 조수역을 맡았던 동건이는 분장실에서 무대를 향하던 나를 불러 세우고는 겁에 질린 눈으로 한참이나 쳐다봤었다. 얼굴에 뭐가 묻었냐고 묻자 동건이는 이렇게 말했었다.

"죄송합니다. 첫 공연이라 제가 잠을 설쳤거든요. 분장실이 너무 어둡기도 하구…."

설마 내게 일어났던 일이 김에게도 일어난 것일까?

15

인간은 쉽게 과거를 잊는다. 그 과거가 아무리 소중해도. 또는 아무리 처절해도. 그런 일 없었던 것처럼 시치미 뚝 떼고 살아갈 수 있다 인간은. 그게 더 편하기만 하다면….

한때는 나도 불투명인간이었다!

김이 한순간 투명해진 듯한 장면을 목격했을 때, 그 생각이 번갯불처럼 뇌리를 스쳤다. 나는 놀랐다. 그 생각을 떠올린 게 너무나 오랜만이라는 것을 깨달았던 것이다.

그래, 나도 한때는 불투명인간이었다. 하지만 투명인간으로 살아남기 위해 안간힘을 다하다 보니 어느새 내가 한때 불투명한 인간이었다는 사실마저도 잊고 지냈다. 게다가 지금 나는 현재의 투명함도 부족해서 정말로, 완전히 사라지기 위해 준비를 하고 있는 중이 아니던가.

그러고 보면 나는 갑자기 투명해져 버린 충격 때문에 거기에 어떤 원인이 있을 수도 있다든지, 그것이 어떤 종류의 증상이어서 개선되거나 고칠 수도 있다는 생각 같은 것을 해볼 틈이 없었다. 하지만 내가 본 것이 맞는다면, 어떤 이유로 투명해지는 사람들이 나 말고도 더 있을 수 있다는 뜻이 된다.

하지만… 내가 본 것이 정말 맞나? 그때 김은 정말 투명해졌었나? 피곤해서 잘못 본 건 아닐까? 나는 확신이 없었다. 그럼에도 불구하고 내가 본 게, 그게 정말로 일어난 일이라면?

이제 나는 정말로 김의 일거수일투족을 쫓기 시작했다. 걸으면 함께 걸었고, 버스를 타면 함께 탔고, 학원에 앉아있으면 그 언저리에 같이 앉아있었다. 한번 투명해졌다면 언젠가 또 다시 투명해지는 순간이 올 거다. 나는 그렇게 믿었다. 내가 그랬으니까. 언제 어떤 순간에, 왜, 그리고 어떻게 그리되는지 내 눈으로 똑똑히 확인하고 싶었다.

김의 아내는 남편이 여전히 샤넬 No.5의 향기를 풍기면서 귀가한다며, 어떤 여자인지 빨리 밝혀내라고 아우성이었다. 덩달아 사장도 대체 일을 어떻게 하는 거냐며 나를 다그쳤다. 하지만, 맹세코 샤넬 No.5의 주인공 같아 보이는 여자는 단 한 사람도 발견되지 않았다.

다만, 귀신이 곡할 노릇인 것은 나조차도 가끔씩 김에게서 샤넬 No.5의 향기를 맡곤 한다는 점이었다. 혹시 김이 몰래 제 몸에 그 향수를 뿌리는 것은 아닌지 의심스러워서 기회를 노려 김의 소지품을 샅샅이 뒤지기도 했지만, 향수는커녕 그 비슷한 것도 나오지 않았다.

마침내 나는 김의 아내가 남편을 몰라도 너무 모른다고 생각하게 되었다. 몇 주 동안 지켜본 결과, 김은 불륜을 저지르기엔 너무 고즈넉했고 매사에 주저했다. 심지어 거의 매일 들르는 만화방이나 선술집 앞에서조차 그는 매번 주저했다. 하지만 마침내 그곳에 들어간 후에는 세상을 다 잊은 사람처럼 정말 고즈넉하게 만화를 보거나 술을 마셨다. 언제나 혼자서.

하지만 나는 이 결론을 김의 아내에게 전하지 않았다. 이제 김은 내게 이루 말할 수 없이 중요한 사람이었다. 김을 지켜볼수록 뭔가 알 것 같은 느낌이 들었다. 하지만 그 뭔가가 뭔지는 도무지 알 수 없었다. 왜 있잖은가. 분명히 아는 이름인데, 가슴만 엄청 간질대고 죽어도 그 이름이 머리에 떠오르지 않는, 답답해서 꼭 죽을 것 같은 그런 느낌. 김은 내게 그런 느낌을 들게 했다.

그러던 어느 날이었다. 그날 김의 저녁 일과는 여느 때와 좀 달랐다. 다른 날과 똑같이 학원에 가고 도서관에서 하루를 보내고 나온 김은 버스정류장에서 잠시 머뭇거리더니 아내에게 전화를 했다.

"나 좀 늦어. 초상집에 가야 해서…. 조금 전에 대학 동기 녀석한테 연락이 왔어. 어… 당신은 모르는 친구야."

실은 대학 동기에게서는 전화가 온 적이 없었다. 오늘도 나는 하루 종일, 한순간도 빠짐없이 김의 곁에 꼭 붙어있었다.

김은 전화를 끊자마자 스마트폰 지도 앱을 이용해서 주변에 있는 장례식장을 검색했다. 보통 조문이라는 건 조금 멀더라도 직접 찾아가는 게 원칙 아닌가? 그건 은행업무와는 달라서, 주변에 있는 아무 장례식장에나 찾아가서 온라인으로 처리할 수 있는 행위가 아니니까.

가까운 장례식장에 도착한 김은 이방 저방을 기웃거리다가 제일 소란스러운 초상집으로 들어갔다. 김이 조문을 마치자 상주가 망자와 어떤 관계냐고 물었다. 김이 머뭇거리며 말했다.

"아, 예…."

그게 전부였다. 상주도 더는 묻지 않았다.

김은 빈소에 자리를 잡자마자 다시 아내에게 전화를 걸었다.

"초상집에 왔어. 좀 시끄럽지? 오랜만에 친구들을 만나서 늦을 거야. 한 열두 시쯤?"

그리고는 혼자 우두커니 앉아 있었다. 김에게 다가오는 사람은 아무도 없었다. 김이 무슨 생각을 하는지 알 길이 없었다.

김은 밤이 이슥해져서야 장례식장을 나섰다. 거리에는 눈송이가 흩날리고 있었다. 미행자는 눈길에 취약하다. 특히나 투명한 미행자는. 하늘이 앞집 안나 대신 온 거리에 밀가루를 솔솔 뿌려주는 거니까. 미행을 포기할까 잠시 고민했지만 그럴 수 없었다. 오늘 김의 행동은 어딘지 이상하다. 언제나 차분했지만, 오늘은 정말로 기괴한 느낌이 들 만큼 가라앉아있다. 다행히 날씨가 푹해서 눈은 땅에 닿는 즉시 녹아버렸다.

김은 집과는 반대편 방향의 정류장에서 버스에 올랐다. 빈자리가 몇 개 눈에 띄었지만 김은 앉지 않았다. 김이 앉는 자리는 정해져 있었다. 제일 뒤 구석 자리였다. 어떤 버스를 타건 마찬가지였다. 자리가 비어 있다고 해도 그게 다른 자리라면 웬만해서는 앉지 않았다. 김이 내린 곳은 그동안 꽤 여러 번 지나쳤던 곳이었다.

김은 왕복2차선 도로의 골목 입구에서 서성거렸다. 그의 시선은 간간이 건너편에 있는 낡은 오피스텔 건물로 향했다.

나는 처량한 신세가 되고 말았다. 조금만 더, 조금만 더… 주저주저하는 사이 기온이 뚝 떨어지면서 눈이 쌓이고 있었다. 이제 슬슬 막차가 끊길 시간이었고, 집에 돌아갈 일이 큰일이었다. 무슨 일이냐고 물어봐서 별 일 아니면 얼른 들어가고 싶었지만 그건 직업윤리에 어긋났고, 눈사람이라도 된 것처럼 변함없이 고즈넉한 김이 여전히 마음에 걸렸다.

한순간, 김이 담배를 피워 물다가 쿨럭 기침을 터뜨렸다. 담배를 쥔 그의 손이 살짝 떨렸다. 그의 눈은 길 건너편을 응시하고 있었다. 한 쌍의 남녀가 오피스텔에서 나오고 있었다. 남자가 손을 흔들자 지나가던 택시가 멈췄다. 깊은 포옹을 나눈 후 여자가 택시에 올랐다. 남자가 누구인지는 알 수 없었다. 여자는 누군지 한눈에 알아볼 수 있었다. 김의 아내였다.

예기치 않은 반전에 나조차도 놀라 입이 다물어지지 않았다. 하지만, 김은 여전히 고즈넉했다. 김은 아내가 타고 떠난 택시를 한참이나 쳐다보더니 분노인지 푸념인지 분명하지 않은 투로 중얼거렸다.

"…병신…."

그때 주머니 속의 전화가 부르르 떨었다. 최형사였다. 선택의 여지가 없었다. 전화를 받지 않으면 다음 날 하루 종일 귀찮아진다. 이전 3일 동안 어디에서 뭘 했는지 분 단위로 적어서 제출해야 할 테니까. 특히나 불법 미행업계에 다시 발을 들여놓은 이후에는 최형사를 훨씬 더 신경 써서 응대해야 했다.

최형사에게 적당히 둘러대고는 전화를 끊으면서 보니 김이 보이질 않았다.

다행히 밀가루 같은 눈 위에 김의 발자국이 남아 있었다. 김을 쫓으려면 서둘러야 했다. 눈발이 제법 굵어져서 김의 흔적이 빠르게 지워지고 있었다. 잠시 후 저 앞 버스 정류장 부근에서 여자의 찢어지는 비명소리가 들려왔다. 나도 모르게 그리로 달음박질쳤다. 놀란 눈의 여자가 나처럼 비명을 듣고 달려온 한 남자에게 이렇게 말하고 있었다.

"분명히 봤어요. 분명히… 발자국이 돌아다니고 있었어요. 사람이 아니라, 그냥 발자국이 이리로 걸어오고 있었다니까요. 그리고 저리로…."

"저거처럼 말이죠?"

남자가 내 발밑에 지금 막 찍히고 있는 발자국을 쳐다보며 말했다. 두 사람은 꽤나 놀라서 호들갑을 떨어댔지만, 나는 불투명인간들의 안위를 걱정할 형편이 아니었다.

내가 막연히 예상했던 대로, 아니 간절히 기대했던 대로 김은 마침내 투명해져 버린 것이다.

내가 자책할 이유는 없었다. 내가 저지른 일도 아니었고 내게 막을 힘이 있는 것도 아니었다. 하지만 무슨 이유일까? 김이 투명인간이 되어버렸다는 사실에 직면한 순간, 가슴에 무거운 바윗덩이가 얹힌 기분이었다. 김은 지금 얼마나 끔찍한 심정일까?

경고라도 해줄걸. 조심하라고 말이라도 해줄걸.

나는 내 처지도 잊고 미친 듯이 눈길을 헤매다녔다. 꺅꺅 비명을 질러대는 불투명인간들은 여러 명 만났지만 김은 어디에서도 찾을 수 없었다.

먼 하늘이 희끄무레해질 무렵 파김치가 되어 집으로 막 들어서는데 모르는 번호로 문자메시지가 들어왔다.

> 그 남자 어떻게 됐는지 알고 싶으면
> 이따가 모임에 나오든지. 샤넬 No.5

16

까맣게 잊고 있었다. 불가리 익스트림인지 다비도프인지 뭔지 변태놀이 하는 자들의 초대장…. 하지만 나는 바로 알 수 있었다. 문자메시지에서 말하는 모임은 바로 그 모임이 틀림없었다. 무엇보다 메시지를 보낸 자는 자기를 샤넬 No.5라는 향수 이름으로 말하고 있지 않는가. 게다가 이 자는 김에게 오늘 일어났던 일에 대해서 뭔가를 알고 있다. 나는 냄새나는 변태들의 장단에 춤을 춰보기로 했다.

초대장에 기재된 주소지는 OO교회였다. 거긴 내가 아는 곳이었다. 안에 들어가 본 적은 없었지만 예전에 버스를 타고 그 앞을 자주 지나다녔었다. 도로변 주택가에 있는 교회였다. 처음엔 주변 집들과 다를 바 없이 아담했는데 언젠가부터 점점 커졌다. 건물이 자란 건 아니고 교회 옆집이 제1교육관이 되고 그 옆집이 제2교육관이 되고, 그 뒷집은 또 다른 부속건물이 되고… 그런 식이었다.

교회 주변에 도착했을 땐 꽤나 당황스러웠다. 동네가 투명해졌나? 실없는 생각이 들었다. 어쩐지 아늑해 보이던 교회 주변의 올망졸망한 집들이 안 보였다. 캄캄해서 그런가 두리번거리다가 문득 원인 모를 화재가 발생해서 인근 가옥 10여 채가 전소했다는 소문이 기억났다. 2년여 전의 일이었다. 지금 그 자리엔 이전보다 적어도 열 배는 커 보이는 교회 신축공사가 진행 중이었다. 겉은 거의 완성됐지만 아직 내부공사가 진행 중인 듯, 자재 더미가 산처럼 쌓여 있어 을씨년스러웠다.

언뜻 바스락거리는 소리를 들은 것 같았다. 나는 본능적으로 몸을 숙이고 주위를 둘러보았다. 그럴 필요가 없다는 걸 깨달은 건 그 직후였다. 나는 몸을 곧추세우곤 주위를 둘러보았다. 아무도 보이지 않았지만 사람들의 흔적이 눈에 띄었다. 어제 내린 눈이 녹아 질척거리는 마당에 교회로 향하는 꽤나 많은 발자국이 찍혀 있었던 것이다. 교회 앞으로 조심스럽게 다가갔다. 안에서 사람들 웅성대는 소음이 들려왔다.

나는 준비해 온 다비도프 쿨워터맨을 뿌렸다. 향이 썩 마음에 들지는 않았다. 시원하고 상쾌한 느낌이 나쁘지는 않았지만, 나한테 어울리는 향은 아니었다.

문에 손을 대자 왠지 모르게 가슴이 설렜다. 공식적으로 사람들 앞에 나서는 건, 무대 위에서 투명인간이 된 이후 처음이니까.

'나를 보면 실망하지 않을까?'

다행히 이렇게 된 이후에 첫인상으로 상대를 실망시킨 적은 단 한 번도 없었다. 만약 최초로 그런 일이 생긴다 해도 몰래 빠져나오면 그뿐이다. 그거라면 누구보다 잘할 자신이 있었다.

나는 천천히 문을 열었다. 온몸의 솜털이 죄다 곤두섰다. 나는 헛기침을 했고 수많은 시선을 상상하며 조심스럽게 안으로 들어섰다.

당황스러웠다. 거대한 홀에 단 한 사람도 보이질 않았다. 문 앞에서 들었던 소음도 사라져서 고요가 공간을 지배하고 있었다. 그렇다고 텅 비어 있었다는 뜻은 아니다. 사람의 흔적은 여기저기 남아 있었다. 아니, 그곳은 사람들의 흔적으로 가득했다.

수백 개의 촛불이 벽과 바닥에서 타오르며 실내를 밝히고 있었고, 한쪽 끝에 천을 묶어둔 수십 개의 안테나형 플라스틱 막대들이 곳곳에 서 있었다. 무엇보다 인상적인 건 실내가 짙은 향기로 가득 차 있다는 점이었다. 그것은 인공적인 향기의 거대한 덩어리였다. 첫인상이 그랬다. 그러면서도 조화롭다거나 균형을 이루고 있다는 느낌이 아니라, 수많은 향기가 자신을 드러내느라 다툼을 벌이고 있는 그런 느낌이었다. 골치가 지끈거렸고 솔직히 겁이 났다. 돌아나가고 싶었다. 하지만 여기서 달아난다면 저 묵직한 궁금증들에서 풀려날 수 없을 것이었다. 나는 조심스럽게 한 발, 한 발, 안으로 들어갔다.

홀의 중간쯤에 다다랐을 때, 바닥에 있던 깃대가 살짝 뜨더니 내 발목을 건드렸다. 나는 소스라치게 놀라 걸음을 멈췄다. 그때였다.

치직

스피커에서 흘러나온 잡음에 나는 다시 흠칫 놀랐다. 치직, 그 소리가 다시 한 번 들려왔다. 그리고 잠시 후, 굵고 울림이 좋은 목소리가 흘러나왔다.

"여러분, 신입 회원을 소개합니다. 다비도프 쿨 워터맨씨입니다."

그러자 놀라운 광경이 펼쳐졌다. 수십 개의 깃발들이 일제히 공중으로 떠오르며 정신없이 흔들렸다. 동시에 열광적인 환호와 갈채가 쏟아졌다. 미루어 짐작건대 그 자리에 적어도 수백 명은 모여 있는 거 같았다. 그러니까… 내 동족… 투명인간들 말이다. 그러니까… 나는 혼자가 아니고, 수많은 투명인간들이 있어 그들은 오래전부터 이렇게 함께였던 것이다.

나도 모르게 목이 메었다. 뜨거운 물방울이 볼을 타고 흘러내렸다. 툭, 툭, 툭. 내 발치 회색 콘크리트 바닥에 검은 얼룩들이 생겨났다.

잠시 후 누군가… 아니 어떤 향기가 다가와 내 앞에서 멈췄다.

"다비도프 쿨워터맨… 드디어 왔군. 사람 애를 그렇게나 태우더니…."

스피커에서 흘러나왔던 목소리였다.

"불가리 익스트림옴므씨…?"

호탕한 웃음소리가 들려왔다. 그리고 불가리 익스트림옴므의 향기가 다가와 코를 킁킁대며 보이지 않는 손으로 내 몸을 더듬거렸다. 내 종족의 인사법인 모양이었다. 나도 같이 그의 몸을 더듬으며 킁킁거렸다. 불가리 익스트림옴므가 내 손을 탁 뿌리치며 말했다.

"왜 이러나? 가만히 좀 있게."

오해였다. 그건 투명인간식 인사법이 아니었다.

"향수 위치가 잘못됐어. 이래서는 자네가 어디에, 어떤 자세로 서 있는지 알 수가 없지."

불가리 익스트림옴므가 내 인후부와 양쪽 어깨 그리고 양쪽 손목 부위를 짚으며 말했다.

"여기, 여기, 그리고 여기에 자네의 향을 뿌리게. …요즘 젊은 친구들 사이에선 키가 커 보이려고 이마에 향수를 뿌리는 게 유행이라고 들었는데, 제발 그러지 말게. 바보 같은 짓이야."

나는 지정된 부위를 손으로 짚어가며 다비도프 쿨워터맨을 뿌렸다. 그러자 아마도 무선 마이크를 착용한 듯 바로 앞에 서 있는 불가리 익스트림옴므의 중후한 목소리가 다시 스피커를 통해 흘러나왔다.

"다비도프 쿨워터맨씨, 향수심의위원회는 지금 이 순간부터 당신이 '다비도프 쿨 워터맨'을 사용하는 유일한 투명인간임을 엄숙하게 선언합니다."

격렬한 환호와 박수가 터져 나왔다. 나는 조금 얼떨떨했고 그게 무슨 뜻인지, 어떤 반응을 보여야 할지 몰라서 헛기침을 했다.

그러자 불가리 익스트림옴므가 마이크를 끄고 말했다.

"향수심의위원회는 모든 신입 투명인간에게 각자의 고유한 향수를 지정한다네. 다비도프 쿨워터맨… 이제부터는 이 향기야말로 자네가 누구인지 알려주는, 자네의 정체성이자 이름이라 이 말일세. 알아듣겠나? 자, 여긴 우리들의 세상이야. 자네를 마음껏 드러내 보게. 자네가 누구인지 세상에 외쳐보게."

아 그런 거였구나. 주책없이 또 눈시울이 실룩댔다. 나를 드러내란 말이지? 내가 누구인지, 내가 지금 어디에 있는지 감추지 말고 내가 누구인지 외치란 말이지…?

나는 심호흡을 크게 하고는 다비도프 쿨워터맨을 듬뿍 뿌렸다. 코가 싸했다. 나는 기분이 한껏 고조돼서 향수꼭지를 계속 눌러댔다. 그리고 강렬한 향기를 미친 듯 들이마셨다. 다비도프 쿨워터맨, 지금 이 순간부터 나의 이름이 될 그 향기를 말이다.

누군가가 내게 초 하나를 건네주더니 자기의 초로 불을 붙여주었다. 불빛은 내 영역을 벗어난 곳에서부터 빛을 발했다. 회의장에 모인 나의 동족들은 아마도 내 행동을 계속 지켜보고 있었던 것 같다. 내 초에 불이 붙자, 우레와 같은 박수와 격려가 다시 뒤따랐다. 불투명했던 시절을 포함해서 그렇게 주목받는 인물이 된 건 평생 처음이었다. 손발이 오글거리지 않았던 건 아니지만, 기뻤다. 내가 혼자가 아니라는 사실이, 정말로 기뻤다.

17

나의 등장으로 잠시 중단됐던 행사 일정이 속개됐다. 그건 향수심의위원회가 주최하는 일종의 정기모임이었는데, 지금은 자유발언을 하는 순서였다. 연단에 오르는 사람은 먼저 자신을 소개한 뒤 촛불을 들어 자신의 존재를 확인시켜주었다. 연사에 따라 크고 작은 박수가 주어졌고, 연사들은 제각각의 톤으로 연설 또는 주장을 이어갔다. 듣다보니 그건 불투명인간들에 대한 일종의 규탄대회 같은 거였다.

"왜 우리가 숨어서 살아야 합니까? 휠체어 장애인에게 집에서만 살라고 하지 않잖아요? 청각장애인을 위해서는 수화방송을 해주고, 시각장애인을 위해선 신호등도 횡단보도도 배려합니다. 그런데 왜! 투명인간을 위해서는 그 어떤 배려도 없는 건가요?"

"정말 심각한 문제는 단지 투명하다는 이유로 예비 범죄자 취급을 받는 겁니다. 매일 일과를 관내 경찰서에 보고하는 것도 모자라, 어떤 형사들은 애매한 사건만 나면 우리 투명인간을 쥐 잡듯이 잡고 있습니다. 아무 죄도 짓지 않았는데, 단지 알리바이를 댈 수 없다는 이유로 감옥살이를 하고 있는 투명인간들이 한두 명이 아닙니다. 우리 투명인간에겐 인권도 명예도, 최소한의 생존권도 없는 게 현실입니다. 뭔가 대책이 있어야 하는 거 아닙니까?"

"불투명인간 기득권층에 투명인간에 대한 혐오가 뿌리 깊게 자리 잡고 있다는 게 문젭니다. 그들은 일단 투명인간이라는 말만 들어도 몸서리를 치죠. 우리가 언제 그들을 괴롭힌 적이 있었던가요? 물론 몇몇 나쁜 투명인간들이 있겠지요. 하지만, 불투명인간 중에는 그런 인간 없습니까?"

솔직히 말해 나는 정치집회 같은 것과는 거리가 한참 먼 사람이었다. 이 세상에 불만이 하나도 없어서는 아니었다. 그저 사람이 많이 모여 있는 곳은 체질적으로 맞지 않았다. 특히 사람들이 떼거리로 모여서는, 그 속에 숨은 채 목소리를 높여 떠들어대는 게 나는 싫었다. 그렇게 죽을 듯 악을 쓰며 떠들던 사람들이 며칠, 몇 주가 지나기도 전에 무슨 일이 있었냐는 듯 까맣게 원래의 문제를 잊어버리는 것도 신기했다. 그들이 소리 높여 떠들던 그 문제는 전혀 해결되지도 않았는데도 말이다. 그러니까, 그렇게 몇 번 모여서 떠들고 그런다고 달라질 세상이 아니었다. 그러니까, 그렇게 모여서 떠들고 그러는 건 순전 자기만족을 위한 이벤트 같은 것이 아닐까…. 뭐,

내가 보기엔 그랬다.

혹시 내가 잘못 생각하고 있었던 것은 아닐까…. 사람들의 말을 들으며 그런 생각이 들었다. 문제는 연단에 올라간 사람들이 하는 모든 이야기가 바로 내 이야기라는 거였다. 불투명한 인간들로부터 어처구니없는 시달림을 받는 게 나만이 아니었던 것이다. 아니, 가만히 들어보니 내 경우는 그나마 심각하지 않은 수준이라는 게 더 정확했고, 나는 그 사실에 일면 안도하고 일면 공포스러워졌다. 어쨌거나 이런 사실을 이 모임에 초대받지 않았다면 내가 어디서 알 수 있었겠는가? 비록 아무것도 바꿀 수 없을지는 모르지만, 이렇게 모여서 정보 교류도 하고 분풀이도 좀 하는 게 모두의 정신건강에 도움이 될지도 모르겠다.

자유 발언은 꽤 오랫동안 이어졌다. 다들 할 말이 너무 많았다. 내용은 대동소이했다. 대부분은 투명인간이 처한 부당한 현실에 관한 고발과 불투명세상의 부조리에 대한 성토였다. 게 중에는 한 걸음 더 나아가, 이 잘못된 세상을 바꾸기 위해 뭔가 더 적극적인 '행동'이 필요하다고 목소리를 높이는 연사도 더러 있었다.

"무엇보다 큰 문제는 우리 존재가 아예 감춰지고 있는 현실입니다. 어떤 언론도 우리들의 일을 다루지 않습니다. 열악한 노동조건에서 죽어가고, 부당한 폭력과 감시로 질식되어 가도 언론은 이런 투명인간의 현실에 대해 단 한 줄도 쓰지 않습니다."

"아예 저들은 우리의 존재를 부정하고 있습니다. 비록 보이지 않지만 우리는 여기에 살아있습니다. 그러나 저 불투명하고 불공정한 세상은 우리의 존재 자체를 지우려고 하는 것입니다. 더 이상 참아서는 안 됩니다. 이제는 행동으로 나설 때입니다."

"허가된 집회장소 이외에서 향수를 사용할 수 없다는 투명인간 규약을 재검토할 때가 되었습니다. 이제는 우리의 존재를 어디서나 떳떳하게 드러내고 살아갈 때가 되었습니다. 향수 사용에 관한 투명인간 규약 개정에 대한 토론을 부칠 것을 제청합니다."

한껏 무르익던 분위기가 일순간 정적으로 얼어붙었다. 잠시 동안 누구도 아무 말도 하지 않았다. 그러다 느닷없이 박수와 환성과 휘파람이 터져 나왔다. 그뿐이 아니었다. 고함과 욕설과 야유도 동시에 터져 나왔다. 향수사용에 관한 투명인간 규약이란 건 아마도 아주 민감한 주제인 모양이었다. 보이지 않는 군중들은 두 편으로 나뉘어 격렬하게 서로를 비난하고 다투기 시작했다. 금방이라도 무슨 일이 벌어질 것 같아 나는 혼자서 잔뜩 쫄았다.

어느 순간 마이크가 칙칙 거리더니 불가리 익스트림 옴므의 목소리가 흘러나왔다.

"자랑스러운 투명인간 동지 여러분, 안녕하십니까? 향수심의위원회와 투명인간협회 회장을 맡고 있는 불가리 익스트림옴므입니다. 자유발언시간이 이제 거의 끝난 것 같으니 제가 한 말씀 드리겠습니다."

극단으로 치닫던 장내의 소란이 일순간에 수그러들었다. 그리고 투명한 군중들은 다시 한마음으로 깃발을 흔들며 그들의 대표자를 맞았다. 그랬다. 불가리 익스트림옴므는 투명인간들의 절대적인 대표자였던 것이다.

"오늘 저는 두 가지를 말씀드리고 싶습니다. 예나 지금이나 투명인간으로 사는 것은 쉽지 않습니다. 하지만, 그럼에도 간과하지 말아야 할 것은 우리의 권익이 꾸준히 개선되고 있다는 사실입니다. 당장 오늘의 이 회합이 합법적으로 경찰에 신고한 뒤 이뤄지고 있다는 사실이 그 증거입니다. 몇 년 전만 해도 우리의 회합은 어떤 경우에도 철저하게 봉쇄되고 억압받았습니다. 하지만 우리는 포기하지 않았고 저 불투명인간 대표들과의 끈질긴 대화와 타협 끝에 이런 성과를 이뤄냈습니다. 여러분, 대화와 타협보다 강한 무기는 없습니다!"

불가리 익스트림옴므는 잠시 말을 멈췄다. 보이진 않지만 아마도 감동어린 표정으로 장내를 둘러보고 있겠지. 청중들도 나와 같은 생각을 했는지 우레와 같은 박수와 환호로 연사에게 화답했다. 박수가 가라앉을 무렵, 연설이 이어졌다.

"두 번째로 말씀드리고 싶은 것은 백번이고 천 번이고 강조해도 모자랄 우리들의 화두, 바로 질서입니다. 지금 이 자리에 모인 분들이 어림잡아 3백이 넘습니다. 우리의 신체 특성상, 질서를 잃었다간 대형사고로 이어지는 것은 순간입니다. 하지만 지금 여러분이 앉아있는 모습을 보십시오. 단 한 분도 흐트러짐 없이 오와 열을 짓고 있습니다. 바로 그 모습이 우리를 무뢰한 군중이 아니라 존중받아 마땅한 시민으로 지켜주는 것입니다. 최근 정부 측과 가졌던 정기 회의에서도 확인했지만 불투명인간 대표들은 우리의 이러한 질서의식을 상당히 높게 평가하고 있습니다. 질서는 우리를 지키고 저들을 설득하는 또 하나의 무기인 것입니다…."

그러고 보니 기묘했다. 회의장은 내가 들어선 이래 내내 엄청난 열정과 소란 심지어 광기에 가까운 흥분으로 가득 차 있었다. 그럼에도 불구하고 그곳엔 그 어떤 흐트러짐도 없었다. 참석자들은 2열씩 총 16열의 종대로 앉아 2열마다 정갈하게 길을 터놓고 있었다. 물론 사람들은 보이지 않았다. 통로 바닥에 세워둔 촛불이 사람들을 대신했고, 거기엔 하얀 밀가루까지 깔려있어 이들이 얼마나 질서정연하게 움직이고 있는지 한눈에 확인할 수 있었다. 매우 과격한 동시에 놀랍도록 질서정연한 정치 집회. 내겐 그게 어쩐지 부자연스럽게 보였다. 하지만, 불가리 익스트림옴므의 말처럼 그건 투명인간 집회가 갖는 원초적 조건일 지도 모르겠다.

"오늘 자유발언에서 향수사용에 관한 투명인간 규약을 개정하자는 의견이 있었습니다. 모두 알다시피 그것은 현실적으로 매우 어려운 문제입니다만, 그럼에도 불구하고 반드시 필요하다면 모두가 동의한다면 개정해야겠지요. 그 무엇을 하든 대화와 타협, 그리고 질서. 이 두 가지 무기를 잃지 않는 한, 우리는 늦더라도 한 걸음씩, 반드시 앞으로 나아갈 수 있습니다. 그 사실을 결코 잊지 맙시다, 여러분!"

불가리 익스트림옴므의 연설이 끝났다. 장내는 다시 귀가 떨어져 나갈 듯한 환호와 박수. 그런데, 한쪽에선 '이렇게 하다간 어느 세월에 우리가 사람대접 받느냐?' '그따위 말장난 집어 쳐.' 등등 볼멘 목소리와 함께 야유도 없지 않았다. 하지만 그 소리들은 환호와 박수에 묻혀 거의 들리지 않았다.

연단에선 이제 기다란 숫자와 행정적인 용어들이 나열되고 있었다. 뭔가 요식적인 보고를 하는 것 같았다. 나는 연단주위를 떠나 회의장을 돌아보기로 했다. 나 같은 사람들이 적지 않았다. 사람들은 이제 연단 주위가 아니라 깃발주위에 모여 작은 모임들을 갖고 있었다. 물론 이 경우에도 다들 매우 질서정연하게 움직이고 있다는 것을 발자국을 통해 알 수 있었다.

자세히 살펴보니 정말 별별 깃발이 다 있다. 〈2세 교육 걱정에 잠 못 드는 엄마들〉 〈사우나의 숨은 인재들〉 〈곡차인생〉 〈Five Birds Institute-고도리 연구회〉 〈타미한-타고난 미모를 한탄하는 여자들〉 등등….

회의장을 돌다 몇몇 사람과 인사를 나누기도 했는데, 아무래도 다음에 만났을 때 다시 기억하기는 어려울 것 같았다. 이름들이 죄다 외국어인 데다가 너무 길었다.

"안녕하세요. 저는 더바디샵 화이트머스크오드뚜왈렛이에요."

"처음 뵙겠습니다. 난 페라리 라이트에센스브라이트라고 해요."

"존바바토스 아티산맨오드뚜알렛입니다."

그리고 캘빈클라인, 구찌, 버버리, 디올, 지방시, 아모레 블라블라블라…. 한 가지 놀라운 것은 단 한 사람도 겹치는 향수가 없다는 점이었다. 조직의 힘이었다. 불가리 익스트림옴므가 위원장으로 있는 향수 심의위원회가 엄격한 심사를 통해 모임에 소속된 모든 투명인간들의 향수를 지정해줄 뿐 아니라 제대로 지켜지고 있는 지 관리하고 있다는 것이었다. 투명인간에게 향수는 말하자면 주민등록번호 또는 운전면허증 같은 것이었다. 불가리 익스트림옴므는 바로 그 일을 통해서 흩어져 있던 투명인간들을 규합했고, 이제는 그들을 대표하는 존재로 우뚝 선 것이었다.

"어떤가? 처음으로 동족들을 만난 느낌이…?"

불가리 익스트림옴므가 어느새 내 옆에 와있었다.

"아직 얼떨떨합니다. 몇 시간 전까지만 해도 이 세상에 투명인간은 저 하나뿐인 줄 알았거든요."

"30년 전까지만 해도 다들 그렇게 생각했다네."

불가리 익스트림옴므가 말했다. 뒤이어 그는 내게 모임의 역사를 간략하게 설명해주었다. 그의 설명을 옮겨보자면 이렇다.

투명인간이 언제부터 생겨났는지 아무도 모른다. 인간의 역사와 함께 시작됐고 역사가 끝날 때까지 지속될 거라는 설이 지배적이다. 길고 긴 세월 동안 투명인간은 개별이고 독립적으로 살아왔다. 아직 극소수였고 서로의 존재를 몰랐기 때문이다. 투명인간의 숫자는 점점 늘어났지만 증가율은 완만했다. 하지만 20세기 말에 이르러 상황이 급변한다. 이런저런 어려움으로 직장에서 그리고 가정에서 설 자리를 잃은 많은 사람들이 산으로 올라간다. 산으로 간 사람들은 두 부류로 나뉘어 서로 정반대의 길을 가게 된다. 한쪽은 보여지는 것에 매달려 아웃도어 웨어족이 되고, 다른 한쪽은 보여지지 않으려 애를 쓰다가 투명인간이 된 것이다. 그 시절 대략 2,3년에 걸쳐 투명인간들이 폭발적으로 증가했는데 이 세대를 '인비저블 부머'라고 부른다. 그리고 인비저블 부머 세대에 이르러 비로소 투명인간들은 다른 투명인간의 존재를 깨닫게 됐고 조직화되기 시작한다.

거기까지 들었을 때, 나는 문득 궁금해졌다.

"저는 왜… 이런 얘기를 처음 듣는 거죠? 정부도 경찰도 다 알고 집회도 하는데… 그런데 왜 저는 그 사실을 전혀 몰랐던 걸까요?"

"그건, 우리 얘기는 하지 않기로 되어있기 때문이네."

"하지만, 이렇게 투명해진 사람들이 많은데… 그러면 주변사람들도 하나둘 알게 되고 그러다 보면 소문이 나고, 점점 더 많이 알게 되고 그러는 게 당연한 거 아닌가요?"

"그만큼 저들의 시스템이 우리들에 대해 신경을 많이 써왔다는 얘기 아니겠나. '노숙자 문제 심각' '노숙자 해결책, 사회안전망 구축이 시급' '을지로 노숙인의 하루'… 뭐 그런 뉴스나 기사 본 적 있겠지?"

"그게… 우리 투명인간들하고 무슨 관계가 있나요?"

"혹시 노숙자들 이야기가 주로 언제 기사화되는지 생각해 본 적 있나?"

"글쎄요…. 연말연시나… 추워질 때… 아닌가요?"

"투명인간들이 급증할 때라네. 바로 그 뉴스와 기사들 덕분에 사람들은 누군가 주변 사람이 사라졌을 때, 투명해졌다고 생각하기

보다는 노숙자나 행불자가 되었거니 생각하게 되지. 생각보다 사람들, 단순하다네."

"…언론이 의도적으로 투명인간의 존재를 숨기고 있는 거네요…."

"물론 투명인간들이 아주 시끄러운 사람들이었다면, 그렇게 쉽게 숨겨지지 않았겠지. 하지만 내 경험상 대부분의 투명인간들은 아주 조용해. 고즈넉하달까? 자기 이야기를 시시콜콜 떠드는 스타일이 아니지."

불가리 익스트림옴므의 말을 들으며 새까맣게 잊고 있었던 김이 떠올랐다. 그리고 샤넬 No. 5도 함께….

유명한 향수라 금방 찾을 수 있으리라 생각했지만 샤넬 No.5는 좀처럼 나타나질 않았다. 만나서 확인하지는 않았지만 그녀는 투명인간임에 틀림없었다. 여기 들어와서 처음으로 떠오른 생각이 그거였다. 투명인간인 그녀가 김을 미행하고 있었다고 생각하니 모든 아귀가 딱딱 들어맞았다. 김에게서 풍기던 샤넬 No.5의 비밀은 바로 그녀였던 것이다. 그 순간 마치 내 생각을 읽기라도 한 것처럼, 정말로 강렬한 샤넬 No.5의 향기가 코를 찔렀다. 그 향기가 말했다.

"안녕, 다비도프씨."

그 목소리에 나는 전율하지 않을 수 없었다. 그녀가 투명인간일 거라는 생각은 순전히 내 오해였다. 물론 샤넬 No.5는 투명인간이었다.

하지만 남자였다.

18

어떤 사람들은 샤넬 No.5 향수를 쓴다고 하면 당연히 여자를 떠올린다. 남자가 그런 향수를 쓴다면 말은 안 해도 경멸의 눈초리를 보내거나 최소한 의구심 정도는 가질 거다. 나도 조금 전까지는 그런 사람이었다. 어리석었다. 우리가 할 수 있는 일은 어떤 사실을 판단하는 것이 아니라 그 사실을 있는 그대로 받아들이는 것뿐일 지도 모른다. 왜냐하면 이미 사실이니까.

세상이 인정하든 인정하지 않든 나를 포함해서 보이지 않는 사람들은 존재한다. 그리고 문제의 샤넬 No.5는 남자였다.

"많이 기다렸나? 일찍 오려고 했는데 그 친구가 거울 앞에 딱 달라붙어서는 계속해서 징징대는 바람에…."

"그럼, 김은 지금?"

"우리 집. 나도 하마터면 그 친구 놓칠 뻔했어. 추워서 건너편 편의점에 들어가 있다가 그 친구가 투명해지는 걸 발견했는데 놀라서 발이 안 떨어지는 거야. 그런 일이 정말로 눈앞에서 벌어질 거라고는, 미처 생각하지 못했거든. 당신도 따라붙고 있다는 걸 알고 있기도 해서 그랬는지 넋 놓고 있었는데, 한순간 김이 안 보여. 뛰어나갔더니 당신 발자국은 김의 발자국과 반대방향으로 갔더라구. 한참 찾아 헤매다 어떤 골목에서 담배연기를 발견했지. 사람은 안 보이는데 말이지. 그 친구… 자기가 투명해진 줄도 모르고, 바람난 마누라 생각뿐이더라구. 투명해진 걸 알고서는…."

샤넬은 잠시 말을 멈추더니, 조금 쉰 목소리로 말을 이었다

"당신도 알지? 미친 듯이 소리 지르고, 발악하고, 횡설수설하고, 또 발악하고… 미친놈이 따로 없더군."

나는, 아무 말도 할 수 없었다. 내가 처음 투명해졌던 때가 떠올랐다. 그 놀라움과 막막함과 그다음에 이어지는 공포와 좌절과 분노, 분노, 분노, 그리고 분노….

어쩌면 샤넬도 그런 생각을 하고 있었는지 한동안 말이 없었다.

"지금은 어때?"

"자고 있어. 일단 약 먹여 재웠어."

샤넬은 아는 게 무척 많은 것 같았다. 적어도 투명인간에 관해서는. 나는 물어보고 싶은 게 많았다. 하지만 너무 많아서 머리가 터져버릴 것처럼 혼란스러웠다. 우선은 너무 많은 향기로부터 벗어나고 싶기도 했다. 내가 그런 생각을 말하자 샤넬은 흔쾌히 나와 동행

하겠다고 했다.

집회에 참석하는 것에 절차가 있었듯이, 돌아갈 때도 절차가 있었다. 교회 입구에 들어올 때는 안 보이던 불투명 인간들이 여러 명 지키고 서 있었다. 내가 아무 생각 없이 교회 문을 나서려고 하자 그들 중 누군가가 억센 손으로 내 어깨를 잡아 세웠다. 어? 할 사이도 없이 나는 그들 옆에 있는 작은 부스로 밀어 넣어졌는데, 들어서자마자 강력한 에어샤워가 내 전신에 뿜어졌다.

잠시 후 에어샤워가 멈추자 부스의 문이 열렸고, 나는 어리둥절한 한편 모욕적인 기분을 느끼며 밖으로 나왔다.

"깜짝 놀랐지? 냄새 제거장치야."

부스 밖에서 기다리고 있던 샤넬이 그렇게 말하고는 부스 안으로 들어갔다.

나도 대충은 짐작이 갔다. 하지만, 좀 더 친절하게 할 수도 있었을 텐데…. 나는 무표정한 표정으로 서 있는 불투명 인간들을, 특히 내 어깨를 아프게 움켜쥐고선 마치 말 못하는 들짐승을 다루기라도 하는 것처럼 부스 안으로 밀어 넣던 녀석의 밉살스런 얼굴을 노려보았다.

그러는 사이 부스의 문이 열렸고, 코를 찌르는 샤넬 No.5의 냄새가 사라진 샤넬이 나와선 어떻게 알았는지 내 팔을 끌고 문을 향했다.

샤넬은 문밖으로 나서자마자 샤넬 No.5를 꺼내더니 온 밤거리가 진동하도록 그 자극적인 페로몬을 뿌려댔다.

"밖에서 향수를 뿌리고 다니는 것은 금지되어 있는 거 아닌가? 향수사용에 관한 투명인간 규약인지 뭔지가 있다며…. 그래서 방금 그 꼴을 당한 거 아닌가?"

나는 굳이 누구에게랄 것 없이 중얼거렸다. 샤넬의 대답은 간단하고 명료했다.

"나는 동의한 적 없어."

샤넬은 언제 빼갔는지 내게도 다비도프 쿨워터맨을 칙칙 뿌려댔다.

샤넬은 나와 다른 사람이었다. 나는 알 수 있었다. 그는 나보다 나은 사람일 지도 모른다. 나보다 용감하고 많이 알고 지혜로운 사람일 수도 있다. 하지만, 내 느낌에 샤넬은 위험했다. 어딘지 모르게 그에게선 위험한 향기가 났다.

날은 너무 추웠고, 우리 집에 샤넬을 선뜻 데려가기는 뭐했고, 샤넬 집에는 방금 불투명인간에서 투명인간의 나락으로 떨어진 불행한 사내가 하나 잠들어 있었다.

나는 그를 이끌고 카페 〈몽〉으로 갔다. 얼마 전까지라면 사장이 펄쩍 뛸 일이었으나, 김을 미행하는 동안에도 간간이 주방 일을 도와준 덕인지, 사장은 열일곱 가지 조건만 내걸고는 순순히 허락했다. 사장이 잠시 눈 좀 붙이겠다며 내실로 들어가다가 우리 두 사람을 향해 한 마디를 툭 던졌다.

"둘이 참… 보기 좋다."

처음엔 샤넬도 나도 말없이 술만 마셨다. 마침내 내가 내내 품고 있던 질문을 던진 것은 한참이나 취기가 올랐을 때였다.

"혹시 그 친구가 투명인간이 될 걸 알았어?"

"100퍼센트라고는 할 수 없지만, 어느 정도는 예상했지. 아니 기대했다고 해야 하나?"

역시 그랬던 거였다. 그는 나보다 많이 안다. 나는 다시 물었다.

"투명인간이 되는 인간이, 따로 있는 건가?"

그렇게 물어놓고 나는 후회했다. 어떤 대답을 들을지 두려웠다. 그것은 차라리 모르는 게 좋은 그런 종류의 대답일 수도 있다. 하지만, 이미 엎어진 물을 주워담을 수는 없었다. 딱 판결문을 기다리는 죄수가 된 심정으로, 보이지 않는 샤넬의 입 근처를 바라봤다.

샤넬도 나의 심정을 읽었는지, 한동안 말없이 소주만 들이켰다.

테이블에 놓여있던 소주잔에 소주가 부어지고, 그 잔이 잠깐 사라져다가는 빈 잔으로 다시 나타나는 광경을 지켜보는 것은 언제나 기괴한 풍경이었지만, 그때는 그런 것에 신경이 쓰이기보다는 그저 애만 탔다. 마침내 샤넬이 이야기를 시작했다.

"투명인간이 되는 인간이 따로 있는 건가…? 그렇지. 나도 어느 날부터 그게 그렇게 궁금하더라고. 그러다 문득 생각했지. 투명인간이 된 사람들의 과거를 뒤져보면 무슨 공통점이 나오지 않을까?"

"그래서?"

"할 일은 없고, 시간은 많고… 다비도프도 알다시피 말이야. 우리에게 특혜가 있다면 저 미친 경쟁의 대열에 참여하지 않아도 된다는 거잖아? 그래서 남아도는 시간을 활용해 조사를 해봤지. 그랬더니 공통점이 있더라고."

"그게… 뭔데?"

"예컨대 실직한 지 6개월 이상이라든가, 갑자기 파산했다던가, 대학입시에 실패, 이혼. 찌질한 성격, 뭐 이런 루저스러운 공통점 같은 건 없더라고, 이 재앙에는. 남녀 비율도, 나이, 지역, 학력, 다 제각각이야…."

그제야 나는 작게 한숨을 쉬었다. 그 다음부터는 이야기를 듣기가 한결 편해졌다.

"이거 한 번 물어보자, 혹시 어렸을 때 술래잡기하다가 숨어 있는데, 같이 놀던 아이들이 다들 집으로 가버린 것도 모르고 계속 술래를 했던 경험 있어?"

"응."

느닷없는 질문이었지만 나는 금방 대답할 수 있었다. 경험해 본 사람은 안다. 그건 단 한번을 겪어도 결코 잊을 수 없는 기억이다. 그런데, 나는 어쩐 일인지 매번 같은 일을 겪곤 했었다.

"투명인간 중에 같은 경험 있는 사람이 이제 다비도프까지 포함하면 거의 40%야. 참고로 불투명인간들은 10퍼센트 미만이야. 또 한 가지 물어볼게. 미팅하고 다음 만남을 약속했지만 바람을 맞았던 적이 두 번 이상 있어?"

"응."

이번에도 생각할 필요 없이 대답이 먼저 나왔다. 미팅에서 내 마음에 들었던 여자들은 언제나 나를 바람 맞혔다. 그걸 어떻게 잊겠는가?

"같은 경험을 한 사람이 거의 60퍼센트야. 뭔가 있을 거 같지 않아?"

그제야 샤넬의 이야기가 어처구니없다는 생각이 들었다. 그런 말도 안 되는 걸 투명인간의 공통점이네 뭐네 떠드는 것 말이다. 그래서 뭐? 어쨌다는 말인가? 하지만 내가 따지기 전에 샤넬이 먼저 말했다.

"…문제는 그걸로는 아무것도 추적을 할 수가 없다는 거야. 진짜 중요한 공통점은 따로 있었어."

"그게 뭔데?"

"대부분의 투명인간들이 불투명인간이던 시절 대중교통을 이용했고, 그중에서도 버스를 타고 다닌 비율이 압도적으로 높다는 거였지. 조금 더 파고 들어갔더니 세 명 중에서 두 명이 버스 제일 뒤 왼쪽 구석자리를 좋아 했어. 나도 그랬고…. 다비도프는 어땠어?"

그건 얼핏 듣기에 분명 엉뚱하고 바보 같은 얘기였다. 하지만, 돌이켜 생각해보면 김은 분명히 그랬다. 그리고 더 놀라운 것은 나 또한 그랬다는 사실이다.

불투명인간 시절, 버스에 오르면 일단 나는 버스 맨 뒷자리로 갔다. 거기에 다른 사람이 앉아있으면 그냥 서 있었다. 다른 자리에 앉으면 마음이 편치 않았다.

"지난 몇 년 동안 매일 같은 버스를 타고 다니면서 조건에 맞는 사람을 찾았는데, 네 명 정도가 들어오더라고. 김이 그 중 하나였지.

그 뒤는 다비도프도 아는 얘기."

샤넬은 말을 멈추고 다시 술을 마시기 시작했다. 한참 후에 내가 물었다.

"나머지 셋은?"

"하나는 놓쳤어. 투명해졌을 수도 있고, 아닐 수도 있고. 하나는 아직도 불투명인간으로 잘 살고 있지. 나머지 하나는…."

"나머지 하나는?"

샤넬은 조금 망설이더니 내뱉듯 말했다.

"죽었어. 그러니까 내가 찍은 네 명 중에 하나는 죽고, 하나는 투명해지고 하나는 행방불명, 그리고 한 명만 불투명 상태를 유지하고 있는 거지. 그리고 그들은 버스 타는 취향 말고 한 가지 공통점이 더 있었어."

"그게 뭔데?"

"조용하다는 거. 아주, 아주 조용하다는 거."

김은 정말 조용했다. 심지어 아내의 불륜 앞에서도. 그러고 보면 나도 꽤나 조용한 사람이었던 것 같기도 하다. 하지만 샤넬은…. 그런 생각을 하는데 샤넬이 불쑥 말했다.

"그래서 말인데 나는, 조용한 게 아주 싫어지더라고. 좀 귀찮더라도 시끄럽게 살기로 했지."

"아…."

그러고 나서는 둘 다 각자 생각에 빠져 내리 술만 마셔댔던 것 같다. 어떻게 집에 왔는지도 기억나지 않을 정도로.

잠에서 깨어나니 점심때가 지나고 있었다. 더 자고 싶었지만 전화벨과 초인종이 동시에 울려댔다. 전화기를 보니 샤넬 No.5라는 이름이 떠있었다. 전화를 먼저 받을까 했으나, 초인종을 울리던 사람이 문을 두들기며 나를 찾았다. 최형사였다.

최형사는 문을 열어주기 바쁘게 안으로 들어오더니, 늘 하던 질문을 던졌다. 다만 다른 때와 달리 뭔가가 잔뜩 적힌 A4용지를 들여다보며 하나씩 체크를 하고 있었다.

"자네 그젯밤 7시 반에 어디서 뭘 했어?"

"버스 안에 있었습니다. 173번이요."

"그젯밤 8시 반에는 어디서 뭘 했어?"

"장례식장에 있었습니다."

"그젯밤 11시 30분에는 어디서 뭘 했어?"

"정릉에 있는 길거리에서…."

"이땐 나랑 통화까지 했지 아마?"

최형사가 들고 있던 A4용지 몇 장을 불쑥 내 코앞으로 들이밀었다. 그것은 김의 핸드폰 위치추적 결과지들이었다.

"이건 3일 전 거고, 이건 4일 전, 5일 전…. 어때, 자네랑 위치가 계속해서 겹치지?"

"근데… 그 사람한테 무슨 일이… 생겼나요?"

"오늘 새벽에 변사체로 발견됐어."

최형사가 내 손목을 움켜쥐며 말했다.

"지금 이 시간부로 자네를 살인사건의 피의자로 긴급체포하는 거야. 변호사를 선임할 수 있고, 묵비권을 행사할 수 있고, 불리한 진술은 거부할 수 있어."

놀라 뭐라고 할 사이도 없이 차가운 금속성 이물질이 철컥, 손목에 채워졌다.

19

경찰서로 가는 동안 최형사가 질문을 몇 개 던졌지만 나는 대답하지 않았다. 법이 보장해 준 묵비권을 행사하고 싶어 안달이 났던 건 아니었다. 겁이 났고 막막했지만 그 때문도 아니었다. 입을 열어도 소리가 되어 나오질 않았다. 내 손목에 수갑이 채워지던 그 순간부터, 눈물만 흘렀다. 울면서 내내 김을 생각했다. 얼굴이나 목소리는 잘 떠오르지 않았다. 사실 인사 한 번 제대로 나눈 사이가 아니었으니까. 기억나는 건 뒷모습뿐이었다. 폐지할머니를 바라보던, 지하도의 걸인을 내려다보던, 지하철 환승통로에서 사람들의 물결에 합류하지 못하고 두리번거리던 뒷모습, 뒷모습, 뒷모습들…. 비록 한 달이 넘도록 쫓아다닌 내게 제 얼굴 하나 각인 시키지 못한 보잘것 없는 사내라고는 해도 그때는 불투명했었다. 만약 그때였다면, 내 눈앞에서 김에게 무슨 일이 벌어졌다고 해도 나는 그냥 놀라고 말았을 거였다. 김이 투명인간… 세상에서 제일 비참한 존재로 전락해서 죽었다고 생각하니 가슴이 미어졌다.

경찰서에 도착했다. 차에서 내리면서 최형사가 말했다.

"그렇게 후회할 짓을 왜 했어?"

최형사의 그 짧은 말 한마디에 나는 다시 현실로 소환됐다.

경찰서 마당에는 무슨 일인지 기자들이 서성대고 있었다. 나는 나도 모르게 코트에 달린 후드를 뒤집어썼다. 애석하게도 마스크는 없었다. 기척을 느꼈는지 최형사가 말했다.

"신경 쓰지 마. 자네 때문에 저러고들 있는 거 아니니까. 투명인간의 존재가 국민들한테 알려지면… 그거 자체만으로도 생난리가 날걸? 내가 알기로 투명인간을 카메라에 담을 만큼 막돼먹은 기자는 없어."

"알 만한 사람은 다 알고 있는데요."

"알 만한 사람 다 안다고 모두가 아는 건 아니지."

잠시 후에 나는 얼마 전과 같은 사무실 같은 자리에서 최형사와 마주 앉았다. 최형사는 김이 어디서 어떻게 무슨 일을 당했는지 말해주지 않았다. 나를 범인으로 지목한 이유에 대해서 또한 일언반구도 없었다. 하지만 고양이 때문에 끌고 와서는 고양이에 대해선 한 마디도 않던 그때와는 달랐다. 자리에 앉으면서 던진 최형사의 한 마디만으로도 그건 분명했다.

"그때 순순히 들어가는 게 옳았어. 자네를 위해서나, 망자를 위해서나…."

기선을 제압하려는 듯 최형사가 그리 크지도 않은 눈을 치뜨고는 한참이나 나를 노려봤다. 정확하게는 내 왼쪽 어깨 부위를…. 그건 말하자면 네 죄를 네가 알렷다, 식의 추궁이고 심문이었다. 백척간두에 섰다, 라고 나는 속으로 말했다. 여기서 한발이라도 물러서면 죽는다. 나는 자세를 고쳐 앉고는 최형사의 눈을 똑바로 바라봤다. 그리고 말했다.

"저는 아무 짓도 하지 않았습니다."

최형사는 분명히 내 시선을 느끼고 있었다. 하지만 조금도 흔들리지 않았다. 나도 또한 눈 하나 깜짝하질 않았다. 한동안 이어지던 눈싸움에서 먼저 무너진 쪽은 최형사였다. 쾌재를 부르고픈 마음은 들지 않았다. 최형사가 의자 등받이에 비스듬히 기대며 말했다.

"좋아… 피살자와 자네, 둘 사이에 무슨 일이 있었는지 얘기해보게. 거짓말 따위… 안 하는 게 좋을 거야."

거짓말 따위 할 이유도 없었고 할 생각도 없었다. 최형사와 눈싸움을 벌이는 동안 세운 원칙이 그거였다. 아무것도 숨기지 말자. 더하지도 빼지도 말자. 내가 겪은 그대로만 말하자.

생각해 보니 그래본 적이 없었다. 투명인간이 된 이후 나는 무지막지하게 많은 거짓말을 해왔다. 아니 일상생활 자체가 거짓말이었다. 내가 어디에 있는지, 뭘 하고 있는지, 가리고 숨기고 숨을 죽인 것은 타인을 향한 거짓말이었다. 그걸 타인에게 폐를 끼치지 않으려는 선의라고, 혹은 투명인간식의 배려라고 우긴 것은 나를 향한 거짓말이었다. 사실은 겁을 먹은 거였다. 그렇게 하면 불편이나 부당함이나 모멸을 피할 수 있을 줄 알았다. 하지만 그 자체가 불편과 부당함과 모멸 속으로 나를 구겨 넣는 행위였다. 게다가 내가 했던 거짓말들이 버려지지 않고 쌓이고 쌓이다가 이자까지 적립되어 되돌아온 것이 바로 살인자라는 얼토당토않은 누명이었다.

나는 다시 한 번 원칙을 되새겼다. 그리고 김을 미행하게 된 계기, 미행하는 동안 벌어진 일들, 그리고 김이 사라진 후 내 손목에 수갑이 채워질 때까지 겪은 모든 일들을, 이런 얘기가 나한테 걸린 혐의와 무슨 상관이 있으랴, 싶은 부분들까지 남김없이 들려주었다.

최형사는 중간중간에 내 진술을 멈추고는 전화로 뭔가를 지시했다. 가끔 최형사의 전화기로 문자메시지가 들어왔고 한 번은 앳된 형사가 겁에 질린 얼굴로 들어와서는 뭔가를 전해줬다.

내가 진술을 마치자 최형사는 팔짱을 낀 채로 손가락을 까닥거리며 깊은 생각에 빠져들었다. 최형사는 그렇게 한참이나 시간을 보내고 나서야 입을 열었다.

"다시 한 번 들려주겠나? 아, 피살자가 투명인간이 됐다든가, 수백 명의 투명인간들을 만났다든가, 투명인간 친구와 술을 마셨다든가, 그런 얘기들은… 한 번 들은 것으로 됐네."

나는 곧바로 이야기를 시작했다. 아무 것도 숨길 것이 없는 사람이 대개 그러는 것처럼…. 내가 두 번째 진술을 마치자 최형사는 자리에서 일어나 때로 끙 신음을 내뱉고, 알 수 없는 소리를 중얼거리거나, 고개를 갸웃거리며 사무실 안을 천천히 돌았다.

내가 보기에 그건 대단히 긍정적인 신호였다. 최형사는 나를 파리나 모기처럼 여기는 사람이다. 무슨 수를 써서라도 나를 옭아매려고 혈안이 돼 있다. 아까만 해도 내게 묻지도 따지지도 않고 수갑부터 채우지 않았던가? 그런 최형사가 지금 흔들리고 있다…. 진실은 힘이 세다. 누가 한 말인지는 모르지만 그건 진짜 명언이다.

최형사가 다시 내 맞은편에 앉았다. 기분이 그래서 그랬는지 최형사의 얼굴에서 이웃집 아저씨 같은 인자한 미소가 엿보였다.

"이제 이 일을 접을 때가 되긴 된 모양이야. 뭔가 잡힐 듯, 잡힐 듯하면서 가물거리기만 하는구만. 한 번만 더 들려줄 수 있겠나?"

무리한 요구였다. 내가 지금 우리 동네에서 제일 맛있는 짜장면집이 어딘지 설명하고 있는 게 아니지 않은가? 원칙에 따라 아무것도 숨기지 않고 이야기를 털어놓았다고는 해도, 단어 하나 뉘앙스 하나에도 신경을 곤두세워야 해서 나는 거의 탈진한 상태였다.

하지만 나는 아무 내색도 않고 즉시 이야기를 펼쳐 놓았다. 그리고 이내 최형사가 요구하는 바가 뭔지를 깨달았다. 처음에는 기억의 단편들을 좇으며 이야기를 줄줄 늘어놓느라 정신이 없었다. 두 번째는 처음 진술에서 오해를 살만한 부분은 없었는지 따져보고 사실 보강에 주력하느라 머리에 쥐가 날 지경이었다. 하지만 세 번째가 되자 몇몇 지점에 대해서 내 의견을 곁들일 정도의 여유가 생겼다.

나는 특히 김이 투명해지기 직전의 상황에 주목했다. 그러니까 김의 아내가 느닷없이 등장했던 일 말이다. 나는 줄곧 세상을 대하는 김의 그 엉성한 태도를 온전히 회사 탓이라고 여겼었다. 그러니까 10여 년 동안 모든 것을 바쳤던 회사에서 느닷없이 내동댕이쳐진 충격에 허우적대고 있는 것으로만 생각했었던 것이다. 그것만이 아니었다는 것을 깨달은 다음에는 일이 너무나 갑작스럽게 진행됐고, 이제 그는 세상에 없다.

김은 아내가 불륜계의 일원이라는 사실을 오래전부터 알고 있었음이 틀림없다. 그날 밤 장례식장에서부터 시작된 일련의 과정도 그렇거니와, 그동안 김의 행보 또한 그 가정을 뒷받침했다. 미행 당시에는 깨닫지 못했지만, 김이 헤매다닌 곳들은 모두 그 불륜의 현장에서 일정한 거리에 있는 동네들이었다. 아마 지도 위에 점을 찍는다면 그 오피스텔을 중심으로 원의 모양이 만들어질 것이었다. 그건 우연일 수 없었다. 김은 모든 것을 알고 있었다. 김은 그걸 확인해야 했다. 하지만 동시에 그걸 확인하게 될까 봐 두려웠다. 나는 문득 지도 위에 커다란 원을 그리면서 걸어가는 김의 뒷모습을 떠올렸다. 여전히 주춤주춤 머뭇거리면서….

내 진술이 진행되는 동안, 최형사는 내내 눈을 감고 있었다. 책상 위에 둔 손가락이 가끔씩 까닥이는 것으로 보아 잠든 것 같지는 않았다. 세 번째 진술을 마치자 최형사가 홀가분해진 얼굴로 말했다.

"됐어…. 이제야 모든 퍼즐조각이 제자리를 찾았구만. 배고프지?"

한 순간도 허기를 느끼지 못했는데 그 소리를 듣자 뱃속에서 맑은 샘물 소리가 났다.

이제 마지막 절차만 남아 있었다. 나는 그렇게 생각했다. 내게 걸린 혐의는 오해였음이 밝혀졌고 새로운 혐의자가 드러났으니까. 하지만 국밥 한 그릇을 달게 비우고 한동안의 시간이 지나갔는데도 최형사는 미적거리고만 있었다.

그리고 또 얼마간의 시간이 흘렀을 때 문에서 노크소리가 들렸다. "잠깐만 기다리세요." 최형사가 밖에다 대고 말하고는 예고도 없이 내게 향수를 뿌렸다. 그 느닷없는 행동에 나는 몹시 놀랐고 불쾌해졌다. 다비도프 쿨워터맨이었다면 또 어땠을지 모르지만 그건 샤넬 No.5였다.

들어선 사람은 김의 아내였다. 무심결에 엉거주춤 일어났지만 의자 팔걸이와 내 손목을 연결해 놓은 수갑 때문에 도로 주저앉았다. "조용히 있게." 최형사가 속삭였다. 물론 그녀는 나를 비롯한 투명인간에 대해 전혀 몰랐다. 아는 사람은 알지만 모두가 아는 건 아니니까.

"경황없으실 텐데 자꾸 귀찮게 해드려서 죄송합니다. 꼭 확인해야 할 일이 있어서 말입니다…."

최형사가 그녀를 맞이하며 정중하게 말했다.

"지금… 누구… 생각나는 사람이 있습니까?"

최형사가 그렇게 묻지 않아도 그녀는 이 방에 들어오는 순간부터 누군가를 떠올리고 있는 것 같았다. 그녀의 얼굴이 점점 일그러져서 내가 거울 속에서 늘 마주했던 어떤 인물을 연상시켰다.

김의 아내가 슬로우비디오 화면 속의 인물처럼 천천히 입을 움직였다.

"…그 여자요…."

"…틀림없나요?"

그녀는 덜덜 떨면서 고개를 끄덕였다. 그리고 다시 슬로우비디오가 되었다.

"…그 여자가 한 짓인가요?"

"왜 그렇게 생각하시죠?"

"그이가 그렇게 됐다는 연락을 받았을 때… 그럴 거라고 생각했어요. …그 여자가 없었다면 그 착한 사람이 그렇게 변하지도 않았을 테고, 이런 변을 당하지도 않았을 거예요. 분명히…."

숨을 들이쉴 때마다 그녀의 표정이 고통으로 일그러졌다. 내게서 풍겨나간 샤넬 No.5의 향기가 그녀의 기억 속 상처를 헤집어 놓는 것 같았다. 최형사가 안쓰러운 얼굴로 혀를 찼다. 그리고는 휘청거리는 그녀를 부축해서 문으로 안내했다.

그건 내가 예상했던 것과는 사뭇 다른 진행이었다. 나도 모르게 찰랑 수갑 소리를 냈다. 막 문을 열려던 최형사가 그제야 생각난 듯 김의 아내에게 물었다.

"아… 그저께 밤에 누군가를 만나셨다구요?"

그녀는 충격을 받은 것 같았지만, 놀람은 이내 불투명한 가면에 묻혀버렸다.

"그걸… 어떻게 아세요?"

"누구였는지 물어봐도 될까요?"

"남편 친굽니다…. 어려서부터 제일 친했던…. 제가 가끔 찾아갔어요. 남편 문제를 상의하느라…."

"망자도 알았나요? 두 사람이…. 만나는 걸…."

"몰랐어요. …아니, 몰랐을 거예요. 남편은 온통 그 여자한테 빠져 있었으니까…."

김의 아내를 배웅하고 돌아온 최형사가 숨을 깊이 들이마시며 샤넬 No.5의 향기를 음미했다. 그리고 말했다.

"그거 알고 있나? 살인의 동기라는 건… 언제나 딱 두 가지야. 돈이냐, 치정이냐? 다르게 보인다 해도 깊이 파고들면 결국에는 그거야. 돈이냐, 치정이냐."

그러면 그렇지…. 나는 가슴을 쓸어내렸다.

"역시… 부인을 의심하시는 건가요…?"

최형사가 어이없다는 듯 코웃음을 쳤다. 그리고는 이내 엄한 얼굴로 돌아갔다.

"됐어. 더 이상 저 가엾은 여인을 모욕하지 말게. 범인은 자네야."

20

최형사가 테이블 위에 나와 김의 위치추적 결과지를 나란히 놓으며 말했다.

"범죄를 누가 저지르는지 아나? 인간이 저질러. 그럼 수사는 어떻게 하면 될까? 상식을 따르면 되는 거야. 자, 이 두 개를 봐. 웬만한 부부도 이렇게 하루 종일 붙어살지는 않아."

귓속에서 윙… 이명이 들렸다. 최형사가 무슨 얘기를 하고 있는지 나는 도무지 이해할 수 없었다.

"…거기에 대해서라면 충분히 말씀드리지 않았나요? 최형사님한테 미리 말씀드리지 못한 건 죄송합니다만… 그게 제 직업입니다. 저는 이 사람을 쫓아다니… 아니, 미행하고 있었습니다."

"미행이라… 아침부터 한밤까지… 도서관에도 같이 가구, 토스트집에도 같이 가구, 만화방에도 같이 가구, 게다가…."

"그건 제가 일을 하는 방식입니다. 그거 말고 달리 할 일이 있는 것도 아니구… 저는 그런 식으로 해서 다른 사람보다 훨씬 빨리…."

"그건 진위를 확인할 수 없는 자네 주장일 뿐이고. 내가 알고 있는 상식은 다른 얘기를 해주는 걸 어쩌겠나."

"다른… 어떤 얘기를요…?"

"나는 두 사람이 언제 만났고 어떻게 관계를 끌고 갔는지에 대해서는 관심이 없네. 자네의 신체 특성상 둘이 서로 첫눈에 반하거나 하지는 않았을 테고, 무슨 계기가 있었겠지."

"계기는 무슨 계기가 있습니까! 제가 그 사람을 처음 만난 건…."

"됐네. 듣고 싶지 않아. 두 사람이 만난 게 우연이든 필연이든… 첫 만남에서 감전이 됐든 종소리를 들었든 자네 가슴 속에 담아두게. 보다시피 나는 구닥다리야. 그런 추잡한 얘기는 듣고 싶지 않아. 다만… 아까 자네를 찾아가기 전에 부인 얘기를 들어보니 두 사람은 상당히 닮은꼴이더군."

"닮은… 꼴이라뇨…?"

"느낌이 그래…. 뭐를 해도 주춤거리고 머뭇대고…. 망자한테 이런 표현을 하는 건 좀 안 됐지만… 음흉하다고나 할까? 어쨌거나 두 사람은 서로에게 점점 끌렸고… 마침내는 피살자의 집까지 드나드는 사이가 됐어."

그건 내게 흥미로운 소재도 주제도 아니었고, 사실도 아니었고, 진실과는 반대쪽으로 달려가는 얘기였다. 하지만 궁금했다. 최형사는 왜, 어떻게 그런 생각을 떠올렸던 것일까?

"물론 두 사람 사이를 처음부터 의심했던 건 아니야. 두 사람을 꽤 죽이 잘 맞는 친구 사이 정도로 생각했더랬지. 그랬더니 첫 번째 의문점부터 딱 막히더라 이거야. 왜… 굳이 부인 앞에서 향수 냄새를 풍겼을까. 그것도 여자 향수를… 그런데 자네가 마지막 진술을 할 때… 어느 순간, 자네가 극구 피살자 부인 쪽으로 내 눈길을 돌리려 한다는 걸 깨달았지. 나는 속으로 무릎을 쳤어. 그때 모든 의문이 한꺼번에 풀렸지."

최형사의 미간이 야릇하게 구겨졌다. 흔히 말하는 벌레 씹은 얼굴이었다.

"사람이 어쩌면 그렇게 파렴치할 수가 있나? 부인을 피를 말려 죽일 작정이었어!"

"그, 그건 제가 아닙니다."

"자네가 아니면 누군가?"

"그, 그건 샤…."

나는 흥분을 가라앉혔다. 그리고 속으로 말했다. 최형사는 그냥 떠보는 거다. 최형사의 페이스에 말려들지 말자. 말려들지 말자…. 굳이 샤넬을 끌어들일 필요는 없었다. 최형사의 어처구니없는 추리는 전제부터 잘못됐으니까.

"부인이 그 향기를 맡기 시작한 건, 제가 그 사람을 만나기 전에 시작된 일입니다."

"그건 또 무슨 궤변인가?"

"궤변이 아니라, 사실입니다. 〈밝은 세상 흥신소〉 박사장을 만나 보시면 그 자리에서 밝혀질 일인데요?"

"아, 박사장…. 그렇지, 박사장…. 통화만 했어. 이제 만나 봐야지."

최형사가 전화를 걸자 벨소리와 함께 박사장이 들어왔다. 바로 앞에서 대기하고 있었던 모양이었다. 박사장에게서 평소의 유들유들한 모습은 찾아볼 수 없었다. 그는 어쩐지 겁에 질린 듯했고 초췌한 몰골이었다.

박사장을 마주하자 나는 적잖이 긴장됐다. 물론 박사장이 솔직하게만 말한다면 문제 될 건 없었다. 전혀. 하지만 나는 박사장에 대해 너무나 잘 알았다. 박사장은 사실이나 진실에 관심이 있는 사람이 아니었다. 박사장의 판단 기준은 언제나 딱 하나였다. '어느 쪽이 내게 유리한가?'

최형사가 박사장에게 첫 번째 질문을 던졌다.

"이 친구 주장에 따르면… 당신이 피살자의 조사를 이 친구한테 맡겼다구?"

"예."

"이 친구가 요청한 게 아니라, 당신이 맡겼다는 말이지?"

"그렇습니다."

"그러니까 의뢰인이… 남편이 여자 향수 냄새를 풍기며 들어온다, 의심스러우니 조사해 달라, 그렇게 요청한 그다음에…?"

"예."

"이 친구가 먼저 그 일을 맡겠다고 나선 건 아니다…?"

"틀림없이 제가 먼저 부탁을 했습니다. 파격적인 대우를 약속하면서요…."

최형사가 목적한 방향은 누가 봐도 분명했다. 그런데 뜻밖에도 박사장은 정직했다. 그렇다고는 해도 단 한 번이라도 삐끗하면 꼬투리가 될 터였다. 나는 최형사의 질문이 하나씩 더해질 때마다 불안해서 점점 더 쪼그라들었다. 하지만 박사장은 끝까지 진실만을 말했다. 나는 감격했다. 묶여 있지만 않았다면 박사장을 덥석 껴안고 볼에 뽀뽀라도 해주고 싶었다. 내 성적 정체성에 대한 최형사의 확신이 더 굳어지든 말든…. 최형사는 눈에 띄게 당황한 모습으로 한동안 말없이 사무실을 서성거렸다.

이윽고 최형사가 입을 열었다.

"얼마 전에… 당신은 이 친구한테 배신을 당했어. 그 때문에 큰 곤경에 처했었다고 들었네만…."

나는 흠칫 놀랐다. 박사장에게도 의외의 질문이었는지 놀라는 눈치였다.

"그건… 이 일하고는 상관없는 일인데요…."

"나는 그렇게 생각하지 않아."

최형사가 단호하게 말했다.

"그런 일이 있었던 게 틀림없지?"

"예…."

"나라면… 내가 그런 일을 당했다면 가만히 있지 않았을 거 같은데…. 조금 전에 파격적인 대우까지 약속했다면서? 무슨 특별한 이유라도 있나?"

박사장은 침묵했고, 내 쪽을 두어 번 힐끔거렸다. 최형사가 "저 친구가 있어서, 부담스러운가 보네."라고 중얼거리며 최형사가 나와 박사장 사이로 와서 섰다. 박사장의 표정만 살피던 나로서는 당장에 답답해졌다. "서로 볼 수 없으니 이제 공평해졌구만." 최형사는 그렇게 중얼거리곤 박사장 쪽으로 완전히 몸을 돌렸다.

"형사나 범죄꾼이나 처음 선택이 달랐을 뿐, 알고 보면 비슷한 부류들이야. 남자들이지. 수틀리면 내가 깨지든 저쪽이 깨지든 들이받는다 이거야. 하지만 께름칙할 때가 있어. 나 어떤지 알아? 혼자 밤길을 다닐 땐 솔직히 불안해. 가다가 돌아서구, 가다가 돌아서구… 주차된 차가 있으면 나도 모르게 사이드 미러를 들여다 본다구, 습관적으루. 왜? 내가 쳐 넣은 깡패새끼들, 살인자새끼들이 언제 내 뒤통수를 깔지 모르거든. 혹시… 혹시 말이야… 당신도 그런 거 아닌가? 당신은 저 친구를 볼 수 없고 저 친구는 당신을 볼 수 있으니까…."

"최형사님!"

나도 모르게 버럭 고함을 내질렀다. 하지만 최형사는 뒤도 돌아보지 않았다.

"하나만 묻지. 만약에 당신이 이 친구에 대해 불리한 진술을 했는데… 이 친구가 풀려난다면 어떻게 될 거라고 생각하나? 예컨대 혼자서 밤길을 다닐 때…."

최형사의 둥그런 몸통 뒤에서 박사장의 겁에 질린 목소리가 들려왔다.

"그걸 꼭… 이 자리에서 말씀드려야 하나요…?"

"아니, 됐네…."

최형사가 돌아섰다. 뭔가 원하는 것을 얻은 얼굴이었고, 박사장에게 이제 가도 좋다고 말했다. 박사장이 나가자 최형사가 말했다.

"보복이 두려워 겁에 질려 있는 사람의 진술을 도대체 누가 믿겠나?"

겁을 먹은 사람은 나였다.

"도대체 왜 이러시는 겁니까? 저한테 이러시는 이유가 뭐죠?"

"내가 원하는 건 딱 하나야. 진실…."

나는 여태 진실은 하나일 거라고 생각했다. 하지만 알고 보니 진실은 하나가 아니었다. 어쩌면 인구 수 만큼의 진실이 있을지도 모른다. 그리고 그 자리에서 또 하나를 알게 됐다. 힘 있는 자의 진실은… 힘이 더 세다.

최형사는 자신의 진실을 향해 나를 한없이 밀어붙였다.

"또 하나의 의문점! 그저께… 자네는 피살자를 데리고 장례식장엘 갔어."

"제가요? 아닙니다. 저는 그냥 따라갔습니다."

"이 사람아, 말이 되는 소리를 해! 거긴, 피살자와 아무런 연고도 없는 초상집이었어!"

"저도 모르는 집이었습니다."

"우리 직원들이 확인을 했어. 그날 초상을 치른 여덟 명의 망자들

중에 한 사람이 자네 부친하고 한 고향 사람이더군."

나는 지쳤고 점점 숨이 가빠졌다. 그럴 수만 있다면 작전타임이라도 부르고 싶은 심정이었다.

"피살자는 왜, 어떤 이유로 연고도 없는 장례식장에서 무려 세 시간을 앉아 있었을까? 그 북적대는 초상집에서 투명인간이랑 둘이 마주 앉아 도대체 뭘 하고 있었던 걸까?"

"그냥 앉아 있었습니다. 그 사람은 뭔가 고민하는 눈치였고, 저는 줄곧 그 사람을 지켜보고 있었구요."

"아냐, 자네는 거기 없었어."

"네?"

"피살자를 장례식장에 앉혀 놓고 자네는 거길 빠져나왔어."

"저는 거기서 꼼짝도 안 했습니다. 여, 여기를 보면…."

나는 자유로운 왼손으로 결과지의 한 지점을 짚어 보였다. 하지만 내가 손을 대자 그 종이 자체가 사라졌고 최형사는 증거를 인멸하려 한다며 화를 냈다.

"어쨌거나 거길 보면… 제가 장례식장에서 한 발짝도 움직이지 않았다는 게 다 나오잖습니까?"

"그런 잔꾀가 나한테 통하리라 생각했나? 자네는 핸드폰을 초상집에 두고 나갔어."

"네? 왜요? 제가 왜 그런 짓을 하는데요?"

"나를 의식했던 거지."

"최형사님을요…? 제가 왜요?"

"장례식장으로 가기로 마음먹었을 때 이미 모종의 결심을 한 뒤였으니까. 장례식장에서 나온 자네는 부인의 뒤를 밟았어. 자네는 이미 알고 있었지. 부인이 누군가를 만나고 있었다는 걸… 그날 그곳에서 그 누군가를 만나기로 했다는 것 또한…. 하지만 주도면밀한 자네는 부인이 실제로 그 남자를 만나러 갔는지 확인해야 했어."

"왜… 제가 왜요? 왜 그런 짓을 합니까?"

"피살자의 마음을 돌리고 싶었으니까."

"저는… 그 친구하고 사귀고 있었던 거 아닌가요…?"

"흠… 비정상적인 관계는 한때 흥분을 줄 수 있지. 하지만 오래 지속될 수는 없어. 피살자 부인이 뭐라 그랬는지 자네도 들었지? 그 여자만 없었다면 아무 일도 없었을 거라고, 착한 사람이라고…. 피살자는 부인을 배신했다는 죄책감을 이길 수가 없었어. 자네한테 그만 만나자고 했지. 자네는 그럴 맘이 없었어. 그래서 아무 것도 모르는 피살자를 거기까지 끌고 갔던 거야. 아마 이렇게 말했겠지. '봐라, 니가 돌아가려고 하는 사람이 얼마나 더러운 여자인지를….' 하지만 피살자의 마음은 되돌려지지가 않았어. 자기도 지은 죄가 있으니까. 말하자면 쎔쎔이라고 생각했던 거지. 아마 피살자는 오히려 홀가분해졌을 거야. …자네는 그걸 견딜 수 없었지."

최형사는 사건의 진상을 낱낱이 파헤친 양 한참이나 떠들어댔다. 하지만 나는 더 이상 귀를 기울이고 있지 않았다. 모든 상황을 뒤집을 마지막 한 방을 터뜨릴 때였으니까.

"형사님의 추리는 제가 샤넬 No.5라는… 그러니까 제가 여자 향수를 뿌리고 그 집을 드나들었다는 걸 전제로 하고 있습니다. 하지만 그 사람은 제가 아닙니다."

"그렇게 주장하고 싶겠지."

"목격자가 있습니다."

"목격자…?"

"예, 분명히 목격자가 있었습니다."

나는 카페 〈몽〉과 관련한 얘기는 의식적으로 빼놓고 있었다. 최형사가 투명인간들과 관련된 일은 빼고 얘기하라고 주문하기도 했지만, 처음 얘기할 때도 샤넬과 〈어떤 술집〉에서 마셨다고 얼버무렸었다. 카페 〈몽〉은 내가 돌아가야 할 곳이었다. 비록 보조라고는 해도 나는 주방 일에 푹 빠져 있었다. 내가 만든 음식에 만족하는 손님들을 숨어서 지켜보는 건, 꽤나 설레는 일이었다. 무엇보다 그건 내가 투명하든 불투명하든 상관없이 해낼 수 있는 일이었으니까. 하지만 이제 한가하게 꿈이니 미래니 하는 것들을 걱정할 때가 아니었다.

대략 한 시간 후, 카페 〈몽〉의 사장이 찾아왔다.

최형사가 앞뒤 설명 없이 사장에게 물었다.

"이 친구가 그때 카페에 찾아왔다고 들었습니다만…."

"예, 우리 가게에 왔습니다."

"혼자 왔습니까?"

"아뇨, 여자랑 같이 왔습니다."

"여자라는 걸 어떻게 알았죠?"

"그런 건 그냥 압니다. 형사님은… 남자네요. 이것도 그냥 안 겁니다. 아, 제가 '둘이 잘 어울린다….' 그렇게 말했던 게 기억나네요."

"어떻게 생겼는지도 기억합니까?"

"당연하죠. 몽타주라도 그려드릴까요?"

최형사는 기분이 상한 것 같았지만 내색하지는 않았다. 그 대신 손가락을 까닥거리며 한동안 생각에 빠져들었다. 이윽고 최형사가 말했다.

"여기 이 친구하고 투명한… 그 여자가… 몇 시부터 몇 시까지 있었습니까?"

"밤 12시쯤에 와서 새벽 3시 30분경에 저랑 같이 나왔습니다."

"처음부터 끝까지 같이 있었나요? 같이 대화를 나눴다거나…."

"…아뇨. 저는 저 친구가 오고 나서 얼마 안 있다가 내실로 들어갔습니다. 요 며칠 계속 과음을 해서 굉장히 피곤했거든요. 하지만 제가 나왔을 때는 분명히 거기 있었습니다."

"거기 있었다는 걸… 어떻게 알았죠?"

"거기 있었으니까요."

최형사가 사장의 얼굴 앞으로 제 얼굴을 바싹 들이댔다. 최형사의 그 돌발적인 행동에 카페 〈몽〉 사장은 흠칫 놀라 몸을 뒤로 뺐다. 최형사의 억센 손이 사장의 턱을 잡았다.

"자, 내 눈 똑바로 보고 얘기해요. 이제 당신이 하는 말에는 엄중한 책임이 따를 거요."

최형사가 문에 대고 소리쳤다.

"들어 와!"

앳된 형사가 들어왔다. 그의 자세는 굉장히 어색했다. 양팔을 어깨높이로 올려서 오른쪽으로 뻗은 채로 다가왔는데… 가만 보니 보이지 않는 어떤 사람을 데리고 오는 것 같은 모양새였다. 앳된 형사에게선 샤넬 No.5의 향기가 났다.

"저 여잔가요?"

최형사가 날카롭게 말했다. 사장은 당황하는 기색이 역력했고 좀체 입을 열지 못했다.

"저 여자냐고 물었습니다."

"글쎄요…."

"글쎄요… 라는 건 저 여자가 맞다는 겁니까, 아니라는 겁니까?"

"…글쎄요."

"하나만 더 물읍시다. 그 여자가 지금 여기 있기는 있습니까?"

"글… 쎄요…."

사장의 이마에 금세 식은땀이 맺혔다.

"얼른 대답하세요! 있습니까, 없습니까!"

카페 몽 사장이 겁에 질린 얼굴로 한동안 입을 달싹거리다가 말했다.

"…모르겠습니다."

카페 〈몽〉 사장이 머물렀던 시간은 채 20분도 안 됐지만 그 사이 기온이 많이 떨어진 모양이었다. 나는 심한 한기를 느꼈고 온몸이 덜덜덜 떨렸다. 최형사가 내 어깨에 자신의 외투를 걸쳐주며 말했다.

"이제 순순히 털어놓자. 망자를 위해서? 미망인을 위해서? 나를 위해서? 아냐, 그런 거 아니야. 그게 자네의 영혼을 구하는 유일한 길이야."

최형사의 영혼을 울리는 그 따뜻한 말에도 내 떨림은 멈추지 않았고, 나는 아무 말도 할 수 없었다. 한참이나 기다리던 끝에 "자, 그럼 이거 하나만…." 하고 최형사가 허두를 뗐다.

"그때… 그 추운 옥상에서 두 사람이 무슨 얘기를 나눴나?"

"옥상이라뇨…?"

"사건 현장 말이야! 자네가 망자를 밀어 떨어뜨린 바로 거기! 현장에 남아 있는 두 사람의 발자국으로 봐서는 둘이 심하게 다투지는 않았어. 자, 이만하면 순순히 털어놓을 때도 되지 않았나?"

그게 처음으로 들은 사건의 구체적인 상이었고… 그 순간에 나는 화드득 깨어났다.

"아닙니다, 최형사님. 제가 한 짓 아닙니다. 저는 절대로 그럴 수가 없었습니다. 그 친구는 그때 투명해졌고, 저는 그 친구를 찾을 수가 없었습니다. 진짭니다, 최형사님. 제발 믿어주십시오, 최형사님…."

"이 사람아, 말이 되는 소리를 해! 투명인간이라면 우리가 변사체를 어떻게 찾아냈겠나."

그건 그날 들은 어떤 말보다 충격적이었다. 그래? 김이 불투명했다는 말이지? 불투명해진 채로 죽어있었다는 말이지…?

21

심문은 새벽녘에야 끝이 났다. 최형사는 제발 바라건대 조용히 자숙의 시간을 가지라며 나를 유치장에 들여보냈다. 결론적으로 말하자면 나는 최형사의 당부를 어기고 말았다. 나도 조용한 시간을 보내고 싶었다. 자숙을 위해서가 아니었다. 내가 가 본 적도 없는 옥상에서, 내가 잠든 사이에, 접촉도 없이, 내가 어떻게 살인을 저지를 수 있었는지 따져보고 싶었다. 그리고 다시 불투명해진 김에 대해서도…. 분명히 투명해졌던 김이 대체 어떻게 시체로 발견될 수 있었다는 것인지 도무지 이해가 가질 않았다. 최형사가 거짓말을 할 리는 만무했다.

하지만 먼저 들어와 있던 유치인들은 내가 조용히 생각에 잠겨 있는 걸 좋아하지 않았다. 내가 들어간 그 순간부터 한동안 얼어있던 그들은 조금씩 술렁였고, 잠시 후엔 소란을 피우기 시작했다. 어떤 사람은 나를 자신을 해치러 온 청부업자라고 생각했고 어떤 이는 나를 언젠가 자신이 해쳤던 유령으로 여겼다. 아무래도 나를 자신들을 비춰보는 거울로 여기는 것 같았다. 시간이 조금 더 지나자 그들은 우르르 앞으로 몰려가서는 창살을 두들겨 대면서 '범죄자는 인권도 없느냐'며 항의했다. 내 짧은 유치장 생활은 그걸로 끝이 났고, 최형사는 어떻게 가는 곳마다 문제를 일으키느냐고 투덜거렸다.

나로서는 그리 나쁘지 않았다. 불투명인간들의 인권 덕에 혼자만의 시간을 누릴 수 있게 됐으니까. 나는 강력3팀 사무실로 돌아와서 간이침대에 누웠다. 비록 수갑과 포승줄에 묶인 신세였고, 문밖에선 나를 겁내는 앳된 형사가 불려와 지키고 있었지만, 거긴 조용했고 평화로웠다.

생각을 해야 한다. 생각을 하자. 내 머릿속에선 그 생각만 맴돌았다. 하지만 사건과 관련된 모든 것들이 뒤죽박죽으로 얽혀있어서 어떤 화두도 끄집어낼 수 없었다.

"코까지 골구 팔자가 늘어졌네."

꿈결에 익숙한 목소리를 듣고 가까스로 깨어났더니 고혹적인 향기가 침대맡에 머물러 있었다. 샤넬 No.5였다.

"아니, 여기까지 냄새를 피우고 오면 어떡해? 누가 눈치라도 채면 어쩌려구?"

나는 나도 모르게 그렇게 속삭였다. 샤넬이 말했다.

"미안하지만 그 냄새 다비도프한테서 나는 거거든."

사실이었다. 아까 최형사가 기습적으로 뿌려댄 향수가 아직도 내 몸에 흥건했다. 민망한 김에 이번엔 짜증을 냈다.

"그거 알아? 내가 누구 때문에 여기 이러고 있는지?"

그러자 샤넬의 지친 목소리가 불쑥 말했다.

"나 있지, 김이 그렇게 됐을 때 같이 있었어."

너무 놀라서 나는 아무 말도 할 수가 없었다. 샤넬의 말은 여러 가지 생각을 한꺼번에 떠올리게 했다. 설마… 샤넬이… 정말로? 그럴 리가 없을 거라고 생각하지만… 그래도…? 머리가 복잡하게 아무데로나 굴러가기 시작하고 있었다. 하지만 샤넬의 목소리는 더할 나위 없이 담담했다.

"새벽에 다비도프랑 헤어지고 집으로 갔어. 가는 길에 김한테 전화를 몇 번이나 했는데 꺼져 있더라구. 가버린 줄 알았지. 차라리 잘 됐다고 생각했어. 내내 질질 짜대는 투명인간과 함께 단칸방에서 지내는 건 어차피 무리다 싶었거든. 근데 집에 갔더니 아직 거기 있더라구. 벽거울에 붙어서는 여전히 훌쩍대면서… 뭐 그리 좋지는 않았지만 그러려니 했어. 그 심정 너무 잘 아니까."

갑자기 샤넬이 말을 멈추더니 한동안 잠잠했다.

"그래서… 어떻게 죽은 건데?"

나는 답답한 마음에 채근을 했다. 그래서… 정말 샤넬이 죽인 거야? 왜? 하고 물을 수는 없으니까. 하지만 샤넬은 내 괴로운 마음 같은 건 안중에도 없었다. 뭔지 자기 생각에 골몰해서는 한없이 느릿느릿 이야기를 이어갔다.

“그때 나는 그저 온종일 자야겠다는 생각밖에 없었어. 정말 오랜만에 과음이었거든. 그래서 좀 자겠다고 하고는 누웠는데, 김이 꽉 잠긴 목소리로 나한테 그러는 거야. 폐를 끼쳐서 미안하다고, 그리고 고마웠다고…. 그러더니 이 친구 문을 열고는 나가는 거야. 첨엔 그냥 둘까도 생각했는데, 아무래도 분위기가 이상한 거지. 할 수 없이 따라 나갔어. 우리 집 안 와봤지? 거긴 비탈진 응달이거든. 엊그제 내린 눈이 아직 쌓여 있더라구. 투명인간 한 사람 쫓아가는 데는 아무 문제가 없었어. 김은 초짜 투명인간답게 티라는 티는 다 내고 가고 있었어. 눈 밟는 소리에, 옷자락 소리에, 아직도 울고 있는지 코훌쩍이는 소리까지….”

아무리 생각해도 샤넬이 김을 죽였을 것 같지는 않았다. 그럼 혹시 교통사고? 샤넬이 말을 멈출 때마다 너무 답답해서 속이 다 울렁거릴 지경이었다. 나는 다시 재촉했다.

“그러니까… 어떻게 죽었냐니까?”

“김은 어떤 건물 앞에 멈춰 서선 담배를 피웠어. 그걸 보는데 웬일인지 섬뜩한 생각이 드는 거야. 거기서 말렸어야 했는데… 아니나 다를까 김이 그 건물로 들어가더라구. 뒤따라 들어갔는데 이 친구 곧장 옥상까지 가는 거야. 나는 이제 다 끝났구나 싶었는데 다행히도 난간 끝에서 멈춰 서더라구. 얼른 뛰어가서 간신히 붙들었지.”

목이 타는지 샤넬이 말을 멈추더니 물을 한 컵 마셨다. 나도 더 이상은 채근하지 않았다. 사실을 말하자면 나머지 이야기는 듣고 싶지 않은 심정이었다.

"내가 붙잡고 늘어졌더니 김이 울면서 사정하더라구. 제발 놔 달라고. 이렇게는 살 수 없다고. 그거 알아? 내가 원래 거짓말을 잘 못 하거든. 근데 그땐 별말을 다 했어. 섣불리 인생 포기하지 말라고. 다 되돌릴 수 있다고, 다시 불투명해질 수 있다고. 요샌 약도 좋은 게 많아서 금방 고칠 수 있다고. 그랬더니 김이 그러는 거야. '다 소용없다. 나는 이미 끝났다. 나는 이미 오래전부터 투명인간이었다. 아무의 눈에도 보이지 않는 투명인간이었다. 다시 불투명해진다 한들 돌아갈 곳이 없다….' 그래, 그렇게 원한다면 하고 싶은 대로 해라. 내 마음은 그렇게 말하는데 그 손을 놔줄 수가 없더라구. 우리는 그렇게 씨름하면서 서 있었어. 꽤 오랫동안을…. 그러다 김이 더 이상은 버둥대지도 않아서 잠깐, 아주 잠깐 마음을 놨어. … 그 순간에 이 친구가 내 손을 홱 뿌리치더라구. 어, 놀라 멍해졌는데… 조금 이따가 밑에서 와장창, 뭔가 부서지는 소리가 들렸어…."

한동안 샤넬도 나도 아무 말이 없었다. 도대체 무슨 할 말이 있겠는가? 그것은 투명한 데다 나약하기까지 했던 한 인간의 너무나도 가련한 결말이었다. 하지만 마냥 가여워 할 수만은 없었다. 무엇보다 내 처지가 그랬다. 어쩌자고 그런 일을 저질러 안 그래도 하루하루 사는 게 버거운 나를 이렇게 힘겹게 하느냔 말이다. 게다가 한번 투명했으면 그만이지 어쩌자고 다시 불투명해져선… 가만, 그러고 보니 그는 언제 다시 불투명해진 거지?

"그 친구… 시체가 불투명했다던데 사실이야?"

"분명 떨어지는 순간까지 투명했어. 그런데 밑으로 달려 내려와 보니 어느새 불투명해져 있더라구. 몰골이… 끔찍했어."

"그럼… 투명해졌다가, 다시 불투명해지기도 하는 거야? 혹시… 죽으면?"

"응. 그렇지 않을까 줄곧 생각은 했었어. 눈으로 확인한 건 처음이지만…. 근데 있지, 평온해 보이더라. 그 사람 말이야. 아주 끔찍한 몰골이었는데 그 표정만은 진짜… 평화로웠어."

어떤 것이었을까? 죽은 김의 평화로운 얼굴이라는 건…. 나는 그 모습을 떠올리려 애썼지만 도저히 감도 잡을 수 없었다. 그뿐만이 아니었다. 어찌 된 일인지 나는 김의 평소 얼굴을 기억해낼 수 없었고, 떠오르는 것은 여전히 뒷모습뿐이었다. 당연한 일이었다. 김은 처음부터 끝까지 내 돈벌이 대상이었지, 인간적인 상대는 아니었다. 어쩌면… 김은 이미 내게조차 투명인간이었던 게 아닐까?

한참 상념에 빠져 있는데 샤넬이 말했다.

"이제 어떡할 거야?"

그건 내가 대답할 수 있는 성질의 질문이 아니었다. 어떡하긴 뭘 어떡한단 말인가? 내가 뭘 어쩌자고 들어온 것도 아닌데…. 나는 그 대신 나는 최형사와의 일을 주절주절 늘어놓았다. 어제의 일만이 아니라, 최형사를 만난 이후에 벌어진 모든 일들을…

그리고 내내 하고 싶었던 질문을 던졌다.

"…최형사 언제 만날 거야?"

"최형사를 만나? 내가? 왜?"

샤넬의 반응에 나는 어이없다는 표정을 지어 보였다. 뭐 보이지는 않았겠지만….

"김이 자살했다는 걸 알려줘야지. 최형사는 그걸 몰라. 샤넬이 유일한 목격자니까…."

"목격 같은 거 할 수 없었다는 거 알잖아."

"물론 그렇지. 하지만… 김과 마지막 순간까지 같이 있었던 사람은 샤넬이잖아."

"그건 최형사한테 아무 의미가 없어."

너무 무심하고 무책임한 말투여서 나는 화가 났다.

"의미가 있고 없고는 샤넬이 정할 일이 아냐!"

"누가 내가 정한대? 그건 정해져 있는 거야. 최형사가 잡고 싶은 건 다비도프야. 아직 몰라?"

"이봐, 최형사한테 지금 나는 너야! 니가 사실을 말하지 않으면 나는 니가 돼서 죽을 수밖에 없어!"

"잘 들어, 다비도프. 최형사한테 범인은 당신이야. 자살이니 어쩌니 하는 말은 최형사의 귀에 들어가질 않는다고. 이미 귀를 막아놨으니까. 살인범이 눈앞에 있는데 어떻게 자살일 수가 있겠어, 안 그래?"

"알잖아, 나는 아무 짓도 안 했어."

"나야 알지. 하지만 최형사는 나나 당신이 아는 거랑 다른 걸 알아. 당신이 범인이라는 거. 당신이 뭘 어째서가 아니야. 최형사 마음속에 이미 그렇게 정해져 있는 거라고."

더 이상은 할 말이 없었다. 아무리 부정하고 싶어도 샤넬의 말이 맞는 것 같았다.

"물론 다비도프를 돕고 싶어. 내가 할 수 있는 일이 있다면 무슨 짓이든 하겠어. 마음은 그래. 하지만 최형사한테 나는 잘해 봐야 덤이야. 내가 기껏 설명해봐야 공범이나 뭐 그런 걸로 엮으려 들겠지. 그건 안 돼. 나는 아직 해야 할 일이 많아."

"그럼… 이제 나는 어떡해야 하지…?"

나는 울고 싶은 심정으로 물었다. 샤넬이 일고의 망설임도 없이 말했다.

"나가자."

어디 근처에 산책이라도 가자는 말투였다.

"나가? 나가서 어쩌자구?"

"그런 건 나가서 생각하자."

그리고 덧붙였다.

"구치소로 넘어가면 이 짓도 못해. 투명인간은 영장이 신청되면 100프로라는 거 알아? 증거인멸 및 도주의 우려가 상당하니까."

나도 모르게 한숨이 나왔다.

"괜찮을까?"

"없어진다고 해도 잘 모를 거야. 몽타주가 없으니 수배를 내리기도 쉽지 않을 테고."

"그렇겠지. 근데… 이렇게 나갔는데 갑자기 불투명해지면 어떡하지?"

"다비도프! 제발 그런 건 닥친 다음에 생각하자."

나는 자리를 떨치고 일어났다. 샤넬이 자신의 몸에 샤넬 No.5를 뿌리며 말했다.

"나한테서 떨어지지 마."

내가 투명인간이라는 사실이 이때만큼 실감 난 적은 없었다. 샤넬 No.5의 향기를 온통 흩뿌리며 경찰서 복도를 활보하는데도 누구 하나 우리의 존재를 눈치채지 못했다. 그들은 꼭 눈뜬장님 같았다. 처음으로 내가 투명인간이라는 게 통쾌했다.

경찰서 로비를 지나다가 뜻밖의 인물을 만났다. 앞집 안나였다. 물론 나는 그녀를 못 본 척 지나쳤다. 그때였다.

"몸은 좀 어떠세요…?"

나는 깜짝 놀라 뒤를 돌아보았다. 아무도 없었다. 물론… 그렇게 단언할 수는 없었다. 내 곁에 샤넬도 있고, 또 세상에 우리 둘만 투명한 건 아니니까. 바닥에 밀가루 따위가 깔려 있는 것도 아니었다. '저 여자가 사람을 잘못 봤나?' 그럴 리는 없었다. 투명인간이 되고 나서 나를 누군가로 착각한 사람은 없었으니까. 아마도… 누군가 아는 사람이 지나갔겠지.

그런데 앞집 안나는 여전히 나를 보고 있었고, 심지어 내게로 다가오며 이렇게 물었다.

"지금… 잡혀 계신 거 아닌가요?"

그때 그녀의 등 뒤로 최형사가 나타났다.

"아… 나비 어머님… 저를 찾으셨다구요…?

앞집 안나가 나를 가리키며 말했다.

"예. 저 사람 때문에 드릴 말씀이…."

도대체 어떻게 그럴 수 있었는지 궁금했지만, 그렇다고 그 자리에서 풀 수 있는 궁금증은 아니었다. 나는 앞집 안나에게 물어보는 대신 샤넬에게 소리쳤다.

"뛰어!"

22

로비에서 빠져나와 몇 걸음인가 옮겼을 때 최형사의 대극장용 목청이 들려왔다.

"거기 서!"

돌아보니 현관 앞에 선 최형사가 몹시 상기된 얼굴로 검은 물체를 쥔 손을 하늘을 향해 뻗고 있었다.

탕!

나는 그 총소리를 신호 삼아 달리기 시작했다. 그것은 말하자면 내 인생의 새로운 출발을 알리는 신호탄이었다.

투명인간이 돼서 크게 달라진 점을 하나만 꼽는다면 달리기 실력이 아닐까? 선현들께서도 죽을힘을 다하면 이루지 못할 게 없다고 하셨다는데, 똥개는 내게 늘 그 죽을힘을 요구했으니까.

그 죽을힘을 다해 나는 달렸다. 최형사의 외침이 멀어져갔고, 경찰서 정문이 멀어져갔고, 경찰서 앞 도로에 주차된 닭장차가 멀어져갔다. 어딘가를 향하는 것이 아니었으므로 나는 모든 것에서 멀어져갔다. 그러고도 나는 한참을 더 죽을힘을 냈다. 마침내 나는 멈췄고 그 자리에 주저앉았다. 그럴 여유가 생겨서가 아니라, 누군가가 뒷덜미를 잡아챘다 해도 어쩔 수 없을 만큼 기진맥진해져 있었다. 쫓아오는 사람은 없었다. 최형사도, 앞집 안나도, 다른 경찰들도, 그리고 샤넬도…. 아차, 싶었다. 다른 사람은 몰라도 샤넬까지 따돌리다니…. 문득 의문이 들었다.

'샤넬네 동네엔 똥개가 없나?'

달려온 길을 되짚어 찾아 나설 수는 없었다. 내가 움직이면 십중팔구 엇갈릴 거였다. 설령 서로 마주 보며 다가간다 해도 "어이! 여기야!" 하고 손을 흔들어 줄 수 있는 처지들이 아니니까. 더 큰 문제는 앞집 안나였다. 어디선가 그녀가 튀어나와 나를 가리키며 소리칠 것만 같았다.

"저기 있어요! 준비하시고… 쏘세요!"

뛰면서도 그랬고, 숨을 헐떡이면서도 그랬지만, 나는 여전히 얼떨떨했다. 그녀가 나를 봤다. 분명히 봤다. 의심할 여지는 없었다. 그녀에게는 안 보이는 걸 보인다고 우길 이유가 없었다. 무엇보다 그녀는 없는 소리를 하는 사람이 아니다.

그녀는 나를 볼 수 없었다. 최근까지는 그랬다. 우리 집 앞에 밀가루가 깔려 있었으니 그건 틀림없다. 밀가루가 어제도 있었던가…? 모르겠다. 기억나지 않는다. 향수! 향수 때문에 나를 알아본 게 아닐까? 아니… 그녀는 내가 향수를 쓴다는 걸 아직 모른다. 그럴만한 시간이 없었다. 그렇다면… 갑자기 그녀에게 무슨 일이 생긴 거지…?

나는 머리를 크게 흔들었다. 내가 따질 일이 아니다. 세상에는 투명해지는 사람들이 있다. 왜인지는 나도 모른다. 하지만 그런 사람들은 분명히 있다. 그런 세상에 투명인간을 볼 수 있는 사람이 생겨났다고 해서 뭐가 그리 놀랄 일인가? 나는 그렇게 받아들이기로 했다. 이미 생긴 일이다. 그리고 그건 앞집 안나, 그녀에게 벌어진 일이다. 나는 나한테 벌어진 일을 감당하기에도 벅차다.

그나저나 샤넬에게 무슨 일이 생긴 걸까? 느긋하게 걸어왔어도 벌써 도착했어야 할 시간이다. 여긴 안전지대가 아니다. …안전지대? 그런 게 있기는 있나? 없다. 이제 내가 마음 놓을 수 있는 곳은 어디에도 없다. 이 일이 어떻게든 정리될 때까지는…. 어쨌거나 여기는 경찰서에서 너무 가깝다. 얼른 벗어나야 한다. 하지만… 혼자서? …인간은 결국 혼자라고는 하지만 지금은 아니다. 나 혼자라면 경찰서에서 나오지도 않았다.

'괜찮아, 아무 일 없어. 샤넬은 금방 올 거야….'

나는 몇 번이나 되뇌었다. 그럴수록 더 초조해졌다. 이대로 헤어진다면 샤넬을 다시 만날 가능성은 희박하다. 어쩌면 다시는 못 만날 수도 있다. 내 전화기는 압수됐고, 샤넬의 전화번호를 외울 시간은 없었으며, 그의 집이 어딘지도 모른다. 결정적으로 내 집도 이제는 사라졌다. 내게는 더 이상 돌아갈 곳도 머무를 곳도 없다. 설사 다시 불투명인간이 된다고 하더라도… 아니, 그렇게 된다면 더더욱….

그렇다고 전봇대마다 〈샤넬 No.5의 향을 풍기는 투명인간을 찾습니다. 서울 말씨. 변장할 가능성은 없습니다.〉라는 따위의 찌라시를 붙여 놓을 수도 없다. 그건 제보받을 전화기도 있고, 거처도 있고, 후사할 돈도 있어야 가능한 일이니까….

생각이 엉뚱한 쪽으로 빠지는 참에 문득 심장이 제 존재를 알린다. 심장이야 제자리에서 늘 뛰고 있지만 그게 의식될 때가 있다. 바로 지금처럼 둥당거릴 때가 그렇다. 그러고 보니 샤넬에 대해 아는 게 별로 없다. 엊그제 처음 만났고 그 전에는 이름을 들어본 적도 없다. 그런 존재가 있다는 걸 생각해 본 적도 없었다.

살아온 날의 90% 이상을 함께 해 온 부모님도 떠나갔고, 내 인생의 절반이라 여겼던 수이도 떠나갔다. 그런데 함께 한 시간이라고는 내 인생의 1/10000도 안 되고, 근본도 모르며, 심지어 얼굴도 모르는 인간의 단 한 마디에 내 인생을 좌우할 결정을 내리다니… 도대체 뭘 믿고….

나는 그제야 내가 진짜 범죄자가 됐다는 걸 실감했다. 그 이름도

어마무시한 탈주범이다. 수상한 투명인간의 꼬드김에 무작정 뛰쳐나온 덜떨어진 탈주범….

하하하하.

문득 웃음이 터졌다. 마침 횡단보도를 건너오는 사람들 때문에 소리도 못 내고 웃다보니 배가 다 아팠다. 나는 그렇게 웃기는 탈주범 얘기는 들어본 적도 없다. 경찰서에서 달아난 것이 첫 번째 범죄인 탈주범이라니….

알이 먼절까, 닭이 먼절까? 술자리에서 가끔 나오던 질문이다. 나는 때로 닭이라고 했고, 때로 알이라고 했다. 깊이 고민해본 적은 없었다. 치킨을 먹을 때는 닭 같고, 계란말이를 먹을 때는 알 같고… 뭐 그런 식이었다. 그래도 굳이 양팔 저울에 올려놓는다면 닭 쪽이 더 기울었다. 대략 2% 정도? 어미 없는 새끼가 어떻게 존재할 수 있다는 말인가?

하지만 누가 지금 다시 묻는다면 내 대답은 확고하다. 알이 먼저다. 내가 바로 그 알이다. 지은 죄도 없이 탈주한, 말하자면 어미 없는 알에서 태어난 것으로 꽤 유명한 박혁거세식 탈주범이 바로 나니까.

만약 내가 붙잡히고 살인의 혐의가 벗겨진다면, 이 터무니없는 탈주극은 페이소스 넘치는 코미디로 완성되겠지. 최형사가 내게 수갑을 채우며 이렇게 말할 테니까.

"좋아. 자네는 살인자가 아니야, 하지만 탈주범이라는 건 인정하지 않을 수 없을 거야. 그렇지?"

샤넬은 오지 않는다. 더 이상의 기다림은 무의미하다. 나는 혼자가 됐다. 이 순간부터 그걸 받아들여야 한다. 그리고 이제 떠나야 한다. 앞에 뭐가 있는지는 모른다. 끝이 어딘지도 모른다. 아마 내가 멈추는 거기가 끝이라는 곳이겠지. 거기에 닿을 때까지 나는 계속 가야 한다. 앞으로, 앞으로….

"다비도프…?"

느닷없이 나타난 투명인간의 목소리에 나는 화들짝 놀랐다.

"다비도프 쿨워터맨… 맞지?"

그건 샤넬의 목소리가 아니었다. 게다가 희미하기는 했지만 샤넬 No.5와는 전혀 다른 향이 풍겨왔다. 향기가 말했다.

"젠장, 도대체 무슨 짓을 한 거야? 자기 향수 정한지 얼마나 됐다고, 엉뚱한 향수를 입고 있다니…."

문득 오싹해졌다. 물론 나한테는 샤넬 No.5의 향이 배어 있었다. 최형사의 시나리오에서 주요한 소품으로 쓰인 이래로 줄곧…. 그런데 이 사내는 나를 어떻게 알아본 것일까? 어떻게 내가 다비도프 쿨워터맨이라는 걸 알고 있는 걸까?

낯선 향기가 슬금슬금 다가오며 말했다.

"나야 나. 기억 안 나? 이거 대실망인데…."

칙칙, 효과음과 함께 사내의 향기가 짙어졌다.

"이래도 모르겠어? 나라구, 나. 젠장. 나 존바바토스 아티산맨오드뚜알렛이야."

"아… 존바…씨."

어렴풋하게 기억이 났다. 엊그제 모임에서 인사를 나누며 '이 이름은 절대로 못 외울 거야.'라고 생각했던 예순세 개의 이름 중 하나였다.

"여긴… 어쩐 일이세요…?"

"어쩐 일은 뭐가 어쩐 일이야. 경찰서에서부터 계속 쫓아 왔구만. 육상선수 출신이야? 뭐가 그렇게 빨라?"

나는 언제든 달아날 수 있도록 몸을 한껏 웅크렸다. 언젠가 내 생활신조를 말한 적 있는데, 누군가 쫓아오면 나는 뛴다. 쫓아 올만 하니까 쫓아오는 거다. 이유 같은 거 나중에 천천히 생각해 보면 된다.

마침 코앞 횡단보도의 신호등이 빨간불로 막 바뀌려는 참이었다. 누구나 그렇지만 투명인간은 길을 건널 때 정말 조심해야 한다. 운전자의 방어운전 같은 거 절대로 기대할 수 없으니까. 도로로 뛰어들면 절대로 쫓아오지 못할 거다. 그럼, 내 안전은…? 낯선 사람이 경찰서에서 여기까지 쫓아왔다는데 그 정도 위험은 감수해야지.

나는 다리를 슬쩍 옆으로 뺐다. 존바바토스 아티산맨오드뚜알렛이 한발 더 다가섰을 때, 나는 속으로 지금이다! 라고 외쳤다. 그리고 그대로 돌진! 하려는 순간… 뭔가 거대하고 단단한 것이 머리에 닿았다. 그것은 존바바토스 아티산맨오드뚜알렛의 왼쪽 가슴이었다. 그 사내는 컸다. 위로도 그랬고 옆으로도 그랬다. 존바바토스 아티산맨오드뚜알렛이 "뭐해?" 하고 물었고 나는 "아뇨… 크시네요." 하고 얼버무렸다.

존바바토스 아티산맨오드뚜알렛이 말했다.

"위원장님께서 보내셔서 왔어. 당신이 체포됐으니 가서 만나보라고 하셨거든."

위원장님이라고 하면 불가리 익스트림옴므를 말하는 거다.

"위원장님이 왜 저를…?"

"왜긴 왜겠어? 도와줄 거 없는지 알아보라는 거지."

"저를요? 저를 도와줘요…? 왜요?"

"왜는 왜야…? 당연히 도와야지. 한 식구나 마찬가진데…."

울컥했다. 아무리 같은 처지라고는 해도 서로 알게 된 지 얼마나 됐다고.

"조금 늦은 것 같긴 하지만, 위원장님 말씀을 먼저 전할게."

"…그게 뭐죠?"

"경거망동하지 말고, 차분히 기다리라고 하셨어. 물론 여기 말고, 경찰서에서."

그야말로 청천벽력 같은 소리였다. 그런 막중한 임무를 띤 사람이 왜 이제야 나타난단 말인가. 왜 내가 그 소리를 여기, 경찰서 밖에서, 총소리까지 듣고 난 후에 들어야 한단 말인가? 내가 따지자 존바바토스 아티산맨오드뚜알렛이 오히려 항변했다.

"나 아까 새벽에 왔거든? 그리고 오자마자 경찰서를 싹 뒤졌거든? 근데 당신 없었거든?"

"저 있었거든요? 어제 점심때부터 계속 경찰서에 있었거든요? 한 사람의 인생이 걸린 문젠데 어쩜 그렇게 무책임할 수가 있습니까?

경찰서가 몇 만 평이나 되는 것도 아니고, 내가 있을 데야 뻔한데 이왕 찾아보는 거, 제대로 찾아보셨어야죠."

"찾을 만큼 찾아봤다구. 전부, 싹, 다! 당신 강력3팀 사무실에 있었잖아. 그치? 문하고 반대편 저 구석쟁이에 간이식 침대 펴놓고 자고 있었잖아, 맞지?"

이건 또 무슨 뚱딴지같은 소리란 말인가? 그렇게 정확하게 알고 있었으면서 왜…?

"나 거기 갔었거든? 두 번이나 갔었거든? 근데 다비도프 없었거든?"

"그건 또 무슨 말씀이세요? 조금 전에는 분명히… 거기 와본 사람처럼…."

"갔었다니까, 글쎄. 나는 위원장님 명령대로 다비도프 쿨워터맨을 찾아 헤맸어. 근데 없더라구. 그 대신 엉뚱하게 샤넬 No.5가 거기서 자고 있는 거야. 나는 그 변태자식이 왜 거기서 그러구 있나 했지. 샤넬 No.5가 다비도프 쿨워터맨인 줄 내가 어떻게 알았겠냐구!"

허탈해서 맥이 쫙 빠졌다. 불투명하던 시절에도 그런 적은 없었다. 없는 사람 취급은 숱하게 당했을지언정, 다른 사람으로 오인 받지는 않았다. 다비도프 쿨워터맨이라는, 다른 사람들과 뚜렷하게 구분 되는 특별한 개성을 처음으로 갖게 됐는데… 그 개성을 써보지도 못하고 다른 사람으로 오인되다니….

갈수록 샤넬이 원망스러웠다. 모든 길목에 샤넬 No.5가 버티고 서 있었다. 따지고 보면 그 녀석 때문에 최형사의 의심을 샀고, 그의 존재를 덮어주려다 혐의가 커졌고, 생각도 못 한 도움의 손길이 그로 인해 물거품이 돼버렸다. 게다가 날 이 지경으로 만들어놓고 그는 사라져버렸다. 단 한 번 인사만 나눴을 뿐인 이 거대한 투명인간도 쫓아왔는데….

존바바토스 아티산맨오드뚜알렛의 설명이 이어졌다.

"…그냥 가기가 뭐해서 로비에서 서성대고 있었는데… 야, 얼마나 황당하던지…. 이번엔 샤넬 No.5가 두 명인 거라. 한참이나 멍때리다가 그제서야 알았다니까. 아, 그렇게 된 거구나… 하구."

"그래서… 샤넬은 어떻게 됐어요…?"

"그야 나도 모르지. 당신이 소리쳤잖아. 뛰어! 그 소리를 듣고는 정신없이 당신을 쫓아왔으니까. 내가 먹는 건 3인분이라도 몸은 하나거든. 아, 이러다 너무 늦겠다."

존바바토스 아티산맨오드뚜알렛이 느닷없이 내 몸에 향수, 다비도프 쿨워터맨을 뿌렸다.

"왜 이러세요? 뭐하시는 겁니까?"

"그런 꼴로 위원장님한테 갈 수는 없잖아, 안 그래?"

23

존바바토스 아티산맨오드뚜알렛를 따라간 곳은 뜻밖에도 주변 건물의 지하주차장이었다. 가까이 다가가자 삑, 소리와 함께 벤틀리가 눈을 깜박였다. 불투명한 운전기사는 딸려 있지 않았다. 내가 쭈뼛대자 운전석에 앉은 존바바토스 아티산맨오드뚜알렛이 말했다.

"괜찮아, 썬팅이 짙어서 안이 잘 안 보이니까. 그리구 경찰도 이런 차는 안 잡아."

"그래도 검문이라도 당하면…."

"숨죽이고 있으면 돼. 경찰이 문을 열어봐도 차에 사람이 안 보이잖아. 그럼 운전자가 도망갔다 생각하고 주변을 막 뒤지거든. 그때 도망치면 돼."

나무랄 데 없는 설명이었다. 경탄스러웠다. 누군가 말했다. 세상에는 딱 두 가지 종류의 인간이 있다고. 나는 그 말에 진심으로 동의한다. 세상에는 딱 두 가지 종류의 인간이 있는데 투명하다는 사실을 현명하게 활용하는 투명인간과 그렇지 못한 나머지 인간들이다. 존바바토스 아티산맨오드뚜알렛은 전자인 것 같다. 그리고 그가 속해있는 그 현명한 투명인간 동료들이 지금 나를 도우려고 손길을 내민 것이다.

차는 서울 경계를 지나 강을 옆구리에 끼고 한참을 달렸다. 나는 오랜만에 만나는 시원스러운 풍경에 눈을 둔 채 연신 가슴을 쓸어내렸다.

만약 이 사태가 하루나 이틀 전에 벌어졌다면 나는 어떻게 됐을까? 아니, 지난 3년 반 동안 그랬던 것처럼 이번에도 불가리 익스트림옴므의 편지를 무시하고 모임에 나가지 않았다면….

나는 이제 알 것 같았다. 사람들이 왜 동창회를 찾고, 이런저런 모임을 만들고, 힘 있는 사람들의 뒤에 서려고 눈치를 보고 줄을 서려고 왜 그렇게들 안달을 하는지…. 내편이 있다는 것은 특별한 느낌이었다. 마치 안 먹어도 배가 부르다고 할 때의 그 든든함이라고 할까.

"저기야."

존바바토스 아티산맨오드뚜알렛이 말했다. 가리키는 손가락이 안 보여서 정확히는 알 수 없었지만 오른쪽에 펼쳐진 숲 속 어디인 것 같았다.

"위원장님은 언젠가 저 집을 우리 투명한 식구들을 위해 내놓겠다고 하셨어. 그래서 우리 식구들이 불투명인간들 눈치 안 보고 찾아 올 수 있도록 특별하게 신경 써서 고르셨대."

불가리 익스트림옴므의 저택은 마을과 뚝 떨어진 숲 속에 있었다. 게다가 정원수들이 교묘하게 건물을 가리고 있어서 언뜻 봐서는 집이라기보다는 숲의 일부 같았다. 말하자면 주민들의 시선으로부터 완전히 독립된 공간이었다.

하지만 투명한 식구들이 이곳으로 찾아오는 건 그리 쉽지 않을 것 같았다. 투명한 식구들이 다들 벤틀리를 몰고 다니는 건 아니니까.

안으로 들어가자 볕이 잘 드는 널찍한 거실이 나왔다. 살림살이들을 일일이 감상할 만큼 여유로운 처지는 아니었지만 도저히 외면할 수 없는 두 가지가 있었다.

하나는 거실 한켠에 서 있는 전신거울이었다. 상하좌우로 각도를 조절할 수 있도록 고안된 것이었는데, 그 맞은편에 클린트 이스트우드, 존 웨인, 찰톤 헤스턴 등등 한 시대를 풍미한 할리우드 배우들의 커다란 사진이 붙어 있었다. 각도를 잘 맞추면 각각의 배우가 거울 바로 앞에 서 있는 것처럼 비쳤다. 그러니까 불가리 익스트림옴므는 이 거울 앞에서 자신의 투명한 몸을 통과해 비춰 보이는 저 스타들을 통해, 자신의 잃어버린 로망을 보상받고 있는 것이겠지. 불가리 익스트림옴므의 투명인간 생활은 나와는 달리 꽤나 안정적인 것 같다. 보이지 않는 자신을 할리우드의 저 기라성 같은 배우들로 등치시킬 수 있다는 건 적어도 자신의 투명성을 충분히 인정하고 있다는 얘기니까.

나는 달랐다. 나는 때때로 악몽에 시달리면서도 거울 속 절규와 헤어지지 못했다. 나라고 왜 화장실 벽에서 그 흉물스러운 그림을 떼어내고 대신 근사한 사진을 걸고 싶은 때가 없었을까? 하지만 그 생각을 하면 마음이 불편했다. 내가 다시는 불투명인간으로 돌아갈 수 없다는 걸 인정해버리는 것 같아서였다. 언제 어떻게 불투명한 인간으로 돌아갈 수 있을지는 알 수 없었지만, 내가 영원히 투명인간으로 살아야 한다고는 믿고 싶지 않았다. 그러고 보니 '절규'의 그 남자가 짓고 있는 표정은… 꼭 어이없이 투명인간이 되어버린 나의 심정을 대변하는 것 같기도 했다. 나는 절대, 진짜 투명인간이 아니야…. 그 남자는 그렇게 외치고 있는 것 같기도 했다. 나는 안정적이고 착실한 투명인간 생활 대신 악몽에 시달리자고 생각했다.

불가리 익스트림옴므의 전신거울에 비친 찰톤 헤스턴을 가만히 보고 있자니 문득 '별 희한한 놈도 다 있네.' 하는 생각이 들었다. 물론 찰톤 헤스턴 말고, 나한테. 불투명인간이었던 과거지사 따위 이미 오래전에 까맣게 잊어버린 채 살아가는 주제에 투명인간이라는 현재도 받아들일 수 없다니…. 과거도 없고, 현재도 없는 인간…. 나는 그러니까, 미래에만 있는 인간이라는 건가? 아, 모르겠다. 지금 같은 엄중한 상황에서 파고들어 가기엔 너무 복잡하다.

불가리 익스트림옴므의 거실에서 또 하나 내 눈길을 사로잡은 것은 한쪽 벽에 걸려 있는 커다란 그림이었다. 눈길만 사로잡은 게 아니라 아예 나를 그 앞으로 빨아들였다.

"어때, 그림 좋지?"

어느새 내 곁으로 온 불가리 익스트림옴므가 은근히 으스대며 말했다. 솔직히 그 자리에 거드름을 피울 사람이 있다면, 그건 불가리 익스트림옴므가 아니라 나였다. 그 그림은 나 아니면 나올 수 없는 작품이었다. 그건 바로 내 투명함과 코피를 소재로 탄생한 조화백의 〈그리하여 다시, 아름다운 불투명 – 군무〉였으니까.

여전히 빼기며 흠흠… 콧소리를 내던 불가리 익스트림옴므가 문득 놀란 듯한 목소리로 말했다.

"…그러고 보니 이 그림에서… 자네가 느껴져…. 말로는 표현할 수 없지만 뭐랄까… 저 텅 빈 공간 어딘가에 자네가 들어앉았을 것만 같은…?"

나야말로 소스라치게 놀랐다. 내가 조화백의 그림 모델이었다는 사실은 조화백과 나만 알고 있는 비밀이었으니까. '과연 명작은 명작이구나. 식견을 갖춘 사람은 그림 속의 투명인간을 볼 수 있는 모양이네. 게다가 그게 나라는 것까지…?' 내가 그런 생각을 하고 있을 때, 불가리 익스트림옴므가 껄껄 웃음을 터뜨렸다.

"조화백이 자네를 어떻게 찾아냈을까? 그거 생각해 본 적 없나?"

물론 생각해 봤다. 아주 잠깐 동안이지만. 우리 동네만 해도 내 상태를 아는 사람이 적지 않으니 건너 건너서 알아냈겠지, 하고 넘겼던 거였다. 하지만 이제 생각해보니 그럴 가능성은 희박했다. 투명인간에 관한 한 사람들의 입은 무거웠다. 적어도 언론들만큼은. 엇

그제 모여든 투명인간들의 숫자만 생각해도 그건 분명했다. 그 정도의 인원이 같은 하늘 아래 살고 있다면, 적어도 투명인간인 내 귀에는 들려왔어야 했다.

언론이야 조직적인 통제 때문에 그렇다지만 평범한 사람들은 왜 우리, 투명인간의 얘기를 꺼리는 걸까? 며칠 전까지라면 거기에 대해 할 말이 없었겠지만 이제는 조금 알 것 같다. 모임에서 느꼈던 건데 보이지 않는 사람 앞에서 말을 하는 게 그리 쉽지는 않았다. 나도 모르게 말을 가렸다. 내 얘기를 언제 누가 와서 엿듣고 있는지 알 수 없는 노릇이니까.

"위원장님이… 저를 소개하신 건가요?"

"그랬다네."

"감사합니다. 잘 알지도 못하는 제게 그렇게 호의를 베푸시고… 감사합니다. 정말로."

"감사는 뭘… 같은 처지의 사람들끼리 서로 돕고 나누는 게 당연한 거지."

가슴이 뭉클했다. 늘 혼자라고 생각했지만 알고 보니 내가 키다리 아저씨의 보살핌 속에 있었던 것이 아닌가? 불가리 익스트림옴므에게는 별일 아닐지도 몰랐지만, 그건 내게 진심으로 고마운 일이었다. 하루하루 먹고살기가 팍팍했던 처지에 조화백의 모델 일은 정말 구원의 동아줄 같은 거였다. 투명의 메시지를 저 혼탁한 세상에 전한다는, 그러니까 그 작업의 의미도 무척이나 각별했던 것이지만, 매번 갈 때마다 조화백이 주던 봉투가 기대 이상으로 두툼

했던 것도 내겐 남다른 의미였다. 돌이켜보면 그 때문에 더, 마지막 코피사건이 안타까웠던 건지도 모르겠다. 세상이 넓은 것 같으면서도 좁다더니 정말 그렇다. 불가리 익스트림옴므와 조화백이 아는 사이라니… 아는 정도가 아니라 아마도 친분이 꽤나 두텁겠지. 그렇지 않고서야 잘 알지도 못하는 나를 불쑥 소개해줄 수 없었을 테니까. 이런 내 생각을 읽고 있기라도 하듯 불가리 익스트림옴므가 혼잣말처럼 불쑥, 중얼거렸다. 그런데 그게 의외였다.

"사실… 조화백 전화를 처음 받았을 땐 나도 좀 의아했었지…."

"네?"

"내 동창생은 조화백이 아니라 죽은 그 쌍둥이 동생이었거든."

"아… 조화백님이 쌍둥이였군요…."

"그렇다네…. 참 희한도 하지? 고작해야 3분인가 4분 차이로 태어났다는데, 두 인생은 어쩌면 그렇게도 천지 차이였는지…. 죽은 내 친구는 뭐랄까… 무척 재능이 많은 친구였는데 말야…. 평생 자리를 못 잡고 방황했더랬어. 나중에 듣자니 노숙자로 생을 마감했다더군…."

"아…네…."

의외이긴 했지만, 굳이 따지자면 나와 상관없는 이야기였다. 그런데도 내 마음이 쿵 내려앉았다. 그도 그럴 것이 나는 지금 막 투명인간으로 전락해 자살해버린 한 사람의 인생을 보고 듣다가, 거기에 얽혀들어 버린 것이었다. 지금 또 다시 막장까지 몰려서 죽어버린 인간의 이야기를 듣고 있자니 그게 어쩐지 내 앞길까지 암울하게 만드는 것만 같아서 찜찜했다. 얼른 화제를 바꿔주었으면 좋겠는데 불가리 익스트림옴므는 아직 그러고 싶지 않은 것 같았다.

"자네 그거 알고 있나?"

"네? 뭘…?"

"사람한테는 누구나 세 번의 기회가 온다네. 인생은 공평한 거거든. 그런데 누군가는 그걸 다 붙잡고 누군가는 그걸 다 놓치지."

"그 세 번을 다 잡는 사람은 무척 운이 좋은 사람들이겠네요…."

"그렇지. 하지만 그렇게 운이 좋은 사람은 드물다네. 그 세 번의 기회 중에 단 한 번이라도 제대로 잡는다면 그 사람은 성공할 수 있다네."

"네… 그렇군요…."

"조화백은 아마도 세 번의 기회 중에 적어도 두 번 혹은 세 번 모두를 잡은 사람일 거야. 하지만, 죽은 나의 동창, 그러니까 조화백의 동생에게도 똑같이 기회는 왔을 걸세. 안타깝게도 그 중에 하나도 잡지 못한 거지. 그렇지 않다면 그렇게 비참한 죽음을 맞지는 않았겠지. 다비도프군, 자네는 어떤가… 기회가 몇 번이나 남은 것 같은가?"

그러게. 나는 어떻지? 내게도 기회란 게 있었나? 물론 있었다. 아마도 그건 첫 번째 기회였을 거다. 주인공으로 처음 무대에 섰던 그때 말이다. 물론 나는 그 기회를 잡지 못했다. 투명해져 버렸으므로. 하지만 그 기회를 잡지 못한 게 내 탓일까…? 그리고 두 번째 기회는… 그런 건 오지 않았다. 아니, 어쩌면… 혹시… 나 모르게 왔다 간 건 아닐까…? 두서없는 생각들이 머릿속을 오락가락했고 나는 점점 마음이 불편해졌다. 굳이 말하자면 나는 조화백 보다는 죽은 그 동생 쪽에 가까운 사람이 아닐까하는 쪽으로 마음이 기울어갔고 그런 생각은 나를 힘들게 했다. 고맙게도 불가리 익스트림옴므가 나를 구해주었다.

"아이쿠, 내 정신 좀 보게. 이런 한가한 얘기나 하고 있을 때가 아니지."

그렇지. 잊을 뻔했다. 나는 그렇게 한가한 처지가 아니었다. 그 이름도 거룩한 탈주범이 아니던가?

24

불가리 익스트림옴므가 나를 소파로 안내하며 거의 경쾌하게 들리는 음성으로 말했다.

"여보게 다비도프, 그거 알고 있나? 자네는 말야, 자기 향수가 정해진 후 최단시간에 문제를 일으킨 투명인간이라네. 이전 기록을 어마어마한 차이로 경신했지. 하하하."

따라 웃어야 하는 건지 민망해서 몸을 움츠려야 하는 건지 가늠이 잘 안 됐다. 나는 아직 표정없이 나누는 투명인간끼리의 대화에 익숙하지 않았으니까.

"자, 설명해보게. 대체 어떻게 된 일인가?"

이번에는 불가리 익스트림옴므가 진지한 것임에 분명한 목소리로 물었고, 나는 심호흡을 했다. 그건 분명 제법 긴 이야기가 될 테니까. 그리하여 나는 최형사에게 그랬던 것처럼 모든 사실을 숨김 없이 털어놓았다. 물론 샤넬에게 들은 옥상에서의 이야기까지 포함해서. 이야기를 마쳤을 때 내 몸은 땀으로 흥건히 젖어있었다. 작은 일 하나까지 빼놓지 않으려고 그야말로 혼신의 힘을 다했던 것이다.

"흠…."

불가리 익스트림옴므가 몇 번이나 콧숨소리를 내더니 이윽고 입을 열었다.

"어떻게 된 건지 대충 알겠네. 그런데 말이야… 내가 진짜 궁금한 건 이걸세. 자네… 왜 도망을 친 건가?"

당황스러웠다. 내 이야기의 주제이자, 요지이자, 제목이 바로 그거였다. '내가 달아날 수밖에 없었던 이유.' 그런데 한 시간이 넘도록 흠흠, 진지하게 들어놓고선 심사숙고 끝에 하는 말이 도돌이표라니… 어쩐지 섭섭한 기분이었다. '그렇게 된 거였군. 이제 알겠네. 그럼, 그런 상황에서라면 누구라도 탈출을 하지 않을 수 없었을 거야, 그렇고말고….' 뭐 이런 반응까지는 아니더라도 최소한 나의 답답하고 기막힌 상황에 대해서만큼은 공감해줘야 하는 거 아닌가? 그런데 불가리 익스트림옴므의 목소리나 말투는 여전히 자상하고 품위 있었지만 거기엔 그 어떤 공감이나 안타까움도 묻어있지 않았다. 표정이 보이지 않아도 그 정도는 알 수 있었다. 불가리 익스트림옴므는 내가 상상했던 것보다 차가운 사람일지도 모르겠다는 생각이 들었다. 어쨌든 나는 내가 도망쳐야 했던 이유를 시시콜콜 다시 설명할 기운이 없었다. 나는 그럴 수밖에 없었던 내 심정을 한마디로 요약했다.

"저는 억울합니다."

"억울하다… 억울하다… 말해보게, 뭐가 그렇게 억울하던가?"

얼굴이 후끈 달아올랐다. 갈수록 태산이라더니 이 반응은 또 어떻게 이해해야 하는 거지…? 혹시 이 양반 귀가 어두운 건 아닐까? 음음, 목소리를 키우려는데 익스트림옴므가 먼저 말했다.

"내 말은 다비도프군, 그렇게나 억울하다고 할 거였으면 애초에 이런 일에 연루되지 말았어야 한다는 얘길세."

"하지만 이미 말씀드렸다시피, 저는 아무 짓도 안 했습니다."

"아무 짓도 안 한 게 자랑인가?"

"예?"

"무슨 짓이라도 했어야지. 일이 이렇게 되도록 내팽개쳐두었다가 이제 와서 억울하다고 해서 그게 무슨 소용이냐 이 말일세."

나는 점점 더 기가 막히고 억울해졌다. 다른 사람도 아니고 키다리 아저씨한테 아무 잘못도 없이 두들겨 맞는 기분이었다.

"…하지만 저는 정말로 할 수 있는 일이 없었습니다."

"할 수 있는 일이 없었다고?"

"그러니까 그건… 최형사 마음속에서 일어난 일입니다. 최형사는 이미 시나리오를 짜 놓았고, 제 주변에서 일이 생기니까 그 시나리오에 저를 억지로 구겨 넣은 거라 이 말입니다."

"자네가 그 사람 마음속에 들어가 보기라도 했나? 어떻게 그렇게 잘 알아?"

"자기 입으로 직접 한 얘기니까요. 너는 모기다. 니가 무슨 짓을 하든 나는 너를 교도소에 집어넣을 거다. 그렇게요."

"그거… 확실한 건가?"

"확실합니다."

불가리 익스트림옴므가 다시 콧숨 소리를 냈다. 흠, 흠… 이제야 말로 내가 얼마나 억울한 처지에 놓였는지 이해했겠지… 나는 생각했다. 당연히 그래야 했다. 하지만 당연히 그래야 한다고 새로 실제로도 그리되는 것은 아니었다.

"나는 도무지 이해할 수가 없구만. 최형사에 대해 그렇게 확실하게 아는 사람이, 어떻게 아무 짓도 안 하고 있을 수가 있지?"

"제가… 무슨 일을 했어야 하는데요…?"

"…당황스럽구만. 젊은 사람이 어쩜 그렇게 말귀가 어두운가? 내 말을 듣기는 듣고 있었던 건가?"

"네?"

"자네가 최형사를 피해 도망치려는 노력의 반, 아니 그 반의반만이라도 그 사람의 입장을 이해하고, 그 사람의 마음을 얻으려는 노력을 해봤냐 이 말일세."

"…제가 왜 그래야 하는데요?"

"제가… 왜 그래야 하는데요? 제가, 왜, 그래야, 하는데요? 하!"

"왜 저한테 이러십니까? 저는 정말 억울합니다. 비난받을 사람은 제가 아니라 최형삽니다!"

나는 마침내 참지 못하고 발칵 화를 냈다. 그러자 불가리 익스트림옴므는 예의 그 부드럽고 신사적인 목소리를 거두고 짜증 섞인 목소리로 질타했다.

“제발 그 남 탓 좀 그만하게! 최형사가 아니라면, 세상에 최형사만 없다면 이런 일이 벌어지지 않았을 거 같은가? 최형가 아니면 김형사가 그랬을걸? 김형사가 아니면 이형사가 그랬겠지. 그게 세상이야. 그게 자네가 살고 있는 현실의 세상이라 이 말일세! 쯧….”

악몽이다. 나는 악몽 속에서 다시 악몽을 꾸는 기분이었다. 투명인간들의 대표, 나의 키다리아저씨는 이 모든 일이 다른 누구도 아닌 내 탓이라고, 지금 그렇게 말하고 있는 거다. 그렇다면 나는… 앞으로 나는… 대체 어떻게 되는 것일까…. 머릿속에 웽~ 싸이렌이 울었다. 어쩔 줄 몰라 멍하고 있는데 그 동안 기척조차 없었던 존바바토스 아티산맨오드뚜알렛이 느닷없이 끼어들었다.

“저, 위원장님. 박형사라면 더 하지 않았을까요?”

그게 대체 무슨 말… 싶은데 훅, 불가리 익스트림옴므의 콧바람이 느껴졌다. 심지어 나조차도 웃을 뻔했다. 짧지만 무거운 정적이 흘렀다. 그 틈을 타서 존바바토스 아티산맨오드뚜알렛이 다시 말했다.

“그… 그 왜 있지 않습니까… 마포 경찰서에서 근무했던… 그 박형사라면 훨씬 더 심하지 않았을까 싶어서….”

불가리 익스트림옴므가 짜증스럽다는 듯 말을 잘랐다.

“게스 맨나이트는 어떻게 됐나?”

“전화를 몇 번이나 걸었는데, 전원이 꺼져 있습니다.”

“계속 연락해봐. 어떻게든 찾아내게. 엉뚱한 소리는 그만하고.”

"예, 위원장님."

풀죽은 존바바토스 아티산맨오드뚜알렛의 목소리가 사라짐과 동시에 그의 향기도 멀어져갔다. 불가리 익스트림옴므는 테이블에 놓여 있던 물컵을 단숨에 비웠다. 그리고 말했다. 그의 목소리는 다시 원래의 온화한 신사로 돌아와 있었다.

"이보게 다비도프 쿨워터맨군…. 우리 투명인간들은 외부의 시선에 대단히 취약하다네. 이런 일이 생기면 자네 하나가 아니라 우리들 전체가 위기에 처하게 돼 있다 이 말일세. 그래서 내가 서둘러 전갈을 보냈던 거야. 경거망동하지 말고 때를 기다리라고."

"저는 경거망동을 했다고는 생각하지 않습니다."

"착각하지 말게. 여기는 자네의 세상이 아니야. 불투명인간들의 땅이라네. 이곳에서 우리가 살아갈 수 있는 힘이 뭔 줄 아나? 희망이야…. 비록 밑바닥에서 전전긍긍하며 살고는 있지만 그래도 우리가 발 딛고 살아가는 이 발판마저 사라지지는 않을 거라는 믿음…. 그 희망마저 사라진다면 우리는…."

"그게… 희망인가요?"

"당연히 희망이지."

"그게 어떻게 희망일 수 있죠?"

"그게 바로 우리 투명인간들의… 현실적인 희망이라네. 그리고 저들은 언제든 이 발판을 걷어차 버릴 수 있는 힘을 가진 존재들이지…."

"우리는 저들의 호의를 구걸하며 기생하는 존재들이고요?"

불가리 익스트림옴므는 대답하지 않았다. 부정하지 않았으므로 그 침묵은 긍정이었다. 나는 숨이 막혔다. 머릿속이 용암을 품은 화산분화구라도 된 것처럼 부글부글 끓는 기분이었다. 흠흠 몇 번 목청을 추스르던 불가리 익스트림옴므가 말했다.

"게스 맨나이트는 언제 만나기로 했나?"

"그게… 누구죠?"

"샤넬 No.5 그 변태자식 말이야."

어느새 다시 곁으로 와있었던지 존바바토스 아티산맨오드뚜알렛이 냉큼 나섰다.

"위원장님은 샤넬의 'ㅅ'자도 못 견뎌하셔. 향수 심의위원회에서 정해 준 향수를 버리고 제멋대로 쓰는 향수거든 그게. 그것도 다른 향수 다 놔두고 하필이면 여자 향수를…."

불가리 익스트림옴므가 말을 잘랐다.

"게스 맨나이트를 만나거든 잘 설득해서 같이 경찰서로 가게. 뒷일은 나한테 맡기고…."

"싫습니다. 그럴 거면 거기서 뛰쳐나오지도 않았습니다."

"아직도 못 알아듣겠나? 이건 선택의 문제가 아니고 투명인간 사회의 일원으로서 자네가 마땅히 감당해야 할 의무야."

"…제가 그 의무를 저버린다면요…?"

"그건 그때 가보면 알게 되겠지."

나는 자리를 박차고 일어났다. 더는 앉아 있을 이유가 없었다.

"여보게, 다비도프 쿨워터맨군… 자네 혼자, 혹은 그 친구랑 둘이

서 언제까지 갈 수 있을 것 같은가? 우리 투명인간들까지 적으로 돌려세운 채 살아가기에… 인생은 그리 짧지가 않다네."

머릿속에선 뛰쳐나가라고 외쳐댔지만 좀처럼 걸음이 떼어지질 않았다. 불가리 익스트림옴므가 샤넬의 주소를 챙겨주며 말했다.

"자네한테 스물네 시간을 주지. 선택은 자네 자유야. 하지만 기억해두게. 이건 어쩌면 자네한테 온 두 번째, 혹은 세 번째 기회일 수도 있다네."

25

샤넬의 집으로 가는 길은 험난했다. 경사가 급한 언덕길을 한참이나 올라가야 했던 것도 그랬지만, 고만고만한 집들이 얽혀 있어 찾기가 여간 힘든 게 아니었다. 남들처럼 스마트 폰을 이용할 수 있다면 다소 도움이 됐겠지만, 그건 애초에 투명인간용으로 개발된 물건이 아니었다. 결정적으로 손에 쥐고 있으면 안 보였다. 지나가는 사람을 붙잡고 물어보자니, 길눈 밝고 친절해 뵈는 사람은 좀처럼 눈에 띄질 않았다. 천신만고 끝에 찾아낸 샤넬의 집은 낡디낡은 주택의 옥탑방이었다.

집에는 아무도 없었고, 문은 잠겨 있지 않았다. 하지만 나는 사과 상자보다 조금 더 큰 그 네모난 집의 네모난 문 앞에서 하염없이 서성대고만 있었다.

'어쩌다 여기까지 오게 된 것일까?'

나는 세상에 바라는 게 그리 많지 않았다. 누구에게든 내 편이 돼 달라고 사정하지도 않았다. 나를 무시해도 좋으니 그저 조용히 내버려 두기만을 원했다. 그런데 왜? 어쩌자고 세상은 나를 벼랑 끝으로만 내모는 것일까? 잊어버리고 싶었지만 불가리 익스트림옴므가 했던 말들이 귀에서 떠나지 않았다. 불투명인간들의 쥐콩만 한 호의만이 우리의 희망이라던, 내가 이런 일들을 겪고 있는 이유는 오로지 불투명인간세상이 정한 게임의 법칙을 알려고도 지키려고도 하지 않았기 때문이라던…. 분하고 억울해서 터져버릴 것 같던 머리와 심장이 점점 식어가면서, 마침내는 그 늙고 노련한 투명인간 대표의 말이 맞을 수도 있다는 생각이 들었다. 인정하긴 정말 싫었지만, 진실은 대개 가혹한 법이니까.

해가 기울면서 하늘이 벌겋게 물들었다. 언덕 꼭대기 옥상에서 바라본 불투명 세상은 고즈넉하고 평화로웠다. 다만 추웠다. 마음도, 몸도. 잠시 후엔 몸이 더….

결국 추위에 쫓겨 샤넬의 방으로 기어들어 갔다. 두세 평이나 될까… 방은 작았지만 정갈했다. 워낙 살림이 단출했다. 옷가지 몇 개와 서너 권의 책, 노트북 하나, 그 모든 것을 담을 수 있는 배낭 하나, 그리고 개켜놓은 이부자리 한 채가 살림살이의 전부였다.

하지만 그곳이 여행지의 숙박업소가 아니라 누군가가 살고 있는 집이라는 사실을 알려주는 물건이 한 가지 있었다. 한쪽 벽을 거의 가득 메우다시피 한 사진들이었다. 아마도 불투명인간 시절의 샤넬임이 틀림없을 한 소년이 거기에 있었다. 샤넬의 생김새에 대해 깊이 생각해 본 적은 없지만, 나는 왠지 마르고 날카로운 인상을 떠올렸었다. 그의 태도와 말투에서 받은 느낌이 그랬다. 하지만 내 예상은 보기 좋게 빗나갔다. 세월이 멈춰버린 사진 속에서 샤넬은 하얀 피부에, 발그레한 볼이 인상적인 미소년이었다.

내 눈길을 보다 오래 붙들어 둔 것은 일련의 가족사진이었다. 그건 '가족사진' 하면 으레 떠올리게 되는 지극히 전형적인 사진들이었다. 누군가가, "자자, 조금 전에 싸웠던 건 다 잊고 지금 이 순간만은, 김치~" 하고 찍은. 그런데 똑같은 인물들이 똑같은 구도로 2, 3 년에 한 번씩 찍은 사진들이 나란히 줄을 서듯 붙어 있었다. 그건 말하자면 샤넬 가족의 역사였다.

첫 사진에서 샤넬은 초등학교 1, 2학년으로 보였다. 어머니와 아버지는 각자 1인용 의자에 앉아 있었고 샤넬은 그 사이에 서 있었다. 그리고 그 양 옆에 누나로 보이는 두 소녀가 서 있었다. 둘 다 교복을 입고 있었다. 왼쪽, 샤넬의 손을 꼭 쥐고 있는 큰누나는 중3이었고 작은누나는 중1이었다. 얼른 누나들만큼 자라고 싶었던지 꼬마 샤넬은 까치발에 고개까지 한껏 치켜들고 있다. 늦둥이 샤넬의 사내아이다운 바람은 오른쪽으로 가면서 실현되고 있었다. 세 번째 사진에서는 벌써 누나들과 거의 같은 키가 되었고 그다음 사진부터는 누나들보다 목 하나가 더 솟아 있었다. 그리고 여덟 번째 사진에서… 샤넬이 서 있던 자리는 비어 있었다. 샤넬이 늘 서 있던 그 자리에 있었던 것은 분명했다. 늘 왼쪽에 서 있는 큰누나의 손이 보이지 않는 누군가의 손을 꼭 쥐고 있었으니까. 사진의 흐름으로 봤을 때 샤넬이 열여덟이나 열아홉 남짓한 때였다. 그러니까 샤넬은 고등학교를 졸업할 무렵에 투명인간이 되어버린 것이었다. 그다음 사진에는 어머니의 자리가 치워져 있었다. 자세히 보니 배경 벽에 어머니의 영정사진이 붙어 있었다. 가족사진은 거기까지였다.

문득 불가리 익스트림옴므가 샤넬을 못마땅해 하는 이유를 알 것 같았다. 두 사람은 도저히 어울릴 수가 없었다. 불가리 익스트림옴므는 현실에 살고 있고, 샤넬은 불투명했던 시절을… 그 지나가버린 과거로 회귀할 길을 찾아 한없이 떠돌고 있으니까.

샤넬은 좀처럼 돌아오지 않았고, 나는 샤넬의 노트북을 열었다. 비밀번호는 걸려있지 않았다. '살인 피의자 경찰서에서 도주' '시민들의 안전에 심각한 위협' '한심한 경찰, 범인을 눈앞에서 놓쳐' 따위의 헤드라인을 떠올리며 인터넷을 검색했지만, 내 탈주를 다룬 기사는 눈에 띄지 않았다. 그와 관련된 기사는 딱 하나였다. '경찰서에서 총기 수리 중 오발 해프닝' 하지만 잠시 후 다시 찾았을 때는 어쩐 일인지 그 기사마저 삭제되어 있었다.

서운하지는 않았다. 얼굴 없는 탈주범으로 유명세를 타고 싶지는 않았으니까. 그나저나 샤넬은 어떻게 된 걸까…. 가만히 있는 나를 꼬드겨 탈주범으로 만들어놓고선 대체 어디로 사라져버린 걸까?

이 집으로 돌아오긴 하는 걸까? 돌아오면? 그가 돌아오면 나는… 어떻게 해야 하는 걸까? 다시 모든 게 혼란스러웠다.

샤넬은 한밤중에야 돌아왔다. 부스럭대는 소리가 들려서 문을 열고 내다봤더니 언제 들어왔는지, 등 뒤에서 샤넬의 목소리가 들려왔다.

"언제 왔어?"

나는 샤넬의 스텔스 같은 움직임에 놀랐고, 목소리가 무심해서 한 번 더 놀랐다.

"왜 안 놀라? 내가 여기 어떻게 왔는지 안 궁금해?"

"놀랐어. 많이."

"그래? 놀랄 때의 반응이 남다르네?"

"지금 놀란 거 아니고, 아까."

"무슨 소리야? 아까 언제? 여기 왔다 갔어?"

샤넬은 내 말엔 대답도 않고 노트북으로 가서 전원을 껐다. 나는 의식하지 못했지만 화면에 불투명인간 시절 샤넬의 사진이 슬라이드로 흐르고 있었다. 어쩐지 남의 비밀을 몰래 엿본 거 같아 미안했다.

"위원장이 뭐래?"

앞뒤 없이 던진 샤넬의 말에 나는 속이 뜨끔했다.

"위, 위원장이라니…?"

"불가리 익스트림옴므… 만나고 온 거잖아."

"그걸… 샤넬이 어떻게 알아…?"

"아까 경찰서 로비에 존바바토스 아티산맨오드뚜알렛이 와 있던데? 그 바보아저씨를 혼자 보낸 걸로 봐서 다비도프는 이미 버린 카드야. 근데 뜬금없이 여기 와 있길래, 위원장이 날 노리는구나 싶었지. 그래서 주변을 싹 훑어보고 오는 길이야."

샤넬은 역시 베테랑 투명인간이었다. 뭐 그렇게 말할 수 있는 거라면. 반면 나는 아직 초짜인지라 그의 말을 제대로 이해할 수가 없었는데, 그런데도 어쩐지 기분이 더러웠다.

"내가 버린 카드라니… 그게 무슨 뜻이지?"

"위원장은 중요한 일은 직접 챙겨. 예컨대… 동족 중 누군가가 누명을 쓰고 경찰에 끌려갔는데 그 누명을 꼭 벗겨줘야 한다거나 할 때…."

"그럼 존바… 그 바보아저씨를 경찰서로 보낸 건…?"

"이런 식으로 사달이 날까 봐, 다비도프를 그 자리에 주저앉히려고. 물론 내 생각이야."

확인한 바는 없었지만, 나 역시 그런 거였던 게 아닐까 어렴풋이 짐작하고 있었다. 하지만 그대로 받아들이기엔 어쩐지 자존심이 상했고 분했다.

"하지만… 만약 샤넬 말대로라면, 그 바보아저씨가 나를 위원장네로 데려갈 게 아니라 바로 경찰서로 끌고 가지 않았을까?"

"조금 전에도 말했지만 나 때문일 거야. 나한테 몇 번이나 경고했거든. 쓸데없이 분란 일으키지 말라고… 그런 말 없었어? 내가 위험인물이니 가까이 하지 말라든가, 아니면 함께 자수하라든지…?"

"그걸 어떻게 샤넬이…?"

"흥…."

샤넬은 콧방귀를 꼈고, 나는 참담했다.

"그러니까, 내가 지금 샤넬을 잡기 위한 미끼로… 여기에 와있다는 건가?"

"뭐… 말하자면."

어색한 침묵이 흘렀다. 나는 자리에서 일어났다. 뭐랄까… 내가 너무 하찮은데, 투명인간 중에서도 하찮은데, 그건 나도 아는데, 내가 하찮다는 걸 너무나 잘 알고 있는 녀석이랑 같이 있고 싶지가 않았다.

"왜 일어나?"

"갈게."

"갈 데도 없잖아."

"갈 데가 있든 없든, 무슨 상관인데!"

나도 모르게 빽 소리를 치고는 그래도 분을 참지 못해 혼자서 씩씩대고 서 있었다. 따박따박 말 잘하는 샤넬이 이번에는 대꾸가 없었다. 대신 구석에 놓여있던 이불이 번쩍 들리더니 바닥에 펼쳐졌다. 샤넬이 속으로 들어갔는지 이불이 꿈틀꿈틀 불룩해지다가 홱 젖혀졌다. 샤넬의 지친 목소리가 바닥에서 올라왔다.

"이틀 동안 한숨도 못 잤어. 지금 죽을 만큼 피곤하거든. 다비도프 쫓아다닐 힘 같은 거 없어. 그러니까 다비도프도 얼른 누워서 좀 쉬어."

"그러니까, 누가 쫓아오라고 비냐고!"

내가 막 문을 열고 나서려는 참에 샤넬이 말했다.

"아, 깜빡했다. 그 사람 말이야… 다비도프네 앞집 산다는…. 그 사람이 최형사한테 그러더라구. 다비도프를 봤다구."

"알고 있어."

"로비에서 나랑 같이 본 거 말고…."

"그거 말구…? 그럼 언제?"

"어제 우리 새벽에 헤어졌잖아. 고 직후에."

"무슨 얘기야. 자세히 좀 얘기해봐."

나는 서둘러 방으로 들어가서 샤넬 곁에 주저앉았다.

"근데 그 여자 좀 이상하던데…? 다비도프가 새벽까지 안 들어오니까 자기도 잠이 안 오더래. 왜 그런 거야 대체?"

"원래 그래 그 여자. 그래서?"

"그래서 잠깐 바람 쐬러 나왔는데… 새벽 세시도 넘은 시간에 말야…. 근데 어쨌든 그때 다비도프를 만났다는 거야. 갑자기 눈앞에 다비도프의 형체가 나타나더라나 뭐라나…. 자기 생각엔 그게 다비도프에게 중요한 알리바이가 될 것 같다며…."

그건 진짜 충격이었다. 물론 그 사실 자체에도 놀랐지만, 나 스스로한테 더 놀랐다. 내 인생에서 몹시 중요한 다른 순간들처럼 나는 그 일이 전혀 기억나지 않았다. 나는 나한테 낼 화를 버럭, 자리에 있지도 않은 그 여자를 향해 쏟아냈다.

"보자보자 하니까 정말 웃기는 여자 아냐! 대체 그런 엄청난 증언을 왜 한 시간도 두 시간도 아니고 무려 하루씩이나 지난 다음에야 말하는 거래? 나한테 쏘아붙일 때는 1초도 못 참는 여자가 왜….”

“자기도 믿을 수가 없어서 혼자 끙끙 앓고만 있었대. 근데 아무래도 이상해서 경찰서에 왔다가 다비도프를 다시 보고는 확신하게 된 거지. 자기가 헛것을 본 게 아니구나 하고.”

“그래서? 최형사가… 최형사는 뭐래?”

“알잖아. 씨도 안 먹혀. 그럴 리가 없다. 그런 일은 있을 수 없다. 그런 일은 있어서도 안 된다. 근데 그 여자 진짜 굉장하더라. 최형사가 뭐라고 해도 끝까지 쫓아다니면서 할 말을 다 하더라구. 몇 시간 동안이나…. 자기 말을 인정할 때까지는 며칠이고 몇 달이고 쫓아다닐 기세던데?”

떠올리려 애쓰지 않아도 그림이 저절로 보였다. 나한테 했던 그대로였으니까.

“근데… 샤넬은 거기서 뭘 하고 있었던 거야?”

“다비도프가 돌아올 거라고 생각했거든. 존바바토스 아티산맨오드뚜알렛한테 붙잡혀서….”

이불이 꿈틀거렸고 머리 부위의 붕 떠 있던 끝자락이 폭 내려앉았다. 샤넬이 이불을 머리까지 뒤집어쓴 모양이었다. “고마워, 샤넬.” 하고 인사했지만 대답이 없었다. 그런데 잠시 후, 이불 속에서 가물가물 꺼져가는 목소리로 샤넬이 물었다.

“근데 말야… 다비도프하고 그 사람, 어떤 사이야?”

“그건 왜?”

“혹시나 싶어서… 그 사람 코앞까지 가서 알짱거려봤는데, 그 사람 나는 전혀 못 보더라고…."

"그건 또 무슨 소리야? 나는 보구 샤넬은 못 보다니… 어이, 무슨 소리냐구. 이봐, 샤넬…."

대답 대신 샤넬의 코고는 소리가 들려왔다.

그건 진짜 이상한 얘기였다. 다시 말하지만 사람이 느닷없이 투명해지기도 하는 세상에 아니, 알게 모르게 투명한 사람들이 우글거리기도 하는 세상에 투명한 사람을 보는 사람이 있다는 게 뭐 그리 신기할 일은 아닌 거다. 그렇다고 해도… 하고 많은 투명한 사람들 중에 하필이면 나를 볼 수 있는 그 특별한 사람이 하필이면 왜 그 여자, 앞집 안나인 것일까. 대체 왜…?

26

으으… 음산한 신음소리에 퍼뜩 놀라 깨어났다. 샤넬이 식은땀에 흠뻑 젖은 채, 뒤척이고 있었다. 돌아 눕히려 슬쩍 건드렸더니 샤넬이 화닥닥 자리를 박차고 일어났다.

"아… 다비도프구나…. 난 누군가 했네…."

"…악몽 꿨어?"

"글쎄."

"글쎄는… 이불이 다 축축해졌구만."

"늘 그런 걸 뭐. 투명해진 다음부턴."

밤새 뒤척이다 새벽녘에 잠이 들어서 몸이 찌뿌듯했지만 잠이 더는 오질 않았다. 어색하고 불편했다. TV도 없는 좁은 방에서 별로 친하지도 않고 서로 보이지도 않는 다 큰 두 남자가, 딱히 할 일도 없이 아침을 함께 맞이한다면 누구라도 그렇지 않을까?

하지만 얼마 전에도 그랬던 것처럼 샤넬이 자신에게도 나에게도 향수를 칙칙 뿌리자 분위기가 대번에 달라졌다. 먼저 샤넬이 거기 실제로 있다는 실감이 생겼고, 잠시 딴생각에 들었다가 빠져나와도 샤넬이 여전히 거기 있다는 걸 망각하지 않을 수 있었으며, 샤넬이 어디에 있더라도 정확한 위치를 알 수 있어 마음이 놓였다.

생각을 조금 깊게 하자 말도 안 된다고 생각했던 몇몇 기억들이 새로운 의미로 다가왔다. 예컨대 앞집 안나는 말했었다.

"동등한 게 뭔지나 알고 하는 소리예요? 동등이라는 거는요, 내가 어디 있는지 그쪽이 알고 있는 것처럼, 그쪽이 어디 있는지 내가 아는 거, 그게 바로 동등한 거예요."

그때 나는 그녀가 정말로 말도 안 되는 억지를 부린다고 생각했다. 하지만, 지금 돌이켜보니 그 얘기엔 털끝만큼의 오류도 없었다. 서로가 어디에 있는지 아는 것, 그건 분명 편안한 인간관계의 전제 조건이었다. 어쩌면 샤넬은 일찍부터 이런 사실을 깨닫고 있었던 게 아닐까? 그래서 그렇게 언제 어디서나 향수를 고집하는 게 아닐까? 내가 그렇게 묻자 샤넬은 덤덤하게 대답했다.

"뭐, 꼭 그런 건 아니고. 내가 싫은 건 그냥 투명인간 규약이야. 불공평하잖아. 자기를 드러내는 게 왜 누구는 되고 누구는 안 돼? 입장 바꿔서 불투명인간들을 생각해도 그래. 왜 누구는 투명인간의 존재를 알아도 되고 누구는 몰라야 돼? …불가리 익스트림옴므가 나를 싫어하는 건 내가 이런 생각들을 하기 때문이지."

"…그 양반이 샤넬을 싫어하는 이유가 하나 더 있는 거 같던데?"

나는 내내 궁금했던 걸 슬쩍 물었다.

"…왜 게스 맨나이트가 아니라 샤넬 No.5를 쓰느냐고 묻는 거야?"

"뭐, 꼭 묻는다기보다는…."

나는 민망해서 얼버무렸다. 하지만 언제나 그렇듯 샤넬은 명쾌했다.

"내 향수 정도는 내 취향대로 선택하고 싶었어. 다른 사람이 정해주는 인생은 불투명하던 시절에 많이 해봤거든."

"아…."

한 가지 더 묻고 싶었지만, 나는 그 말을 삼켰다. 하지만, 샤넬은 아무 말도 속으로 삼키지 않기로 작정을 한 것 같았다. 잠시 생각에 빠진 듯 잠자코 있던 샤넬이 불쑥 말했다.

"나는… 옛날부터 이 냄새가 좋았어. 큰누나를 참 좋아했거든. 큰누나가 처음으로 샀던 향수였어, 샤넬 No.5. 하지만, 불투명인간이던 시절엔 사용할 수 없었지."

"……"

"내 성정체성에 문제가 있냐고? …몰라. 그걸 미처 확인하기도 전에 이렇게 돼버렸으니까. 그리고 이렇게 된 이후엔 그런 것 따위 따져볼 여유가 없었지. 하지만 가끔 생각해. 어쩌면… 이런 일이 안 일어났더라도, 그러니까 내가 투명해져 버리지 않았더라도 나는 나를 당당하게 드러내고 살 수는 없었을지도 모른다…."

불투명하던 시절의 나였다면, 이런 이야기들을 듣고 어떤 기분이었을까? 모르겠다. 나는 이미 불투명인간이 아니니까. 투명인간인 나는 왠지 자꾸 눈물이 날 것만 같았다. 공통점이라곤 그야말로 약에 쓸래도 없는데도… 내겐 어쩐 일인지 그의 모든 이야기가 내가 미처 몰랐던 내 이야기 같다고 여겨졌다. 그러니까 어쩌면 내가 눈물이 날 것처럼 연민을 느낀 대상은 샤넬이 아니라 나 스스로였을지도 모른다.

샤넬과 나는 오전 내내 방바닥을 뒹굴며 게으르게 지냈다. 함께 라면을 끓여먹고 밑도 끝도 없는 얘기들을 불쑥불쑥 이어가면서… 누군가와 그렇게 편안하고 느긋한 시간을 갖는 게 얼마 만인지 몰랐다.

오후가 되자 조금 초조해졌다. 불가리 익스트림옴므가 예고한 24시간이 끝나가고 있었다. 바보 같다고 생각하면서도 나는 끝내 묻고 말았다.

"만일… 우리가 함께 경찰서로 가면, 무슨 일이 벌어질까?"

"감방 가겠지. 그리고 꽤 오래 거기서 살아야겠지."

역시 그건 안 되는 일이다. 하지만 불가리 익스트림옴므는… 그러고 보니 생각할수록 불가리 익스트림옴므에게 화가 났다.

"투명인간의 대표라면서, 불가리 익스트림옴므는 왜 나나 샤넬이 아니라 최형사의 편을 드는 걸까? 그게 정말 투명인간 전체를 위한 일일까? 정말이야. 24시간 안에 우리가 자수하지 않으면 가만두지 않을 것처럼 말했다니까?"

"나쁜 사람은 아니야. 모든 걸 너무 조직 위주로만 생각한다는 게 문젠데… 말이 그렇지, 정말 우리를 해치지는 않을 거야."

샤넬은 정말로 대수롭지 않게 여겼다. 게다가 샤넬이 신경을 쓰고 있는 문제는 전혀 다른 쪽이었다.

"나 조금 이따가 누구 만날 건데… 같이 갈까?"

"누구?"

"기억나? 내가 버스에서 만난 어떤 사람들을 관찰했다는 거…."

"투명인간후보자가 네 명이었다며. 그중에 한 사람은 죽었… 아니 이제 두 사람이 죽었구, 한 사람은 행방불명… 또 하나는… 여전히 불투명한 채로 살아가고 있구."

"그중 한 사람이 영 걸려. 그래서 만나보려고."

"행방불명된 사람?"

"아니… 죽은 사람…."

"…농담이지?"

"아니. 진짜. 분명히 죽었어. 장례식에도 갔다 왔으니까."

"그게 말이 돼? 죽었던 사람이 어떻게 살아나?"

"나도 모르지. 어쨌거나 살아 있는 것 같아. 그것도 아주 잘."

"어째 좀 무섭다…."

내 인생의 원래 장르는 무지무지 심심한 드라마였다. 그런데 어느 날 무대 위에서 SF로 넘어가더니, 박사장을 통해 느와르에 발을 들여놓았고, 앞집 안나와 최형사를 만나 스릴러로 변신한다 싶더니, 이제 오컬트의 세계에 도착한 것 같다. 그나마 슬래셔가 아니라 다행인 걸까…?

"뭐하는 사람인데? 혹시 종교인?"

죽었다가 살아났다니 아무리 생각해도 그럴 만한 직업군은 종교인이었다.

"아니, 화가. 내가 쫓아다닐 때는 거리에서 초상화를 그려서 먹고 살았었지. 잘해야 하루에 한두 장이었지만…. 근데 지금은 엄청 유명해졌더라구."

샤넬이 노트북으로 그 인물의 인터뷰 기사를 보여줬는데, 그걸 보자마자 나는 바닥을 뒹굴었다. 웃겨서 죽을 거 같았다. 오컬튼 줄 알았더니 코미디였다. 나는 어떤 사람이 투명인간이 되는 건지는 아직 잘 모른다. 하지만 투명인간이 될 수 없는 사람이 어떤 사람인지는 알 거 같다. 그중에 한 사람이 바로 기사의 주인공, 조화백이었다.

나는 샤넬이 왜 웃냐고 세 번이나 묻고 끝내 버럭 화를 낸 다음에야 겨우 웃음을 멈췄다.

"샤넬이 왜 그런 말도 안 되는 생각을 했는지 난 알지. 그 사람 쌍둥이야."

놀랍게도 샤넬은 전혀 놀라지 않았다.

"나도 알아."

"샤넬이 쫓던 그 사람은 동생인데 몇 해 전에 죽었어. 조화백은 형이구."

"글쎄 알고 있다니까."

정말 놀라운 사실은 따로 있었다. 샤넬이 조화백을 자기가 쫓던 그 사람, 그러니까 조화백의 동생이라고 생각하게 된 게 바로 저 그림들 때문이었다. 나를, 아니 내 쌍코피를 모델로 그린 바로 그 〈투명〉 〈탈출〉 〈군무〉 시리즈 말이다.

"그 전시회에 갔었어. 투명인간을 그렸다기에… 궁금했거든. 바로 알았지. 조화백이라는 자 말야, 어찌 된 일인 지는 모르겠지만 그 사람은 내가 쫓던 그 거리의 화가였어."

샤넬의 오해가 얼마나 말이 안 되는지를 알려주기 위해서 나는 조화백이 내게 했던 훌륭한 예술론 및 투명인간론을 비롯해서 그 수치스러운 쌍코피 사건에 이르기까지 그 작품과 관련된 모든 이야기를 상세하게 들려주었다.

"솔직히 그렇게 훌륭한 사람이 어떻게 투명인간이 될 수 있겠어? 안 그래?"

내내 묵묵히 내 얘기를 듣던 샤넬이 말했다.

"다비도프 말을 들으니 확실하네. 내 추측이 맞는 것 같아."

"어떻게? 왜?"

"나는 알아. 이 세상에서 투명인간 따위에 관심을 갖지 않을 유일한 사람이 있다면 바로 그 사람의 형이었어. 노숙자였던 동생이 그 형에게 얼마나 모진 대접을 받았는지 알아? 형이라는 그 잘나가는 화가가 노숙자 동생을 얼마나 가혹하게 대했는 줄이나 아냐구….
나는 알아. 봤거든. 그것도 여러 번. 그런데 그런 사람이 투명인간을 모델로 세워놓고, 두둑한 봉투를 쥐가며, 뭐? 투명의 메시지로 불투명 세상을 구원하려 했다고? 천만에, 그런 일은 가능하지 않

아. 어떻게 그렇게 됐는지는 모르지만, 그 조화백은 형이었던 조화백이 아니라 내가 쫓던 그 사람이 틀림없어."

"그러니까, 어떻게 그럴 수가 있냐구?"

"맞아. 어떻게 그럴 수가 있어… 그지? 그럴 리가 없다. 그런 일은 가능하지 않다. 내내 나도 그렇게만 생각했어. 그런데 다비도프, 다른 사람들 다 몰라도 우린 알잖아. 그럴 리가 없는 건, 없어. 가능하지 않은 그런 일 같은 거… 이 세상에 없다구. 아무리 생각해도 조화백은 바로 그 사람이야. 그리고 난 어떻게 된 일인지 알아야겠어."

27

무슨 말로도 샤넬의 고집을 꺾을 수는 없었다. 나는 그의 생각에 전혀 동의할 수 없었지만 일단은 같이 가보기로 했다. 내가 조화백의 집을 알고 있어서이기도 했지만, 그보다는 혼자가 되는 게 싫었다.

막 방을 나서려는데 밖에서 수상한 기척이 느껴졌다. 그리고 불투명인간들이 조심스럽게 움직이는 전형적인 발소리들이 이어졌다. 한두 사람이 아닌 것 같았다. 누군가가 목소리를 한껏 낮춰 누구는 이쪽, 누구는 저쪽 하며 지시를 내렸다. 최형사였다.

샤넬이 처음으로 당혹감을 내비쳤다.

"젠장, 위원장이 이런 식으로 나올 줄은 차마 꿈에도 몰랐네."

문밖에서 최형사의 목소리가 들려왔다.

"자네, 안에 있지? 지금 여기 완전히 포위됐어. 허튼짓 말고 밖으로 나오게."

위기에 익숙한 샤넬이니 빠져나갈 방법을 만들어뒀을지도 모른다는 생각이 퍼뜩 들었다.

"어디로 나가면 돼?"

"잊었어? 여긴 옥탑방이야."

그러게… 거긴 옥탑방이었다. 옥탑방은 한계가 분명했다. 천장에 비상용 구멍이 있다 한들 올라가 봐야 형사들 있는 곳으로 다시 뛰어내려야 하고, 바닥을 뚫고 내려간들 형사들이 아랫집에서 기다리면 그만이다.

낙심해서 축 처진 내 어깨를 도닥이며 샤넬이 말했다.

"쫄지 마. 저들은 우리를 못 봐. 우리는 없는 척하고 있으면 돼."

"요 좁은 방에서? 쟤네들이 그물이라도 던지면?"

"…만에 하나 잡혀간다고 하더라도 그 안에서 기회를 만들면 돼. 경솔한 짓 절대 하지 마."

갑자기 문이 벌컥 열렸다. 앳된 형사의 얼굴이 나타난다 싶더니 다시 문이 닫혔다. 앳된 형사의 목소리가 들려왔다.

"집에 아무도 없습니다."

안도의 한숨이 가늘게 새어 나왔다. 꼭 3초 동안.

최형사의 확신에 찬 목소리가 들려왔다.

"냄새가 이렇게나 짙은데 무슨 소리를 하는 거야. 분명히 안에 있어."

다시 문이 열렸다. 이번엔 최형사였다. 그 통나무 같은 몸뚱이가 작은 문으로 들어섰다. 그리고… 최형사의 등 뒤에서 누군가가 나타났다. 맙소사! 앞집 안나였다!

뜻하지 않은 장소에서 뜻밖의 사람을 만나면 나는 나도 모르게 인사를 한다. 익숙한 곳에선 모른 척 넘어갔을 사람이라 하더라도 말이다. 앞집 안나를 여기서 만나는 것만큼 뜻밖의 경우도 없을 텐데, 인사는 나오질 않았다. 대신 고개가 뻣뻣해지고 온몸이 부들부들 떨렸다.

샤넬의 손이 내 어깨에 와서 가볍게 토닥였다. 엉뚱한 짓 하지 말라는 주의였다. 아니면 너무 심하게 떨다가 부딪힌 것이거나.

투항 따위 하고 싶지 않았다. 그건 내 어설픈 탈주에 대한 최소한의 예의였다. 나는 방 한복판에 우두커니 서서 그녀의 처분만을 기다렸다. 그런데 어쩐 일인지 앞집 안나는 고개를 돌린 채로 머뭇거리고만 있었다.

최형사가 말했다.

"그 친구 여기 있어요, 그렇죠?"

그녀는 대답하지 않았다.

"말로 하기가 싫으면 고개만 끄덕이세요. 여기에 있죠?"

앞집 안나는 고개를 끄덕이지도 젓지도 않았다. 그 대신 최형사의 눈을 똑바로 보며 말했다.

"이제 인정하시는 건가요?"

"인정이라니요…? 그게 무슨 말씀이신지…."

"나는 그 사람을 볼 수 있어요. 그리고 그날 새벽에 그 사람을 봤어요. 그걸 증명하려고 여기 왔구요."

한동안 묵묵부답이던 최형사가 무겁게 입을 열었다.

"투명인간을 정말로 볼 수 있다면… 그래요, 여기서 증명해 보세요."

앞집 안나가 나를 돌아봤다. 심장이 쿵쾅쿵쾅 요동쳤다. 그녀는 나와 눈을 마주하고는 한참이나 가만히 서 있었다. 이윽고 앞집 안나가 말했다.

"그 사람은… 여기 있어요."

앞집 안나가 나를 똑바로 가리켰다.

"바로 저기에…."

그러지 않았으면 하고 바랐지만, 그건 그저 바람일 뿐이었다. 그녀는 어떤 상황에서도 그렇게 행동할 사람이었다. 없는 소리는 결코 하지 않는 사람이니까. 꼭 체념해서 하는 소리가 아니라, 그녀가 다른 말을 했다면 나는 오히려 놀라서 비명을 질렀을 거다. 이러나 저러나 붙잡히는 건 마찬가지였다.

앞집 안나가 굳은 얼굴로 말했다.

"명심해야 할 거예요. 저 사람한테는 알리바이가 있어요. 나는 새벽에 저 사람을 봤고, 저 사람은 잡혀갈 때까지 집에서 꼼짝도 안 했습니다. 나는 그 사실을 증명하기 위해 무슨 짓이라도 할 겁니다."

최형사가 고개를 끄덕이며 말했다.

"나비 어머님의 주장은 영장에 첨부하겠습니다."

"몇 번을 말해야 하죠? 토토입니다."

"네, 토토 어머님의 주장은 영장에 첨부하겠습니다. 하지만… 그 주장에 대해서 어머님은 법정에서 다시 증명을 해 보여야 할 겁니다. 그리고 참고로 말씀드리자면… 나는 토토 어머님의 비정상적인 심리상태에 대해서도 의견을 제시할 생각입니다."

"비정상적인… 심리상태라 그랬어요, 지금?"

"분명히 그렇게 말했습니다. 잠시 외출한 고양이 한 마리를 찾아내겠다고 생판 모르는 남도 아닌 바로 앞집 사는 사람을 아무 근거 없이 고발한 것도 모자라 그 집안을 온통 뒤집어엎는다거나, 단지 개인적인 호기심을 충족시키기 위해 이웃의 집 앞에 밀가루를 뿌리는 행위를 법정에선 어떻게 받아들일지 궁금하군요."

앞집 안나는 파르르 떨었지만 이내 진정됐다.

"좋아요. 뭘 하든 마음대로 하세요. 미리 준비할 시간을 주신 점 감사드립니다. 그럼, 법정에서 뵙겠습니다."

문을 열고 나가는 그녀의 등에 대고 최형사가 말했다.

"잠깐만… 이 방에 한 사람이 더 있을 텐데요?"

흡, 숨 멈추는 소리가 들렸다. 내 소린지 샤넬의 소린지 잘 구분은 가지 않았다. 앞집 안나는 대답 대신 문을 쾅 소리 나게 닫았다. 최형사가 허리춤에서 권총을 빼들며 말했다.

"이름이 게스 맨나이트…? 꽤나 위험인물이라고 들었네. 하지만 이미 끝난 게임이야. 우리 조용히 끝내자구. 김형사! 박형사! 피의자들 나간다! 준비해!"

그때 최형사의 시선이 벽으로 향했고, 샤넬네 가족사진을 발견했다. 인상을 잔뜩 찌푸리고 한동안 사진을 바라보던 최형사가 혀를 차며 말했다.

"…쯧쯧쯧 몹쓸 친구 같으니라구…. 부모 가슴에 대못을 박았구만…. 이건 신원확인을 위해서 압수…."

최형사가 벽으로 가서 사진 한 장을 떼어냈다. 그건 실수였다. 아악! 비명소리와 함께 바람이 일었고 거구의 최형사가 뒤로 튕겨져 나가 벽에 강하게 부딪혔다. 거친 숨소리와 함께 샤넬의 울부짖는 소리가 들렸다.

"그건 건드리지 말았어야지! 그건… 건드리지 말았어야지!"

최형사의 얼굴이 좌로, 우로, 몇 번이나 튕기는 걸 보니 샤넬이 올라타고 주먹질을 하는 모양이었다. 하지만 샤넬은 최형사의 완력을 당해낼 수 없었다. 최형사가 누운 채로 샤넬의 몸 어딘가를 잡아 뿌리쳤다. 샤넬이 반대편 벽으로 우당탕 내동댕이쳐졌다. 최형사가 끙, 일어나 흠집도 나지 않은 제 얼굴을 매만졌다. 그의 눈빛이 맹수처럼 사나워졌다. 그때, 바닥에 널브러진 총이 내 눈에 들어왔다. 진짜다. 그 총이 내 눈으로 달려 들어왔다. 그리고 다음 순간 나는 그 총을 집어 들고 밖으로 뛰쳐나가고 있었다. 뭘 하겠다는 생각이 있어서는 아니었다. 다만 그러지 않을 수 없었던 것뿐이었다.

내가 뛰쳐나오는 서슬에 형사들이 우르르 몰려들었다.

탕!

그 굉음이 모든 움직임과 소음을 먹어치웠다. 그리고 총성과 함께, 늘 이런저런 생각들이 뒤엉켜 혼탁했던 머릿속이 거짓말처럼 맑아졌다. 어쩌면 내가 쏜 총알이 나를 이렇게 만들어놓고는, 몰래 지켜보며 킬킬거리던 어떤 초자연적인 존재의 사타구니에 박혀버렸는지도 모를 일이었다. 그래서 내 머리가 그의 속박에서 잠시 풀려났던 건지도 모를 일이었다. 내 속에서 나도 믿을 수 없을 만큼 차분한 목소리가 흘러나왔다.

"형사님들께 알려드립니다. 앞으로 5분 드리겠습니다. 만약 여러분들이 그때까지 여길 떠나지 않는다면… 여러분은 조금 전의 그 총소리를 다시 듣게 될 겁니다. 그리고 그땐 여러분 중에 한 사람이 쓰러질 겁니다."

아무도 움직이지 않았다. 다들 숨을 죽인 채, 보이지도 않는 나를 향해 시선을 집중했다. 웃기는 얘기 같지만, 그때 나는 무대에 처음 올랐던 날을 떠올렸다. 내가 무대에 올라 나를 향한 관객들의 눈길을 처음으로 느꼈던 그 순간을… 그리고 동시에 머릿속에서 번갯불 같은 것이 번쩍 일었다. 그것은 '나는 어쩌다 이렇게 됐을까?'라는 내 오랜 질문에 연결된 작은 단서 같은 것이었다.

'아, 나한테는 이게 없었던 게 아닐까? 총… 아니, 이 한방의 총성… 나를 향해 고개를 돌리게 하고 거기서 머물게 하는… 나의 진짜 목소리… 어쩌면 내 손에 언제나 총이 있었는데… 나는 두려워 한 방 쏴보지도 못한 채 살아왔던 거 아닐까….'

물론 나는 그 느닷없는 깨달음에 집요하게 매달릴 만큼 한가한 처지가 아니었다. 나는 형사들을 둘러보았다. 그리고 말했다.

"…저기… 노란 파카를 입은 앳된 형사님으로 정했습니다. 그다음은 검은 코트의 형사님… 그 1분 후에 들리는 총성이 생애 마지막 소리일 겁니다."

여기저기서 탄성과 욕설 섞인 고함이 터져 나왔다.

"주목!"

그 소리는 거의 총성과 똑같은 효과를 가져왔다. 다시 모든 시선이 내게로 모여들었다.

"방금 생각이 바뀌었습니다. 남은 시간은 1분입니다. 아시는 분은 아시겠지만 투명인간이 연루된 사건은 결코 언론에 노출되지 않습니다. 만약 여기서 참사가 벌어진다면… 여러분들 중에 누군가가 책임을 떠안아야 할 겁니다. 아니면 모두가 골고루 책임을 나눠지게 되겠지요."

"저놈 지금 허세부리는 거야! 절대 그럴 놈이 못 돼! 어서 달려가, 저놈을 덮쳐!"

최형사가 방에서 뛰쳐나오며 미친 듯이 소리쳤지만 아무도 꼼짝하지 않았다. 그러자 최형사는 성난 코뿔소처럼 나를 향해 똑바로 달려왔다. 물론 그런 굼뜬 동작으로 나를 잡을 수는 없었다. 샤넬만큼은 할 수 없겠지만 나도 제법 숙련된 투명인간이니까.

최형사가 새빨개진 얼굴로 다시 고함을 질러댔다.

"뭣들 하는 거야! 상대는 딱 한 놈이야. 잡아!"

"카운트다운 들어갑니다. 10, 9, 8…"

제일 먼저 지목된 앳된 형사와 검은 코트의 형사가 입구로 뒷걸음질 쳤다. 그리고 나머지 형사들이 슬금슬금 두 사람의 뒤를 따랐다. 그리고 마치 동영상에 FF 효과가 작동되기라도 한 것처럼 형사들이 전속력으로 달려나갔다. 홀로 남은 최형사가 분을 삭이지 못하고 씩씩대며 으르렁거렸다.

"자네들 어디까지 갈 수 있을 거 같은가? 언제까지 그럴 수 있을까? 두고 봐. 평생 후회하게 만들어줄 테니까."

최형사가 떠나갔다. 나는 그의 등에 대고 사자처럼 포효했다. 그리고는 그 자리에 풀썩 주저앉았다. 온몸의 기운이 다 빠져나간 것 같았다.

잠시 후, 뭔가가 바닥에 질질 끌리는 소리와 함께 샤넬이 다가왔다.

"샤넬… 많이 다쳤구나?"

"아니. 배낭 끌고 온 거야."

"…나 바보 짓 한 거 맞지?"

"응. 근데 멋있었어. 진짜."

"이제 다시 불투명해졌다간 큰일이겠다… 그렇지?"

"아마도…."

"우리 그냥 불투명해지지 말고 이대로 살까?"

"……"

샤넬은 농담으로도 동의하지 않았다. 그리고 우리는 더 이상은 머물 수 없는 그곳을 떠났다.

28

그로부터 두 시간 후, 우리는 전직 예비 투명인간 혐의자의 집 앞에 도착했다. 한 시간이면 충분한 거리였지만 웬일인지 샤넬은 자꾸 시간을 끌었다. 담배가 피우고 싶다는 둥, 목이 마르다는 둥, 커피가 마시고 싶다는 둥…. 불투명인간들과는 달리 그 하나하나가 멀리 돌아가고, 눈치 보고, 시간을 잡아먹는 일들이었다. 무슨 이유에선지 샤넬답지 않게 겁을 먹은 것 같았다. 막상 조화백의 집 앞에 도착하자 다시 원래의 샤넬이 돌아왔다. 샤넬은 일단 향수를 꺼내 칙칙 뿌려댔고, 그다음엔 얼른 들어가지 않고 뭘 하고 있냐며 나를 채근했다. 문제는 들어가는 게 쉽지 않다는 점이었다. 커다란 철문은 굳게 닫혀 있었고, 담은 너무 높았다. 투명인간이라고 해서 벽을 통과할 수 있는 건 아니니까.

"전에는 어떻게 들어갔는데?"
샤넬이 물었다.
"물론 초인종을 눌렀지."
"그럼 그렇게 해."
"말도 안 돼. 그때는 일 때문에 왔던 거고."
"지금도 일 때문에 온 거야."
샤넬이 다짜고짜 초인종을 눌렀다. 그러자 뜻밖에도 철컹, 문이 열렸고 인터폰을 통해 조화백의 목소리가 흘러나왔다.
"들어오게."

다시 만난 조화백은 어딘가 달라 보였다. 광기라고 불러도 좋을 이전의 활기는 어디론가 사라졌고 누가 봐도 단번에 알아챌 만큼 병색이 완연했다.
"그동안 안녕하셨어요? 제가 진즉에 찾아뵀어야 했는데…. 실은 제가 그 전시회도 갔었거든요…. 근데 그게… 인사를 드린다는 게 그만… 그게 그러니까…."
나는 어쩐지 민망해서 너스레를 떨었다. 하지만, 조화백은 뜻밖의 불청객들을 놀라울 정도로 담담하게 맞았다.
"새삼스럽게 지나간 얘긴 뭘 하러 해. 아무튼 자네도 잘 지냈지? 이제 이름이 다비도프 쿨워터맨이라던가? 친구도 같이 왔구만. 샤넬 No.5 향기가 진동하는 걸 보니, 자네는 그 유명한 게스 맨나이트겠군. 어쨌든 반갑네. 자, 이리로."

알고 보니 불가리 익스트림옴므가 이미 전화로 통보를 해두었던 거였다. 내가 살인자가 돼서 쫓기는 몸이며, 갈 데가 없으니 혹시 거길 찾아갈 수도 있으니 조심하라고. 아마도 여자향수 냄새를 풍기는 녀석이랑 같이 갈 수도 있다고.

나는 변명을 하려고 했다. 아니, 진실을 알려주려고 했다. 하지만 그럴 필요가 없었다.

"설명은 됐네. 자네는 살인자가 아니야. 내가… 알아."

조화백은 단호한 표정으로 그렇게 말했다. 믿어주는 건 눈물 나게 고마웠지만, 나는 어리둥절했다. 대체 나에 대해 뭘, 어떻게 안다는 걸까…? 내가 조화백에게 그걸 물어보려는 순간, 샤넬의 낮고 확신에 찬 목소리가 들려왔다.

"형님이었죠? 죽은 사람은…."

나는 놀라서 기절초풍했다. 조화백도 충격을 받은 듯 눈이 접시처럼 커다래졌다. 하지만, 그건 정말 아주 잠시였다. 금세 평온을 찾은 듯 조화백은 입가에 미소를 띠었다. 그리고 말했다.

"단도직입적이구만. 좋아, 서로 시간낭비 같은 거 하지 말자구."

말은 그렇게 했지만, 조화백은 좀체 말을 잇지 못했다. 조화백은 창으로 눈을 돌려 이제 어두워가는 바깥 풍경을 한참이나 바라보았다. 그러더니 어느 순간 목이 마른 듯 찻잔으로 눈길을 돌렸다. 그가 찻잔을 손에 쥐자 차 받침이 요란하게 달그락거렸다. 조화백은 조용히 찻잔을 내려놓았다. 그리고는 그 말을 했다. 꼭 지나가는 말처럼….

"맞아. 죽은 사람은 내가 아니라 형이야. 내가 죽였지."

헉, 나도 모르게 소리를 질렀나 보다. 하지만 내게 관심을 두는 사람은 없었다. 샤넬이 다시 확인했다.

"그러니까 당신은, 분명히 내가 아는 그 거리의 화가, 그러다 노숙자가 됐던 그 사람이 맞는 거죠?"

조화백이 지친 표정으로 고개를 끄덕였다.

"그래. 이 친구야. 내가 바로 그 거리의 화가이며, 알콜 중독자이고, 노숙자였던, 그 사람이라네."

그게 자신의 추측이 맞았다는 안도였는지, 아니면 또 다른 감정이었는지 모르겠다. 내 눈에 들어온 건 샤넬이 앉은 소파가 등받이까지 깊숙이 꺼져 들어갔다는 사실 뿐이다. 그리고 샤넬은 더이상은 아무 것도 묻지 않았다. 하지만, 조화백의 진짜 고백은 그때부터가 시작이었다.

"형은 참 잘난 사람이었지. 어려서부터 그랬어. 뭐를 해도 근사하게 해냈지. 모든 일에 특출한 재능을 타고 났냐구? 그럴 수야 없지, 사람인데… 다만 고집이 대단했고 지고는 못 배겼어. 형이 국민학교 5학년 때던가? 동네 청년 하나가 무슨 일인가로 형을 두어 대 쥐어박았던 모양이야. 형은 그때부터 그 청년한테 엉겨 붙었어. 아무 말도 안 하고 노려보기만 하면서, 떼어내면 따라붙고 떼어내면 따라붙고…. 하루도 아니고 몇날 며칠을 그렇게 쫓아다니니까 결국은 청년이 우리 집엘 찾아왔어. 사정을 하더라고. 제발 자기 좀 살려달라면서. 그런 사람이었어, 형은. 원하는 게 있으면 어떻게든 가졌고, 그걸 위해서라면 수단방법을 가리지 않았지. 형은 무슨 일이든 해내고야 마는 사람이었어. 어른들은 나만 보면 그랬지. 형을 보고 배워라. 형을 반만이라도 닮아라. 언제부턴가 내가 뭘 할 때면 머리에 그 생각부터 떠오르더라고. 형이라면 어떻게 했을까. 형이라면 뭐라고 했을까. 형이라면… 형이라면….”

다시 목이 타는지 조화백이 찻잔을 잡았다. 이번에는 조화백의 손이 떨리지 않았고 찻잔도 소리를 내지 않았다. 나는 어이없게도 그게 또 신기해서 조화백이 평온한 표정으로 차 마시는 모습을 넋을 놓고 바라봤다.

“형이 그림을 좋아하기는 했어. 하지만 재능이 뛰어나다고는 할 수 없었지. 어렸을 땐, 종종 내가 형 그림 숙제를 대신해주곤 했으니까. 근데 뜻밖에도 형이 그림을 하겠다고 나서더라구. 집안이 발칵 뒤집혔지. 나는 내심 반겼어. 그거라면 내가 형을 이겨 먹을 수 있겠다고 생각했으니까. 내 착각이었지… 얼마 후 집이 기울어서 많이 힘들어졌어. 나는 그림을 접고 막일을 하면서 집안에 돈 몇 푼을 보태고 있었지. 그런데 형은, 형은 훌쩍 유학을 떠나더라구. 말도 안 되는 일이었지. 하지만 10년 만에 돌아온 형은 화단의 기린아로 떠올라 있었어. 그때 내가 뭘 하고 있었는지 알아? 벽지 도매상. 나는 내 전공을 그렇게 살리고 있었던 거야. 웃기지 않나?”

샤넬도 나도 웃지 않았고, 조화백만 큭큭큭… 혼자서 한참을 웃었다. 이상했다. 그게 왜 내게는 웃음이 아니라 울음으로 보였던 걸까…. 나는 어느새 조화백이 전시회장에서 나를 당황하게 했던 일이나 전시회 이후에 허투루라도 내게 고생했다는 말 한마디 안 해서 섭섭했던 일 따위는 까맣게 잊고, 조화백의 처지를 한없이 슬퍼하고 있었다.

"아무리 애써도, 나는 형을 뛰어넘을 수 없었던 거야. 처음부터. 절대로…. 그걸 뼈저리게 인정한 순간 나한테서 뭔가가 빠져나갔어. 나는 전락에 전락을 거듭한 끝에 노숙자 신세로까지 내몰렸지. 그리고 그 일이 일어난 거야. 어느 날, 한 친구가 그러더라구. '귀신이 곡할 노릇일세…. 나 원 참, 내가 죽을 때가 된 건가…? 아니 왜 자네 뒤가 자꾸 어른어른 비쳐 보여?' 나는… 실은 오래전부터 그게 무슨 뜻인지 알고 있었다네. 내 친구 중에 그렇게 된 녀석이 있었으니까. 내가 투명인간이 되어간다는 사실을 알고 나니, 분하고 억울했어. 형 생각이 나더군. '형 때문이다. 내가 이 지경 이 꼴이 된 건 모두 형 때문이다….' 근데 형을 떠올리자마자 어처구니없게도 영 잊은 줄 알았던 그 생각이 따라오더군. '형이라면 어떻게 했을까, 형이라면….' 아무리 떨어내려 해도 그 생각은 나를 놔주지 않았어. 그러는 사이 나는 어느새 투명인간이 되어있었지."

"선생님도… 투명인간이었다는 말씀인가요?"

내내 소파에 깊숙이 몸을 파묻은 채 말이 없던 샤넬이 몸을 번쩍 세우더니, 날카로운 목소리로 물었다.

"그렇다네. 며칠에 불과했지만 나는 자네들과 같은 투명인간이었지."

"그런데 어떻게…?"

"어느 날… 나는 홀로 산책 나간 형을 따라갔고, 형이라면 했을 짓을 저질렀지."

"그래서… 그 다음엔 어떻게 됐죠?"

"그야말로… 전혀 예상치 못했던 일이 벌어졌지. 그 자리에서 나는 원래 모습으로 돌아와 버렸다네."

그제야 내내 궁금했던 의문 하나가 속 시원하게 풀렸다. 조화백이 그토록 단호하게 '자넨 살인자가 아니야' 라고 말했던 이유 말이다. 조화백의 고백은 또 하나 긍정적인 면이 있었는데 그건 내가 법정에 섰을 때, 증인으로 고려해 볼만한 사람이 하나 더 늘었다는 거다. 이로써 총 세 사람이다. 자살을 목격한 투명인간과, 형사에게 정신적인 문제를 의심 받는 이웃집 여인, 그리고 투명인간 출신 살인자… 뭐 해볼 만한 싸움 아닌가?

하지만 그렇게 긍정적인 면으로 가득 찬 이야기를 듣고 있는데도, 나는 살인누명을 뒤집어 썼을 때만큼이나, 아니 어쩌면 그보다 훨씬 더 마음이 무거웠다.

그건 샤넬도 마찬가지인 것 같았다. 샤넬은… 더 이상 참담할 수 없을 것 같은 목소리로 조화백에게 물었다.

"그러니까… 한 번 투명인간이 되었더라도 누군가를 죽이면… 다시 불투명인간으로 돌아올 수 있다… 이건가요?"

"…다른 경우는 어떤지 모르지만 나는… 그랬다네. 내가 싫든 좋든 형으로 살지 않을 수 없었던 것도 그 때문이지… 이렇게… 털어놓고 나니 차라리 마음이 편하군…."

샤넬도 조화백도 더 이상은 말이 없었다. 하지만, 나에겐 듣고 싶은 말이 하나 더 남아있었다.

"저… 때가 때인 만큼 송구스럽긴 하지만… 그때 하필이면 투명인간을, 그러니까 저를… 그리겠다고 하신 건 어떤 이유로…?"

조화백이 흘낏 내 쪽을 바라보더니, 입가를 씰룩이며 자조적으로 웃었다.

"형 행세 하는 데에 익숙해지고 얼마간 시간이 흐르자 욕심이 생기더군. 어차피 이리된 거, 까짓 거 이제 형을 한 번 이겨보자… 하고 말이야. 투명인간을 그려보겠다고 나선 건 그 때문이었어. 그건 형이라면 결코 생각도 못 할 작업일 테니까. 그날… 자네가 코피를 뚝뚝 흘려놓고 떠난 직후, 나는 어떤… 영감에 사로잡혔다네. 빈 캔버스에 투명인간들이 스물스물 나타나는가 싶더니. 거기서 사랑하고, 태어나고, 살해되고, 춤추고, 떠들어대더군. 나는 그걸 그대로 화폭에 새겼지. 그건 가짜가 아니었어. 어설픈 눈속임이 아니었단 말일세. 그건 그야말로 내 영혼이 담긴 작품이었네…. 나는 내가 기대했던 바로 그 평가를 받았지. 다들 그러더군. 조화백 예술인생 최고의 작품이 탄생했다고. 나는 한동안 들떠서 지냈다네. 드디어 해냈으니까. 내가 형을 이겼으니까. 하루는 잘나가는 평론가가 집까지 찾아와서는 내 작품에 대해 온갖 찬사를 늘어놓더군. 칭찬은 아무리 들어도 좋았지. 그런데 말야… 그자가 마지막에 덧붙인 말이 이랬어. '조화백은 성공적인 길을 걸어왔지만, 영원의 반열에 오르기에는 뭔가가 아쉬웠다. 하지만 투명인간 연작이 이룬 성취로 그의 예술세계는 드디어 완성됐다.' 뒤통수를 제대로 맞은 기분이더군. 흐흐… 그거야 말로 웃기는 아이러니가 아니고 뭔가….
알겠나? 형을 죽인 바로 이 손으로 나는 그때까지 미완성이었고,
영원히 미완성이었을 형의 한 세계를 멋지게 완성시켰던 거란 말일
세…. 흐흐흐. 그때 깨달았지. 이제부터 나는, 형보다 더 위대한 예
술가가 된 나를 저주하면서 살게 됐다는 걸 말일세…. 그 위대한 예
술가는 어차피 내가 아니고 형일테니까… 사라지든 고꾸라지든 그
때, 끝나야 했어. 그래도 내가 아직 나였을 때….”

조화백은 그 말을 끝으로 입을 다물었고, 더 이상은 열 것 같지
않았다.

샤넬이 조용히 일어났고, 나도 따라 일어나 그 집을 떠났다.

샤넬과 나는 각자의 생각에 빠진 채 무작정 걸었다. 조화백의 집
에서 내려다보이던 강물이 나타났고 어느덧 우리는 다리 위를 나란
히 걷고 있었다.

죽거나 혹은 죽이거나….

그러니까 다시 불투명인간으로 돌아가는 방법이 없는 게 아니었
던 거다. 김이 그렇게 불투명한 인간으로 돌아갔고, 조화백이 그렇
게 돌아갔다.

나는 다시 불투명인간이 되고 싶다. 그럴 수만 있다면 무슨 짓이
든 하겠다. 하지만… 죽거나 혹은 죽이거나… 과연 내가 할 수 있나?

한숨이 멈추지를 않았다. 모르는 게 좋았을… 아니 들어서는 안
될 이야기를 듣고 말았다.

샤넬이 걸음을 멈췄다. 담배라도 피우려나 보다 하고 나도 따라서 걸음을 멈췄다. 난간에 기댄 채, 저 아래 탁한 강물에 정신을 놓고 있는데 첨벙, 물소리가 들려왔다. 문득 샤넬이 느껴지지 않았다. 나는 깜짝 놀라 강에 대고 소리쳤다.

"샤넬! 샤넬!"

샤넬이 등 뒤에서 흐흐 음흉하게 웃으며 말했다.

"나를 왜 거기서 찾아?"

"뭐야… 깜짝 놀랐네…. 근데 지금 그거 무슨 소리였어?"

"…짐이 너무 무거워서…."

가슴이 철렁했지만, 앞으로 어떻게 하려고… 하는 따위의 질문은 하지 않았다. 무슨 얘기가 나올지 두려웠다. 이럴 땐 그저 농담으로 얼버무리는 게 편하다.

"진짜 확 뛰어내릴까?"

젠장, 지금 이 마당에 이걸 농담이라구….

"다비도프가 왜?"

"몰라서 물어?"

"그래도 다비도프는… 봐주는 사람이 하나는 있잖아. 70억 명 중에 그래도 한 사람은…."

"농담해?"

"아니…."

돈도 없고 돌아갈 곳도 없으니 좋은 점도 있었다. 돈 걱정 안 해서 좋았고, 돌아갈 걱정 안 해서 좋았고… 게다가 투명인간에게는 마음만 먹으면 원하는 만큼 누릴 수 있는 특권이 있었다. 특권을 쓰기 딱 좋은 날이었다.

결과적으로 말한다면 우리는 그 특권을 제대로 누리지 못했다. 물론 최고급 술과 최고급 안주를 마음껏 흡입할 수는 있었다. 하지만 아무도 안 보이는 구석진 자리나, 주방 한 귀퉁이에서 몰래 그러고 싶지는 않았다. 그렇게 하면서도 시시덕거릴 수 있는 날도 있지만, 그렇게 구차해지기 싫은 날도 있는 거니까.

우리는 향수를 잔뜩 뿌린 채 불투명인간들의 불야성을 쏘다녔다. 오늘만은 우리의 냄새나 기척 때문에 몇몇 불투명인간들이 놀라자빠진다고 해도 전혀 신경 쓰지 않을 작정이었다. 하지만 우리 때문에 놀라자빠진 불투명인간은 한 명도 없었다. 불야성의 거리에선 누구도 투명인간에게 신경 쓰지 않았다. 하지만 탈주범으로 쫓기는 투명인간에겐 작은 일도 심장에 무리를 줬다. 존바바토스 아티산맨 오드뚜알렛이 갑자기 뒤에서 나타나 흠칫 놀라 돌아보니 귀엽게 생긴 청년이었고, 불가리 익스트림옴므가 빠른 속도로 다가와 피하고 보니 바람 난 중년 남자였다. 그런 식이었다. 물론 베테랑인 샤넬은 아니고 나만. 시간이 조금 지나 냄새에 익숙해지자 이번엔 질투가 발동했다. 돈도 있고 짝도 있고 게다가 불투명한 인간들이 향수까지 뿌리고 다니는 걸 보니 눈꼴이 시었다.

그래서 우리는 향기 좋은 술을 두어 병 훔쳐 들고 특급호텔의 스위트룸으로 들어갔던 것인데, 그땐 억지로 지어낸 흥도 다 깨져버린 뒤였다.

나와 샤넬은 각자의 술병을 꿰차고 앉아 하염없이 생각에 빠져들었다. 내 머릿속엔 여전히 두 개의 단어만 떠돌았는데 그것만으로도 머리가 터질 것 같았다.

죽거나, 죽이거나.

29

다음 날. 느지막이 일어나보니 샤넬이 안 보였다. 방안 어디에도 샤넬 No.5의 향기는 없었다. 메모 같은 것도 없었다. 샤넬은 혼자서 어디론가 가버린 거였다. 가슴이 서늘해졌다. 이젠 정말 혼자인 건가…. 그렇다 해도 어쩔 수 없는 일이다. 아마도 샤넬은 그가 가야 할 길을 정한 것이겠지. 나도… 내 길을 정했다.

최형사에게 전화를 했다.

죽거나 혹은 죽이거나.

밤새 고민했지만 저울은 어느 쪽으로도 기울지 않았다. 어느 쪽을 선택한다 해도 그건 내가 아니었다. 뭐, 내가 누구인지 아직도 잘 모르지만, 적어도 그것만은 분명했다.

다만 더 이상은 도망치지 않기로 했다. 누군가 쫓아온다면 마주 달려가 물어보기로 했다. 왜 쫓아오는 거냐고. 그 와중에 내가 죽거나, 누군가를 죽이게 된다면 그건 어쩔 수 없는 일이다. 그 또한 피하지 않기로 했다.

경찰서 앞에 도착했다. 때마침 저 앞 본관 건물 현관으로 막 최형사가 나타났다.

'자, 부딪혀 보자.'

경찰서 입구로 들어가는데 누군가 내 어깨를 건드렸다. 샤넬이었다.

"어떻게 왔어?"

"여기 올 거 같아서. 마지막이잖아."

아마 그럴 것이었다. 샤넬은 이미 둘 중 하나를 선택했을 것이다. 어떤 쪽을 선택한다고 하더라도 샤넬은 지금과 다른 모습이겠지. 샤넬은 아무 말도 하지 않았다. 어깨에 손을 댔더니 조금 떨고 있었다.

"울고 있어?"

"아니 웃고 있어."

"다비도프는?"

"나도, 나도 웃고 있어."

샤넬이 느닷없이 나를 와락 끌어안았다. 나는 샤넬의 마른 등짝을 가볍게 토닥여주었다.

그때 샤넬이 내 귀에 대고 속삭였다.

"날 보거든 웃어줘."

무슨 소린지 몰라 멍해진 내게, 샤넬은 아주 오래 기억에 남을 맑은 목소리로 말했다.

"안녕, 다비도프씨."

그리고는 최형사를 향해 달려갔다. 문득 주머니를 만져보니 최형사의 총이 없었다. 덜컥, 가슴이 내려앉았다. 나는 죽을힘을 다해 샤넬에게 달려갔다. 내가 겨우 따라붙었을 때 샤넬이 최형사에게 속삭이는 소리가 들렸다.

"모기한테 물리는 겁니다. 따끔할 거예요."

그리고

탕!

총성이 울렸다.

최형사가 핏기 가신 얼굴로 멍하니 서 있었다. 그의 손엔 원래 그의 소유였던 총이 들려 있었다. 잠시 후, 최형사의 몸뚱이가 뭔가에 의해 가려지기 시작했고… 서서히 샤넬의 뒷모습이 나타났다. 최형사의 어깨에 머리를 기댄 채 축 늘어져 있던 샤넬이 천천히 무너져 내렸다. 피가… 샤넬의 투명한 몸을 채우고 있던 새빨간 피가 바닥을 타고 흘러내렸다.

나는 샤넬에게 천천히 다가가 머리맡에 무릎을 꿇고 앉았다. 그리고 샤넬의 얼굴을 내려다봤다. 샤넬은 사진 속에 있던 샤넬보다 더

해사했고 세상 누구보다 평화로워 보였다.

나는 약속대로 웃었다. 그리고 고개를 숙여 샤넬의 귀에 대고 속삭였다.

"드디어 너로 돌아왔구나. 축하해, 샤넬."

최형사는 그 자리에서 부들부들 떨고만 있었다. 이윽고 최형사의 손에서 총이 툭 떨어졌다. 멀찍이서 지켜보던 형사들이며 기자들이 우르르 몰려왔다.

최형사가 맥빠진 소리로 중얼거렸다.

"난, 아니야…. 난 아무 짓도 안 했어. 난… 아무 짓도… 안 했어…."

그 순간, 그토록 두텁게 불투명했던 최형사가 흐릿해 보였다. 하지만 그건 내 눈에 맺힌 눈물 때문이었다.

나는 샤넬의 장례식에 가지 않았다. 샤넬에게는 마지막 인사를 이미 두 번이나 했고, 장례식은 샤넬이 아니라 이경수라는… 내가 모르는 불투명인간을 위한 것이었으니까.

30

언론에서는 샤넬의 죽음을 최형사의 누적된 피로에 의한 오발사고로 짤막하게 보도했다. 몇몇 목격자들이 포털 게시판에 거세게 항의했지만, 그 글들은 게시되는 즉시 블라인드 처리 되었다. 그리고 경찰에서 기획한 대규모 연예인 마약 사건이 터지자 사람들의 관심은 모두 그리로 몰려갔다.

며칠 후, 하염없이 거리를 떠돌던 내게 존바바토스 아티산맨오드뚜알렛이 나타났다. 그는 내게 편지 한 장을 전해줬다.

보내는 사람: 불가리 익스트림옴므
받는 사람: 다비도프 쿨워터맨

하얀 겉봉엔 그렇게 씌어 있었다. 편지의 내용은 간단했다.

경찰 측과의 대화와 협상을 통해 다비도프 쿨워터맨씨의 살인 및 탈주 사건이 종결되었음을 알려드립니다.

31

'뭔가 달라졌다.'

오랜만에 돌아온 집. 현관을 들어서는데 느낌이 그랬다. 거실을 둘러봤지만 크게 달라진 건 없다. 냉장고의 기종도 그대로고, 싱크대의 위치도 그대로이며, 심지어 벽지색깔도 그대로다. 편지도… 없다. 다만 몇 가지 있어야 할 것들이 보이질 않는다…. 도둑은 아니다. 도둑이 다른 거 다 놔두고 집안에 있는 세 개의 쓰레기통만 뒤져서 싹 털어갈 리는 없으니까.

설마… 나는 화장실로 후닥닥 달려가 거울을 봤다. 절규도, 그 밑에서 서식하던 곰팡이도 사라졌다!

나는 앞집으로 가서 문을 두들겼다. 잠시 후, 문이 열리면서 익숙한 향기가 먼저 나왔다. 그리고 앞집 안나가 따라 나왔다. 뜻밖에도 반가운 표정으로 그녀가 먼저 말을 꺼냈다.

"어머… 언제 오셨어요?"

"금방…."

"잘됐네…. 다행이에요."

"감사합니다."

"근데… 여긴 1502혼데요. 댁은 1501호구요. 뒤에 있는 집이요."

"예, 저도 압니다. 제가 온 이유는요…."

나는 배에 잔뜩 힘을 주고는 최대한 강한 어조로 항의했다.

"제가 없는 동안, 누가… 제집에 왔던 것 같은데요…. 혹시… 그쪽이신가요?"

"네. 제가 갔어요."

역시 그녀는 당당하다. 언제나 그렇듯이.

"근데요? 뭐가 없어지기라도 했어요?"

"예."

"뭐가 없어졌는데요?"

"…쓰레기요."

"중요한 쓰레기였나요?"

"아뇨."

"중요하지도 않은 쓰레기를 찾는 특별한 이유라도 있으세요?"

"아뇨… 원래 버리려고 했던 겁니다."

이상하게 그녀와 대화를 하다 보면 원래 하려고 했던 얘기를 잊게 된다. 뭐였더라…?

“그러니까 제 얘기는… 왜 남의 집 문을 함부로 따고 침입하셨냐 이 말입니다.”

“문을 따긴 누가 문을 따요? 그쪽이 잡혀간 다음에 보니까 문이 활짝 열려 있었어요. 문 고정 장치를 안 올렸더라구요.”

“그럼 그냥 닫으셨어야죠.”

“집안에서 썩은 내가 진동하는데 어떻게 그냥 닫습니까? 그쪽이 10년 있다가 나올 수도 있고 20년 있다가 나올 수도 있는데요.”

“그, 그거야….”

“어쩌면 집을 그렇게 쓰레기소굴로 만들어놓을 수가 있어요?”

“저도 금방 치우려고 했거든요…. 그렇게 갑자기 잡혀가지만 않았으면….”

“미리미리 치웠어야죠. 잡혀가기 전에.”

“저긴 제집입니다. 그쪽이 그렇게 무단침입만 하지 않으면 집에 올 사람도 없거든요?”

“다른 사람이 오고 안 오고가 무슨 상관이에요? 다른 사람이 사는 집이에요? 다른 사람한테 무슨 검사 받느라고 청소를 하세요? 내 집이니까 하는 거예요. 내가 사는 집이니까.”

맞는 말이다. 도대체 이 사람은 틀린 소리라고는 하는 법이 없다. 이럴 땐 물러나는 게 좋다. 싸울 기회라면 앞으로 얼마든지 있을 테니까.

“하여간… 청소는 고맙구요. 토토는 잘 지내죠?”

“네, 덕분에….”

"그럼… 저는 슈퍼에 가봐야 해서… 혹시 필요하신 거라도…?"
"없어요."
갑자기 그녀가 동그래진 눈으로 나를 아래위로 살핀다. 나도 모르게 몸이 굳는다.
"향수… 뿌리셨어요?"
"네? 아… 예."
"잘하셨네. 사람이 곁에 있다면 있는지 없는지, 알아야죠. 있다면 어디 있는지 알아야죠."
"예, 그럼요. 저도 그렇게 생각하고 있습니다."
"근데… 아쉽네요."
"뭐가요?"
"그 향수… 이름이 뭐죠?"
"아, 저는 다비도프 쿨워터맨입니다. 아… 제 향수 말입니다."
"그 향수… 그쪽한테 안 어울려요."
기분이 상하지는 않았다. 나도 처음에는 그렇게 생각했으니까. 지금은… 흠흠… 여전히 썩 어울리는 것 같지는 않다. 하지만 그새 조금은 익숙해진 건가…. 뭐, 괜찮은 것도 같고.

아파트를 나서며 나는 다비도프 쿨워터맨을 꺼내 진하게 덧뿌렸다.
거리의 사람들이 흘끔거리며 피한다. 몇몇 사람은 자기들끼리 수군댄다. 아직은 어색하다. 하지만 나쁘지는 않다. 저 사람들이 저러는 건 내가 여기 있다는 것을 알고 있다는 뜻이니까. 그래… 나는 지금 여기에 있다.

그런데… 어쩐지 느낌이 이상하다. 설마… 돌아봤더니 똥개 자식이 저 멀리서 입에 거품을 물고 달려오고 있다. 언제 어디서든 나를 알아보는 놈이지만, 이렇게 빨리 알아챈 건 처음이다.

저 녀석이 모르는 게 있다. 나는 달라졌다. 예전의 나라면 그냥 달아났겠지만, 지금의 나는, 누군가 쫓아온다면 마주 달려갈 준비가 되어있다. 그리고 필요하다면… 맞서 싸울 준비도 되어있다. 하지만 똥개는… 똥개만은 예외다.

나는 돌아서서 달리기 시작했다.

최우근

서울에서 태어났다. 연세대학교 철학과 재학 중 문과대 연극반 활동을 하며 문학과 인연을 맺었다. 졸업 후 MBC에서 〈경찰청 사람들〉을 시작으로, 다큐멘터리 〈성공시대〉〈록 달리다〉〈복서〉〈파랑새는 있다〉〈형사수첩〉, 드라마 〈강력반〉 등을 집필하며 20여 년 동안 방송작가로 활동했다. 2007년 첫 희곡 〈이웃집 발명가〉를 발표하였으며 2008년부터 연극으로 공연되어 관객들의 열렬한 사랑을 받았다. 2013년에는 네 편의 작품을 담은 희곡집 『이웃집 발명가』를 출간하여 그 해 '올해의 청소년도서'와 '2014 부산국제영화제 북투필름 도서'로 선정되었다. 2014년 11월부터 포털사이트 '다음'에서 기획한 7인의 작가전에 초대되어 장편소설 『안녕, 다비도프氏』를 연재하였으며, 신선한 유머와 기발한 이야기로 독자들의 마음을 사로잡고 있다.

안녕, 다비도프氏

2015년 4월 1일 초판 1쇄

지은이 최우근
펴낸이 이순영 ‖ **편집** 고미솔 ‖ **마케팅** 이상수 ‖ **홍보** 이진아 ‖ **디자인** 강해령 ‖ **인쇄** 한영문화사
펴낸곳 북극곰 ‖ **주소** 서울시 은평구 진관동 은평뉴타운 우물골 239동 1001호
전화 02-359-5220 ‖ **팩스** 02-359-5221
이메일 bookgoodcome@gmail.com ‖ **홈페이지** http://www.bookgoodcome.com
블로그 http://blog.naver.com/codathepolar ‖ **페이스북** http://www.facebook.com/bookgoodcome
ISBN 978-89-97728-69-5 03810 ‖ **값** 12,000원

「이 도서의 국립중앙도서관 출판시도서목록(CIP)은 서지정보유통지원시스템 홈페이지(http://seoji.nl.go.kr)와 국가자료공동목록시스템(http://www.nl.go.kr/kolisnet)에서 이용하실 수 있습니다. (CIP제어번호 : CIP2015008600)」